Blacklight

Sara Rivers

AF221082

BLACKLIGHT

Sara Rivers

Impressum

Copyright © 2020 by Sarah Stankewitz
Burgstraße 21
16909 Wittstock

Coverdesign: Sarah Buhr, www.covermanufaktur.de unter Verwendung von Bildmaterial von shutterstock.com
Korrektorat und Lektorat: Sabine Wagner, KoLibri-Lektorat

Herstellung und Verlag:
BoD - Books on Demand, Norderstedt
ISBN: 9783752806144

Für alle, die im Feuer gefangen sind.

PLAYLIST

My Chemical Romance – Welcome to the Black Parade

Evanescence – Bring me to life

Funeral for a Friend – Sixteen

Funeral for a Friend – To Die like Mouchette

The Used – Born to Quit

Oh Weatherly – Lost and Found

Sleep on It – Hope

Linkin Park – What I've Done

Jace

»Der Alkohol ist schon wieder alle!« Paige hält ihre Bierflasche mit dem Hals nach unten in die Luft und ein paar einsame Tropfen des Coronas plätschern auf die grauen Fliesen. Der Wind ist eiskalt und doch haben wir uns entschieden, den Abend draußen am Pool zu verbringen, obwohl wir auch genauso gut im beheizten Spa-Bereich unseres Hauses chillen könnten.

Wir lieben die Kälte, außerdem sorgt der Chlorgeruch immer dafür, dass mir schlecht wird, wenn ich Alkohol trinke. Kotzen ist das Letzte, was ich heute vorhatte. Eigentlich wollte ich auf eine Party gehen, aber weil Paige Stress mit ihrer Mutter hatte, brauchte sie heute unsere Ablenkung. Und weil wir füreinander da sind, haben wir die Party einfach hergebracht.

»Dann solltest du wohl Nachschub holen.« Reed grinst mich breit an – in zweierlei Hinsicht. Zum einen, weil er seine Mundwinkel unnatürlich in die Länge zieht und zum anderen, weil er heute schon den dritten Joint innerhalb von zwei Stunden vernichtet hat. High ist kein Ausdruck mehr für seinen Zustand, der in letzter Zeit immer häufiger vorkommt. Nicht, dass es mich kümmert, wie viel er kifft, immerhin bin ich nicht sein Babysitter, aber er nervt mich stoned einfach.

»Wieso soll ich schon wieder gehen? Geh doch selbst, Alter.« Ich mache es mir auf der gepolsterten Liege gemütlich, auf der ich unser Hausmädchen Lucy des Öfteren beim Sonnen erwischt habe.

Zu ihrem Glück habe ich Mitleid mit ihr, weil ich weiß, dass sie das Geld meines Vaters dringend für ihre kleine Tochter braucht, sonst hätte ich sie schon selbst gefeuert. Ich starre auf das Poolwasser, das durch die Spots im Boden tiefblau schimmert und durch den starken Wind heute aufgewühlt ist.

»Weil du der Jüngere bist, ist doch klar«, antwortet er und zieht erneut an seinem Joint. Die Spitze glüht orange, und als er ihn Paige reicht, würde ich ihr das Teil am liebsten aus der Hand reißen und neben ihr am Boden ausdrücken. Was Reed macht, ist mir ziemlich egal, aber bei ihr ist es anders.

Ihre rehbraunen Augen schreien förmlich nach einem Beschützer und dem komme ich im Moment in ihrem Leben am nächsten.

Im Hintergrund spielt *Black Parade* von My Chemical Romance laut genug, damit man die Musik vermutlich in der ganzen Straße hören kann. So haben die spießigen Nachbarn wenigstens etwas von unserer Party.

»Fünf Minuten, du Freak. Es sind nur fünf Minuten.« Mein Zwillingsbruder zuckt mit den Schultern und zeigt mir die leere Pulle neben seinem Liegestuhl.

»Fünf Minuten sind fünf Minuten, Jace.« Genervt leere ich mein Bier und schaue auf die Uhr. Es ist noch nicht mal Mitternacht und schon ist unser Vorrat aufgebraucht, den wir uns mit nach draußen gebracht haben. »Worauf habt ihr Bock?«

»Hm.« Paige rekelt sich in ihrem knappen Kleid, dreht sich auf den Bauch und hebt die Füße in die Luft. Reeds Blick klebt an ihrem Arsch, dessen Form man unter dem schwarzen Stoff nur allzu gut erkennen kann.

Ich finde es befremdlich, wie er sie ansieht, aber ich habe aufgehört, seine Taten zu hinterfragen oder ihn dafür zu verurteilen. Wenn ich eines in meinem Leben mit ihm als Bruder gelernt habe, dann das: Ihn auf seine Fehler hinzuweisen, lässt die innere Bombe in ihm hochgehen.

Und heute habe ich keinen Bock auf weitere Explosionen. Heute will ich einfach nur Spaß haben.

»Ich habe eine Idee.« Reed nimmt den Joint wieder an sich und bläst den Rauch provokant in die Luft. Er weiß, dass ich den Gestank von Gras hasse. Alles riecht nach Weed und wir haben Glück, dass uns die

Nachbarn in tausend Leben nicht die Cops auf den Hals hetzen würden. Alle haben Angst vor Jonathan Black, also lassen sie selbst die wöchentlichen Partys, die wir schmeißen, kommentarlos über sich ergehen.

Wir könnten im Garten eine verdammte Freilichtbühne mit Flutlichtern aufstellen und sie würden die Fressen halten, weil unser Vater sie mit einem Schuss zum Schweigen bringen würde, noch bevor die Bullen überhaupt da sind.

Früher dachte ich, dass es Menschen wie unseren Vater nur in Filmen gibt, aber es gibt sie auch im wahren Leben. Diese Leute, die sich mit Geld alles erkaufen können, was sie wollen. Selbst das Gesetz ist käuflich. Wir mussten früh lernen, dass man selbst die stärkste Loyalität mit ein paar Scheinen abwerben kann.

»Wie wäre es mit dem Macallan aus Dads Büro?« Reeds Augen funkeln bedrohlich, während Paige zu kichern beginnt. Sie sollte dringend die Finger von diesem Zeug lassen, es verwandelt sie in eine dieser lächerlichen Gören, die jedem Kerl da draußen mit ein bisschen Kohle aus den Taschen fressen würden. Mein Bruder hat keinen guten Einfluss auf sie, aber sie scheint da anderer Meinung zu sein. Vielleicht ist sie wirklich in ihn verknallt, oder – was ich inständig hoffe – sie will einfach ihre kleine Teenie-Rebellion ausleben und ihrer Mutter damit den rot lackierten Mittelfinger zeigen.

»Er wird uns töten, wenn er das mitbekommt«, antworte ich, habe aber keine wirkliche Scheu davor, den fast hunderttausend Dollar schweren Whiskey aus seinem Büro zu klauen.

Was sollte er schon großartig anstellen? Uns Hausarrest erteilen? Wäre bei dem Palast, in dem wir leben, keine sonderlich gute Strafe. Es braucht nur einen Anruf, bis dieses Grundstück zu einem Project-X-Treffen geworden ist.

»Noch ein Grund mehr, es zu tun. Er ist vor ein paar Stunden in den Club gefahren. Vermutlich kommt er ohnehin nicht vor drei Uhr zurück.«

Paige grinst mich benebelt an und klimpert mit den Wimpern, damit ich mich endlich in Bewegung setze und ihnen den Whiskey klauen gehe.

»Ihr seid unfassbar lästig zusammen, wisst ihr das? Die nächste Runde könnt ihr euch selbst holen.« Ich stemme mich hoch, merke an meinem Gang, dass der Alkohol sich bereits einen entspannten Abend in meiner Blutbahn gemacht hat, und torkle in Richtung Haus. Wenn man dieses gigantische, viereckige Gebäude aus Granit überhaupt noch als Haus deklarieren kann.

Neben der Tiefgarage, wo Dads Wagen wie in einem Autohaus ordentlich in einer Reihe stehen, verfügt das Gebäude über einen Innenpool, eine Sauna, ein Fitnessstudio, in dem Reed sich morgens noch länger als ich auspowert und sieben unbenutzte Schlafzimmer, die noch nie einen Gast zu Gesicht bekommen haben. Wenn man die Frauen außer Acht lässt, mit denen Reed und ich uns hin und wieder darin ablenken.

»Danke, Jace«, flötet Paige, und als ich mich umdrehe, sehe ich, dass sie auf Reeds Schoß geklettert ist und ihre Lippen an seinem Hals vergraben hat. Mein Bruder zwinkert mir zu und zieht sie mit einem Ruck enger an sich, wobei ihr Kleid nach oben rutscht und man ihren weinroten Slip sehen kann. Das Wasser wirft durch die Spots beleuchtete Wellen auf ihren nackten Arsch.

Ich verstehe, was Reed an ihr findet. Sie ist unglaublich scharf mit ihren naturroten Haaren, den ausladenden Hüften und dem dauerhaften Stripclub-Blick auf dem Gesicht. Aber sie ist eben nicht weit davon entfernt, unsere Schwester zu sein, auch wenn wir nicht biologisch verwandt sind.

Wir haben früh gelernt, dass Blut nicht dicker als Wasser ist, auch wenn Dad uns diesen Spruch eingeprügelt hat. Sogar im Gegenteil. Für dieses Mädchen auf dem Schoß meines Zwillingsbruders würde ich mein Leben geben, für unseren Vater nicht mal eine kaputte Niere.

Kopfschüttelnd lasse ich sie am Pool zurück und betrete das Haus. Sofort empfängt mich die Wärme hier drin und meine Schuhe hinterlassen Spuren aus Dreck auf den schwarzen Fliesen. So hat Lucy immerhin wieder etwas zu tun, anstatt ihr Gehalt auf der Sonnenliege im Schlaf zu verdienen.

Dad hat sie heute Morgen heimgeschickt und seitdem hat sie sich auch nicht mehr hier blicken lassen. Das Beste an ihr ist, dass sie den Saustall nach unseren durchzechten Partys wegmacht, ohne sich über die benutzten Kondome und klebrigen Möbel zu beschweren. Ich steuere Dads Büro an, das sich in der unteren Etage befindet, tippe den Code in das Schloss neben der Tür und trete ein, sobald das Display grün aufblinkt.

Sofort strömt mir der Geruch nach Akten, Alkohol und Duftspray in die Nase, mit dem unser Vater den Gestank und sein Alkoholproblem überspielen will. Automatisiert gehe ich zu der Vitrine herüber, in der er seinen teuren Fusel wie im Rampenlicht aufbewahrt, und will sie gerade mit dem Schlüssel öffnen, den er im Bücherregal daneben versteckt, als ich seine Stimme höre.

»Du solltest nicht hier sein, Jace.« In mir verkrampft sich alles, wenn er mich anspricht. Jedes. Mal. Nicht, weil ich Respekt vor ihm habe, den hat er vor langer Zeit verspielt, sondern weil ihn ein zu großer Teil in mir verabscheut.

Ich drehe mich langsam um und entdecke ihn auf dem Sofa in der Ecke hinter seinem gigantischen Schreibtisch. Es ist finster im Raum und das einzige

Licht kommt von der Straßenlaterne vor dem Fenster, sodass ich außer seines Schattens nichts erkennen kann.

»Wieso sitzt du hier im Dunkeln? Warst du nicht eben noch im Club?« Mehr Desinteresse kann ich kaum in meine Stimme legen, dabei wünschte ich mir, ich wäre mehr wie Reed. Er hat jegliche Konversation mit ihm schon vor einiger Zeit an den Nagel gehangen.

Genau genommen an dem Tag, an dem Mom seinetwegen in die Klapse gewandert ist, weil er sie kaputt gespielt und dann weggeworfen hat wie ein altes Kuscheltier, das sich nicht mehr zu flicken lohnt.

Jonathan ist ein Mensch, der andere Menschen nur als Schachfiguren auf seinem Spielbrett ansieht. Er ist der König und somit der Einzige, der von Bedeutung ist. *Man braucht keine Königin, um ein Königreich zu führen. Und auch keine Prinzen und Prinzessinnen.* Seine absurden Worte, die wir als Gutenachtgeschichten bekamen, lassen mich innerlich auflachen.

Während anderen Kindern von den guten Seiten des Lebens erzählt wurde, haben wir nur die Dunkelheit bekommen. Sie wurde uns wie etwas Kostbares mit in die Wiege gelegt und jetzt frisst sie sich wie Krebs durch unsere Körper.

»Nur kurz. Ich musste noch etwas erledigen.« Das Einzige, was ich von ihm sehe, sind seine Umrisse. Der kahle Kopf, den er sich vor Jahren rasiert hat, weil er damit gefährlicher wirkt. Der breite Schädel, in dem er so viele Pläne geschmiedet hat, um Menschenleben zu zerstören. Ohne ihm weitere Beachtung zu schenken, schiebe ich den Schlüssel in die Vitrine, drehe ihn um und hole den Whiskey heraus, der mehr wert ist als ein mittelklassiger Tesla. Die kühle Flasche lässt meine Fingerspitzen zucken.

»Prost, Dad.« Ich hebe den Whiskey in die Luft und steuere den Ausgang des Büros an. Erst erwarte ich, dass er mich aufhält oder mir die Flasche aus der Hand reißt, weil er sie selbst trinken will, aber nichts dergleichen passiert. Stattdessen klingt seine Stimme wie das Rascheln der Laubblätter vor dem Fenster.

Leise.

Bedrohlich.

Und zur selben Zeit voller Reue.

Moment – welche Reue? Unter allen Gefühlen, die man meinem Erzeuger zuordnen kann, ist Reue das allerletzte. Als er Reed und mich das erste Mal mit in den Club genommen hat, hat er es nicht bereut.

Als er Mom windelweich geprügelt hat, weil sie nicht nach seiner Nase tanzen wollte, war er sogar noch stolz auf sich. Er stellt sich als König dar, ist aber eigentlich bloß ein erbärmlicher Bettler nach Aufmerksamkeit und Anerkennung.

»Es tut mir leid, Jace.« Bevor ich mich umdrehen kann, ertönt ein Schuss, der mir wie ein Blitz durch die Knochen fährt. Das Nächste, was ich höre, ist, wie eine Flasche am Boden zerspringt und meine Schuhe nass werden. Saurer Gestank steigt in meine Nase, der

15

Geruch nach Whiskey. Ich sehe zum Sofa herüber, wo Dad sitzt und jetzt einfach wie ein nasser Sack zur Seite kippt. Wie in Trance schalte ich das Licht an und kriege keine Luft mehr.

Mein Vater liegt auf dem Sofa, Blut klebt an seiner Schläfe und auf den beigen Kissen. Mein Blick wandert zu seiner Hand, die jetzt leblos vom Ledersofa herunterhängt und der Knarre, die in ihr liegt. Die Knarre, die gerade einen Schuss abgefeuert hat.

Direkt in seine Schläfe.

»Dad!« In Sekundenschnelle bin ich bei ihm und falle auf die Knie. Als ich meine Hände das nächste Mal ansehe, sind sie voller Blut. Ich zittere und spüre, wie all die Gedanken und Gefühle lawinenartig durch mich hindurchrasen. Wann habe ich das letzte Mal ansatzweise so etwas gefühlt wie in diesem Augenblick?

»Dad!« Ich rüttle an ihm, aber seine leblosen Augen sehen mich an und ich weiß, dass er nicht mehr reagieren wird. Meine Finger tasten nach seinem Puls.

Er hat keinen mehr.

Es tut mir leid, Jace.

Keine Ahnung, wie lange ich hier am Boden sitze und die Blutflecken auf den Kissen anstarre, die Mom damals stolz aus ihrem Trip in Europa mitgebracht hat. Sie stand strahlend im Türrahmen unserer Küche und hat uns die wildesten Geschichten erzählt, die sie erlebt hat.

Damals waren ihre Augen noch voller Feuer, heute kann ich froh sein, wenn sie mich oder Reed überhaupt noch erkennt, ohne zu schreien.

Irgendwann zerrt jemand an mir, aber ich bin immer noch wie gefangen. Gefangen in dem Anblick seines leblosen Körpers unter dem schweineteuren Anzug, den er nur zu besonderen Anlässen getragen hat. *Das letzte Mal, als er Mom verlassen hat. Als er sie zu einem Wrack gemacht hat, das nicht mehr ohne Tabletten leben kann.*

»Jace.« Reeds Stimme klingt gedämpft, als wäre sie weit weg, irgendwo in einer anderen Dimension. Er schüttelt mich, damit ich aufwache, aber die Ohnmacht ist stärker als er. Mein Bruder schreit Paige an, dass sie aus dem Büro verschwinden soll, und ich höre ihr Schluchzen.

Oder ist es meines?

Im Moment weiß ich nicht mehr, wo oben und unten ist. Himmel und Hölle. Leben und Tod. Ob das Weinen von ihr oder mir kommt. Ob ich erleichtert sein soll, weil der Terror endlich vorbei ist. Ob es mich erleichtern soll, dass dieser Tyrann endlich tot und der König gefallen ist.

»Jace, komm. Ich bring dich weg.« Reed ist stärker als ich und schafft es schließlich, mich vom Sofa wegzureißen, obwohl ich mich mit jeder Faser dagegen wehre. Etwas in mir – vermutlich der kleine Junge von damals – klammert sich daran, was ich in diesem Moment verloren habe.

»Er … er ist tot«, spreche ich die Worte laut aus, die ich immer noch für einen Albtraum halte. Er hat sich die verdammte Birne weggeknallt, als ich im Raum war! Sein eigener Sohn war nur wenige Meter neben ihm, als er den Abzug gedrückt hat.

»Du weißt, dass er es verdient hat.« Reeds Stimme ist kalt. Ich liebe die Kälte, aber gerade wünschte ich, mir wäre wärmer. Mein Bruder hasst unseren Vater noch mehr als ich für das, was er unserer Familie angetan hat. Und doch kann ich nicht verstehen, wie er diese Worte über seine Lippen bringen kann, ohne daran zu zerbrechen.

Ich nehme das Büro nur noch verschwommen wahr. Den dunklen, polierten Boden, die zersprungene Flasche des Whiskeys, der sich jetzt ins Holz frisst … Und dann schiebt Reed mich an Dads Schreibtisch vorbei, auf dem nie etwas liegt, weil er alle seine Unterlagen in den Schränken einsperrt. Nur jetzt … jetzt sind da diese zwei Umschläge, die mich hämisch angrinsen.

Meine Hände greifen danach und dann sehe ich sie. Unsere Namen auf dem beigen Papier. Beige wie die Kissen, die jetzt für immer ruiniert sind. Unsere Namen, geschrieben von seiner Hand. Es dauert keinen einzigen Atemzug lang, bis meine blutigen Fingerabdrücke die Umschläge zieren und ich wieder an diesen Anblick erinnert werde.

»Reed …« Meine Kehle schnürt sich zusammen und ich bekomme kaum noch Luft. Ich will mehr sagen. Will meinen Bruder fragen, ob ich nur träume oder mir der Alkohol in der Blutbahn etwas vorgaukelt. Ob er mir vielleicht etwas in meine Drinks gemischt hat, das mich halluzinieren lässt.

Doch als ich über meine Schulter blicke und den Körper unseres Vaters auf dem Sofa sehe, weiß ich es. Die Kugel im Kopf meines Vaters hat das Tor zur Hölle geöffnet und mich mit voller Wucht hineingezogen. *Und an diesem Tag ist der König gefallen und die Prinzen waren für immer im Feuer gefangen.*

Kapitel 1

»Erde an Eve.«

Pete schnipst vor meinem Gesicht, wobei mein Blick auf die schwarzen Ringe an seiner Hand fällt. Einer sieht aus wie der Tageslichtring der Salvatore-Brüder aus *The Vampire Diaries*, nur eben in Schwarz.

Das Hellste an dem Jungen neben mir ist die silberne Kette an seinem Hals, die er von seiner Mutter zum sechzehnten Geburtstag bekommen hat, ansonsten ist Pete Gambridge der Inbegriff von Schwärze.

Es gibt keinen Tag, an dem er auch nur einen Klecks Farbe in seiner Kleidung trägt. Ich bin mit meinen bunten Band-Shirts, den roten Chucks und den fast weißblonden Haaren das genaue Gegenteil von ihm. Trotzdem ist er der beste Freund, den ich mir wünschen kann.

Wir kennen uns noch nicht sonderlich lange, weil ich erst vor zwei Monaten hergezogen bin, und trotzdem fühlt es sich an, als wäre er schon immer Teil meines Lebens gewesen. In Momenten, in denen ich hinterfrage, ob es richtig war, meine Eltern allein zurückzulassen, hilft er mir, wieder klarer zu sehen. Mir zu erlauben, den Weg ab jetzt allein zu gehen.

»Hm?« Meine Hand rauscht über den Block vor meiner Nase. Pete nimmt mir den Bleistift weg, was mich laut protestieren lässt. Fast der gesamte Hörsaal dreht sich zu mir um.

Ich rutsche auf meinem Stuhl eine Etage tiefer und verdrehe die Augen, weil ich es wieder mal geschafft habe, die gesamte Aufmerksamkeit auf mich zu ziehen. Was in Anbetracht dieses langweiligen Unterrichts wirklich kein Wunder ist, in diesen Kursen pennt fast jeder mindestens einmal die Woche ein. *Fast jeder.*

»Du hast mal wieder den Hinterkopf des Taubstummen angestarrt. Bist du auf der Suche nach Läusen oder gefällt dir seine Haarstruktur einfach zu gut? Vielleicht solltest du lieber die Friseurschere schwingen, anstatt Lehrerin zu werden.« Er stupst mich mit dem Ellbogen an und ich reiße den Blick von besagtem Kopf los. Der einzige Kopf, der sich eben nicht in meine Richtung gedreht hat. Bedauerlicherweise. Eigentlich dachte ich, dass es heute anders wäre.

»Meinst du wirklich?« Ich spreche, so leise ich kann, um nicht aus dem Saal zu fliegen. »Also, dass er stumm ist? Das würde bedeuten, dass er der Weltmeister im Lippenlesen ist. Immerhin spricht Speedy Gonzales schneller als Usaint Bolt rennen kann.«

Unser Professor überschlägt sich bei jedem Satz, weshalb ich irgendwann aufgegeben habe, ihm zuzuhören und mich eher auf das Lesen der Bücher konzentriere. Zu meinem Glück dreht sich nicht der Kern meines Studiums um Geschichte und so gehe ich leichtfertiger mit den Kursen um, als ich es sollte.

»Keine Ahnung. Aber ich habe ihn noch nie was sagen hören. Außerdem reagiert er quasi auf gar nichts. Nicht mal darauf, wenn der Typ hinter ihm so laut furzt, dass es bis auf den Parkplatz zu hören ist. Er zuckt nicht mal zusammen oder hält sich die Nase zu. Vielleicht hat er außer *Sehen* keine funktionstüchtigen Sinne. Das würde einiges erklären.« Pete und ich verziehen das Gesicht vor Ekel. Ich ziehe meine Schultern hoch und widme mich wieder den Skizzen auf meinem Block.

Auch wenn ich mich nicht als Naturtalent bezeichnen würde, sind einige meiner besten Zeichnungen in Speedys Unterricht entstanden, die ich alle in diesem Block sammle.

Sie sind meine Art, Tagebuch zu führen. In den Kursen von Professor Winkler habe ich die meiste Zeit, es zu füllen. Ein Grund, ihm und seinen miserablen Stunden zu danken.

»Ich habe nicht gestarrt«, verteidige ich mich schließlich, auch wenn es eine Lüge ist. Irgendwie hat es für mich etwas Meditatives, diesen jungen Mann anzusehen, wie er in der ersten Reihe sitzt und nie etwas sagt.

Auch wenn es mir lieber wäre, er würde andersherum sitzen, immerhin hat er das wohl spannendste Gesicht, das ich je an einem Mann gesehen habe. Oft kam ich noch nicht dazu, es zu sehen, weil er meistens als Erstes verschwunden ist und erst kommt, wenn alle schon sitzen, aber das, was ich gesehen habe, ist ziemlich gut.

Seine Augen konnte ich bis jetzt nicht aus der Nähe betrachten, aber ich bin mir sicher, dass sie perfekt zu den mürrischen Augenbrauen passen, die sie umrahmen. Sein Blick ist meistens neutral, aber bei genauem Hinsehen spüre ich jedes Mal eine Kälte über meine Arme jagen.

»Lügnerin!« Pete sieht mich empört an.

»Außerdem habe ich Augen im Kopf. Der Typ ist heißer als die Hölle. Wenn er denn mal sprechen würde, hätte ich da schon die ein oder andere Methode, ihn wieder zum Schweigen zu bringen.« Ich boxe Pete unter dem Tisch gegen den Oberschenkel und versuche, nicht laut zu lachen. Ich habe ihn an meinem Einführungstag hier an der Uni kennengelernt und das

Erste, was ich von ihm bekommen habe, war ein filmreifer Hollywood-Korb.

Anscheinend hat er meine Blicke als Flirt aufgefasst und mich direkt in meine Schranken gewiesen. Sein Motto: *Wenn du keinen Penis zwischen den Beinen hast, bist du für mich nicht von Interesse. Freunde sein können wir aber trotzdem gern.* Seit diesem Tag sind wir wie Pech und Schwefel.

Den Rest der Stunde verbringen wir schweigend, und als der Kurs zu Ende ist, schmeiße ich meine Sachen schnell in den verschlissenen Rucksack neben mir. Auch wenn mich heute Nachmittag nichts außer einem Telefonat mit meinen Eltern erwartet, kann ich es immer kaum erwarten, aus der Uni raus zu sein und wieder frische Luft zu bekommen.

Die ersten Studenten sind schon aus dem Raum gestürmt, als eine Schwarzhaarige den Saal mit einem Stapel an dunklen Blättern betritt.

Auf den ersten Blick fällt sie für mich eindeutig in die Kategorie Mensch, mit der ich nicht viel zu tun haben will. Ihr Blick ist überheblich, sie trägt eindeutig zu viel Schminke und ihre Hüften wackeln unnatürlich stark von links nach rechts.

»Kommt zur Party des Jahres!« Jedem gibt sie grinsend einen Flyer, nur als sie uns erreicht, will sie einfach weitergehen. Pete stellt sich ihr provokant in den Weg.

»Was ist mit uns? Wir wollen auch wissen, wo die Party des Jahres stattfindet.« Ach ja? Pete und ich teilen uns ein kleines Zimmer im Wohnheim, Partys sind bis jetzt aber nicht unbedingt unsere häufigste Abendbeschäftigung gewesen. Meistens ziehen wir uns Filme rein und besauen unsere Bettlaken mit unseren fettigen Pizzafingern.

Das Mädchen sieht zwischen uns hin und her, reicht uns anschließend aber widerwillig zwei Blätter. In hellblauer Schrift wird für *das* Event des Monats geworben. Die legendärste Halloween-Party, die diese Kleinstadt zu bieten hat. Bis jetzt konnte ich diesem Hype nie etwas abgewinnen und daran wird diese *legendäre* Party sicher nichts ändern.

»Danke-e-e«, zieht Pete das Wort zickig in die Länge und sieht ihr kopfschüttelnd hinterher, als sie wieder nach unten wackelt. Er hält den Zettel neben sein grinsendes Gesicht, was in Anbetracht seiner sonst düsteren Erscheinung irgendwie witzig aussieht. Er sieht aus wie ein lebensfroher Antichrist, der einfach nur Freude daran hat, die Apokalypse einzuleiten.

»Kaum zu glauben, dass sie uns keine aus freien Stücken gegeben hat. Allein deshalb müssen wir da hin. Um ein Zeichen zu setzen!«

»Müssen wir?« Noch einmal sehe ich den Flyer an, der aussieht, als hätte man ihn mit Schwarzlichtfarbe geschrieben. Pete nickt dynamisch und wenn er etwas draufhat, dann, mich zu überzeugen. Seine überschwängliche Art hat mich des Öfteren wie ein Virus angesteckt.

»Klar. Diese Schnepfe kann nicht entscheiden, wohin wir gehen und wohin nicht. Also werden wir die heißesten Kostüme herauskramen und ihr zeigen, wo der Halloween-Hammer hängt!« Er hakt sich bei mir unter und gemeinsam schlendern wir die Treppen im Saal herunter.

***

»Wie läuft das Studium, Evelyn?« Ich stehe vor dem großen und einzigen Spiegel in unserer Studentenbude, während ich mein Outfit betrachte und mich frage, was meine Mutter davon halten würde, wenn sie mich so sehen könnte. Ich trage weiße Kniestrümpfe, die nicht gerade blickdicht sind, einen ziemlich knappen Schwesternkittel und rote Pumps. Meine Haare habe ich zu einem hohen Dutt nach oben gebunden und meine Lippen passen farblich zu den Riemchenschuhen, die ich seit Ewigkeiten in meinem Schrank, aber noch nie angezogen habe. Pete hatte noch Kunstblut vom letzten Halloween und damit haben wir meinem weißen Kittel ein bisschen Farbe verliehen. Im Vergleich zu mir scheint er jedenfalls auf diesen Quatsch zu stehen. Entweder das, oder er hat einfach gern Kunstblut in seiner Kosmetiktasche. Er hatte jedenfalls ordentlich Spaß daran, seine blutigen Hände auf dem Kittel gegen meine Brüste zu drücken.

»Die ersten Prüfungen sind durch und mein Gefühl ist ganz gut.« Eigentlich ist es alles andere als das, aber weil ich meine Eltern kenne, schwindle ich. Sie wollten partout verhindern, dass ich ausziehe und zwei Stunden von ihnen entfernt mein Studium beginne.

Wüssten sie, dass ich schon durch eine der Prüfungen durchgefallen bin, würden sie es sofort als Argument sehen, mich zurück nach Hause zu schleifen.

Es gab nicht viele Städte, die für mich infrage kamen, immerhin wollte ich immer noch in der Nähe meiner Eltern und trotzdem unabhängig sein. Die besserwisserische Stimme meiner Mutter hallt schon in meinem Trommelfell. *Wir haben gleich gesagt, dass dieses Studium nichts für dich ist, Evelyn. Du bist kein Mädchen, das gern auf sich allein gestellt ist.*

»Das ist gut«, murmelt sie, aber ich höre ihr an, dass sie es nicht wirklich ernst meint. Mom wünscht sich, dass ich wieder ihr braves Mädchen werde, das ihre Samstagabende in ihrem Zimmer verbringt und mit ihr *Gilmore Girls* guckt. Früher habe ich uns immer mit Rory und Lorelai verglichen, aber jetzt weiß ich, dass unsere Beziehung nicht ansatzweise so standfest ist.

Mom würde ohnmächtig werden, wenn sie mein schlampiges Kostüm für diese Party heute Abend sehen könnte. Mein Blick wandert zu Pete, der – gekleidet wie immer – auf seinem Bett liegt und mich amüsiert

27

beobachtet. Ein paar Blutspritzer zieren seinen Mund und es sieht aus, als hätte er sich gerade an der Hauptschlagader einer Studentin bedient.

»Wie auch immer, Mom. Ich will heute noch weggehen, kann ich dich morgen anrufen?« Sofort höre ich, wie ihre Atmung stockt. Es tut mir weh, dass sie ein einziger Satz so aus der Fassung bringen kann, aber ich will nicht länger nach ihren Vorstellungen leben.

Ich bin es leid, bei jedem Wort, das ich sage, in ein schlechtes Gewissen zu verfallen. Einer der Hauptgründe, wieso ich geflohen bin, anstatt bei ihnen zu bleiben.

»Natürlich. Aber …«

»… ich pass auf mich auf. Mach dir keine Sorgen.« Einen Moment lang herrscht Schweigen in der Leitung, bevor sie ein *Hab dich lieb* murmelt und auflegt.

Ich werfe das Handy aufs Bett und spüre Petes Blicke auf mir wie Laserstrahlen. Weil ich genau weiß, dass ihm Sachen auf der Zunge brennen, stemme ich die Hände in die Hüften. Dabei rutscht mein Kittel noch ein Stück höher und ich spüre, dass mein Hintern fast herausguckt.

»Was?«

»Deine Mutter lässt dich nicht gern los, oder?« Er trifft den Nagel auf den Kopf und donnert ihn damit in meine Brust. Ich schlurfe zu meiner Seite des Zimmers, werfe mich auf mein Bett und starre an die ziemlich schiefe Decke.

»Seit der Sache mit meiner Schwester klammert sie sich krankhaft an mir fest. Und ich meine, wirklich krankhaft. Sie wollte nicht mal, dass ich danach alleine einkaufen gehe.« Die Erinnerung an Stacy jagt mir einen Pflock durch die Brust, mitten in mein Herz. Plötzlich fühlt es sich an, als wäre das Blut auf meinem Kittel echt. Als wäre es meines.

Pete seufzt, kommt zu meinem Bett herüber und nimmt mich in den Arm. Es hat nicht lange gedauert, bis ich ihm mein Herz ausgeschüttet habe und somit ist er meine einzige Vertrauensperson hier in Fairfield. Der Einzige, der von Stacy weiß. Und der Einzige, der nachvollziehen kann, wie ich mich fühle. Er hat seinen Bruder vor einigen Jahren verloren und ich bewundere, wie stark er jeden Tag ist.

»Wisst ihr immer noch nichts Neues?«

»Nein.« Meine Atmung rasselt, durch die dünnen Wände des Wohnheimes kann ich hören, dass unser Nachbar wieder eine Party feiert. Eine Party mit ziemlich schrecklicher Musik, zu der man nur betrunken tanzen könnte. Wenn überhaupt. Ich will mich bei diesem Klang einfach nur übergeben.

»Meine Eltern haben immer noch die Hoffnung, dass sie bald einfach wieder vor der Tür steht, aber ich glaube nicht mehr daran.« Es ist bald genau drei Jahre her, dass ich meine Schwester zum letzten Mal gesehen habe. Sie hatte sich den ganzen Tag über seltsam verhalten, und als sie abends zu dieser Party ging, kam sie nie wieder.

Anfangs gingen wir davon aus, dass sie nur ein paar Tage rebelliert, aber die Polizei hat uns nach einer Woche ohne ein Lebenszeichen zu verstehen gegeben, dass wir auch schlimmere Erklärungen ins Auge fassen müssten. Stacy war wie vom Erdboden verschluckt und ist es bis heute.

Noch immer hoffen meine Eltern jeden Tag, dass die Polizei anruft und ihnen sagt, dass sie Stacy gefunden haben.

Lebend.

Aber die Tage und Nächte vergehen ohne weitere Informationen. Mein Blick fällt auf das Fotoalbum neben meinem Bett, in dem ich beinah jeden Abend blättere, um mich an sie zu erinnern. Stacy war zwar eine Nervensäge, aber sie war ein Teil von mir, der mir einfach entrissen wurde. Nicht zu wissen, wodurch oder von wem, macht die Leere in mir nur stärker.

»Es tut mir so leid, Süße.« Pete drückt mich fester an sich und sein Geruch nach Patschuli lässt mich fast den Schmerz vergessen, der sich wie ein dunkler Schleier um mein Herz gelegt hat. Am Abend ihres Verschwindens war dort nur ein kleiner schwarzer Punkt, jetzt wabert der Nebel durch jede Zelle meines Körpers.

»Ich wünschte, sie könnten auch weitermachen, so wie ich. Es ist nicht so, dass ich nicht immer noch jeden

Tag an sie denke und mich frage, was passiert ist, aber ich kann nicht länger unter Wasser sein. Das hätte sie nicht gewollt.« Eine stumme Träne rollt über mein Gesicht und ich wische sie schnell weg, damit sie mein Make-up nicht ruiniert. Immerhin habe ich daran länger gesessen als an meiner Facharbeit über den Zweiten Weltkrieg.

»Sie hätte sicher gewollt, dass du heute Abend die Sau rauslässt. Ja, ich bin mir sicher, dass sie sich ein paar Abenteuer für dich gewünscht hätte.« Pete schiebt mich hoch und springt auf. Anschließend packt er mich bei den Händen und zieht mich vom Bett herunter, was ich bereue, weil die Matratze so weich war und mir im Moment ein Abend mit Netflix und Pizza doch verlockender vorkommt. Als er an mir hinabsieht, zieht er scharf die Luft ein. Wenn ich nicht wüsste, dass er keinerlei Interesse an Frauen hat, könnte ich glatt denken, er steht auf mich.

»Heiß, verdammt! Aber etwas fehlt noch.« Er greift ohne Scheu nach meinem Kittel und öffnet die obersten beiden Knöpfe. Als ich das nächste Mal einen Blick in den Spiegel werfe, muss ich laut losprusten, weil der weinrote Push-up meine Brüste aus dem Kittel drückt.

»Gott, ich sehe aus wie eine billige Stripperin, die für einen Junggesellenabschied gebucht worden ist!«

»Falsch.« Pete tritt hinter mich, legt sein Kinn auf meinem Kopf ab, weil er im Vergleich zu mir ein Riese ist, und zwinkert mir zu.

»Du siehst aus wie eine verdammt teure Stripperin. Ja, eine richtige Edel-Escort-Dame im Schwesternkittel. Und jetzt lass uns in diesen Schuppen gehen und die Leute aufmischen.« Als Nächstes spüre ich seine Hand an meinem Hintern, und als er hineinkneift, quieke ich auf. Pete tänzelt in seinen schwarzen Klamotten zur Tür, während ich meine Tasche greife und ihm lachend folge. Waren meine Gedanken eben noch dunkel, hellt er sie jetzt wieder ein wenig auf.

»Und als was gehst du, wenn ich fragen darf?« Immerhin trägt er sogar noch dieselben Sachen wie in der Uni. Eine schwarze Jeans, eine schwarze Jacke und einen auffälligen Nietengürtel.

Er zwinkert erneut und macht eine ausladende Handbewegung. »Als Pete Gambridge natürlich. Wenn du dich wie ein Held fühlst, brauchst du kein Kostüm!«

Kapitel 2

Evelyn

Das *Blacklight* sticht wie ein Diamant unter den sonst schlichten Häusern heraus. Nicht nur mit der hellblau leuchtenden Schrift, die fast die gesamte Straße erhellt, sondern auch mit der mehr als guten Musik, die bis nach draußen in die ellenlose Schlange dröhnt. Viel besser als das, was unser Nachbar im Wohnheim immer bei seinen Partys abspielt. Komischerweise schafft er es trotzdem, fast alle Studenten damit anzulocken und uns beiden damit den Schlaf zu rauben. Entweder leidet also neunzig Prozent der Menschheit in meinem Alter unter einem grässlichen Geschmack oder der Typ verteilt billiges Gras wie Pfefferminzbonbons.

»Sieht edel aus«, pfeift Pete, der mich bei der Hand hält und mit mir gemeinsam den Club betritt. Der Türsteher konnte seine Augen nicht von meinem Ausschnitt lassen, deshalb bin ich unheimlich froh, dass Pete bei mir ist. Er ist vielleicht nicht der größte

Muskelberg, aber er kann mich verteidigen, wenn es hart auf hart kommt.

Da ich die nächtliche Szene dieser Stadt noch nicht kenne, weiß ich immerhin nicht, was mich hier erwartet. Selbst wenn ich früher gern auf Partys gegangen wäre, hätten mich meine Eltern eher in den Keller gesperrt, als es mir zu erlauben. Seit Stacy verschwunden ist, habe ich immer versucht, ihnen keine unnötigen Sorgen zu bereiten, die ihnen noch mehr den Schlaf rauben.

Also bin ich zu dem braven Mädchen mutiert, das jetzt mit den Konsequenzen der Unwissenheit zu leben hat.

»Ziemlich schick. Warst du noch nie hier?« Wir bezahlen den Eintritt bei einer hübschen Frau in einem freizügigen Hexen-Kostüm und betreten anschließend den Hauptraum. Das Erste, was passiert: Ich fühle mich erdrückt. Erdrückt von zu vielen Menschen, die in aufwendigen und störrischen Kostümen auf der Tanzfläche stehen und ihre Körper verschwitzt aneinander reiben. Erdrückt von den flackernden Lichtern an der Decke und dem Geruch nach Alkohol.

»Bis jetzt noch nicht. Aber ich weiß, dass dieser Schuppen was Besonderes sein soll. Fast jeder in der Uni redet darüber.« Pete führt mich durch die Menge hin zur Bar, an der uns eine Vampirlady zwei Drinks zur Begrüßung einschenkt, ohne, dass wir sie bestellt haben.

Hektisch ziehe ich ein paar Scheine aus meinem Kniestrumpf und reiche sie ihr, aber sie winkt nur mit der Hand ab, die in einem schwarzen Netzhandschuh steckt. Umso besser, das wenige Geld, das ich in den letzten Wochen durch Nebenjobs erspart habe, sollte eigentlich nicht für teure Drinks draufgehen. Das Schwarzlicht hier drin lässt ihre geraden Zähne perfekt leuchten.

»Die ersten Drinks gehen aufs Haus!«, ruft sie uns über Linkin Parks *What I've Done* zu, was Pete und mich nur grinsen lässt. Wir halten die Gläser in die Höhe, stoßen miteinander an und Sekunden später breitet sich ein süßer Geschmack nach Erdbeeren auf meiner Zunge aus. Gefolgt von brennendem Wodka.

»Die Drinks sind auf jeden Fall besonders!« Pete stimmt mir nickend zu, ext sein Glas und animiert mich, dasselbe mit meinem zu tun. Der Alkohol brennt in meinem Rachen, weil der letzte Schluck ziemlich hart war, und dann zieht mein Freund mich mitten auf die Tanzfläche.

Künstlicher Nebel wabert zwischen unseren Füßen und ich fühle mich wie in einer anderen Welt zwischen Vampiren, Dämonen, Sensenmännern und blutigen Märchen-Figuren gefangen. Ich bewege mich im Takt der Musik und lasse die Erinnerung an das Gespräch mit meiner Mutter und das Stacy-Thema immer weiter in den Hintergrund sinken.

In diesem Augenblick fühle ich mich wie berauscht von der Musik, von dem Wodka in meinem Drink und den verschwitzten Körpern der Menschen um uns. In den meisten Situationen versuche ich, Körperkontakt zu vermeiden, aber unter dem Licht dieser heißen Scheinwerfer ist es mir plötzlich egal, wer mich berührt. Ich drehe mich im Kreis, bin erleichtert, dass ich auf den Pumps tanzen kann, ohne mir die Beine zu brechen, und als ich Pete das nächste Mal ansehe, fallen mir beinahe die Augen aus dem Kopf.

In seinen Armen bewegt sich eine rothaarige Schönheit anmutig, ihr Hintern in den knappen Ledershorts presst sich gegen seinen Nietengürtel und ich erstarre bei dem Anblick. Pete grinst mich breit an und ich kann nur den Kopf über ihn schütteln.

Als mich die Frau bemerkt, streckt sie ihre Hand nach mir aus, und auch wenn ich mich normalerweise von Fremden fernhalte, ergreife ich sie und lasse mich zu ihr ziehen. Mein Körper stößt gegen ihren und ich deute lachend auf Pete, der die Show trotz seiner anderen sexuellen Orientierung ziemlich zu genießen scheint.

»Ich hoffe, du hast einen Penis zwischen deinen Beinen. Pete hat mir direkt zu verstehen gegeben, dass ich sonst keine Chance bei ihm habe.« Ihre Augen blitzen auf wie die eines Raubtieres, das gerade sein Mittagessen entdeckt hat. Mein Mitbewohner steht heute eindeutig auf ihrem Speiseplan. Die Frage ist, ob ich ihn retten sollte oder er sich allein da rausboxen kann.

»Noch besser. Ich liebe Herausforderungen!« Die Schönheit in dem Tomb Raider Kostüm dreht sich zu ihm um und küsst ihn. Ohne, dass sie sich kennen. Ohne, dass er sich wehrt.

Pete lässt den Kuss zu, aber ich weiß, dass er das Spiel nur aus Spaß mitspielt und nicht, weil er plötzlich auf Frauen steht. Ihre Zungen tanzen miteinander, während ich den Blick nicht von ihren verschmolzenen Mündern lassen kann.

Als sich die Rothaarige von ihm löst und mich ansieht, glühen ihre Wangen wie Feuer in einer Winternacht. Anscheinend ist er ein verdammt guter Küsser, aber ich hatte auch nichts anderes erwartet. »Was meint ihr – habt ihr zwei Lust auf die richtige Party?«

»Richtige Party? Das hier ist sie doch, oder nicht?« Als Antwort schüttelt sie den Kopf, wobei ihr geflochtener Zopf hin und her schleudert. Sie zwinkert uns zu, packt uns bei den Händen und zerrt uns durch die Menge, als würde der Laden ihr allein gehören. Wir lassen die tanzende Meute hinter uns und betreten einen eher ruhigen Bereich, in dem sich nur noch vereinzelt Gestalten tummeln, die sich hierhin für Gespräche oder Knutschereien verzogen haben.

»Wie heißt ihr zwei Hübschen denn?« Ihr Körper ist definiert, was man anhand ihres knappen Outfits ohne

Probleme bestaunen kann, und sie geht den dunklen Gang entlang wie eine Königin. Wir folgen ihr wie zwei Kinder ins Ungewisse.

Vermutlich schiebt sie uns gleich in einen Kleiderschrank und wir landen in Gothic-Narnia. »Meine süße Mitbewohnerin hier ist Eve und ich bin Pete.« Er zieht mich eng an sich. Die Frau strahlt uns über ihre Schulter an und ich bin mir sicher, dass dieses entwaffnende Lächeln mehr als einen Kerl hier drin um den Verstand bringt.

»Ich bin Paige. Das *Blacklight* ist eigentlich viel mehr als das, was ihr gerade gesehen habt. Ich dürfte euch eigentlich gar nicht mitnehmen, aber ihr schreit förmlich nach Spaß. Und ich liebe Spaß mehr als Regeln und Verbote!«

Sobald wir die große Eisentür am Ende des Ganges erreichen, klappt sie einen Kasten daneben herunter und tippt hastig einen Code in das Zahlenfeld. Sofort blinkt das Display grün auf und ein Klick ertönt als Zeichen, dass sich das Schloss entriegelt hat.

»In diesen Bereich kommt man nur mit einem Code herein, der sich bei jeder Party ändert. Wenn euch jemand fragt, wie ihr an ihn gekommen seid, sagt einfach, ihr seid im Verteiler.« Sekunden später öffnet sie die schwere Tür und lässt uns herein.

Als Erstes landen wir in einem kleinen Vorraum, der durch einen schwarzen Samtvorhang von dem, was dahinter liegt, abgetrennt ist. Vermutlich von der

»richtigen« Party, die sie eben erwähnt hat und auf deren Gästeliste wir garantiert nicht stehen.

»Das klingt genau nach meinem Geschmack!« Pete ist ganz hibbelig, während mich ebenfalls Adrenalin berauscht. Wann habe ich das letzte Mal überhaupt etwas getan, das ansatzweise verrückt ist? Geschweige denn verboten? Ich erinnere mich nicht mehr daran, jemals eine Regel gebrochen zu haben. Zumindest keine nennenswerte.

»Eine Sache noch.« Paige öffnet eine schwarze Kiste an der linken Seite, greift hinein und holt anschließend drei Masken aus Plastik heraus. Eine reicht sie mir, die zweite Pete und die dritte setzt sie sich selbst auf. Im nächsten Moment ist ihr hübsches Gesicht von einer ziemlich gruseligen Fratze verdeckt, die im Schwarzlicht hellblau leuchtet.

»Ihr müsst die Masken aufsetzen«, weist sie uns an. Pete trägt seine schneller, als ich gucken kann, und als er mich liebevoll anstupst, gebe ich schließlich nach. Was soll mir schon Schlimmes passieren, wenn ich sie trage? Paige winkt uns mit dem Finger zu sich und greift nach dem Vorhang. Ein letztes Mal sieht sie uns an. Ihre Stimme klingt unter der Maske gedämpft und ich versuche, unter meiner normal zu atmen, ohne in Panik zu verfallen.

In neuen Situationen habe ich immer Probleme mit meiner Atmung, was ich meistens ziemlich gut im Griff habe, aber heute … heute ist es anders.

»Ich sage euch noch die wichtigste Regel, die ihr immer befolgen müsst.« In mir kribbelt die Aufregung wie eine kleine Schar aus Ameisen, die es sich in meinen Venen bequem macht.

»Setzt niemals – wirklich niemals – eure Masken ab. Der Club lebt von Anonymität, was auch die Masken erklärt. Ich will nicht, dass ihr rausfliegt und ich nachher die Schuld bekomme, weil ihr negativ auffallt.«

Pete und ich sehen uns einen Moment an, und ehe ich noch einen Rückzieher machen kann, hat er mich auch schon durch den Vorhang geschoben. Die Musik hier drin ist deutlich leiser als in dem Rest des Clubs, aber dafür genauso gut. Durch die Maske kann ich nicht alles deutlich sehen, doch als ich mich mitten auf einer dunklen Fläche befinde, weiß ich, woher der Club seinen Namen hat.

An den Wänden prangen gigantische Vierecke, die im Schwarzlicht bunt leuchten, und um mich herum tummeln sich Menschen mit Masken wie meiner.

Alle strahlen in einem hellen Blau und ich fühle mich wie von einer Meute Serienkillern beobachtet, die mich alle anstarren wie das nächste Opfer. Dabei sehe ich in ihren Augen genauso aus wie sie. Hier drin sind alle gleich. Es gibt keinen Unterschied.

»Das ist abgefahren!« Pete ist sofort Feuer und Flamme, während Paige sich einmal für uns im Kreis dreht. »Willkommen im wahren *Blacklight*. Das hier ist nichts für brave Studenten.« Sie scheint uns nicht anzumerken, dass wir auch bloß zu den Studenten gehören, die das erste Mal seit Wochen abends ausgehen, anstatt im Wohnheim zu versauern.

Die Eindrücke überfordern mich maßlos, vor allem die visuellen. Meine Augen gewöhnen sich nur schwer an die Masken und das helle Licht, das in so starkem Kontrast zum sonst schwarz gehaltenen Raum steht. Der Boden sieht aus wie ein schwarzes Loch, die Wände sind ebenfalls dunkel und alle Möbel, die sich in dem ovalförmigen Raum befinden, strahlen mattschwarz.

»Hier ist alles erlaubt. Ihr könnt vögeln, ihr könnt saufen, tanzen, kiffen … Das *Blacklight* ist ein Ort, an dem jeder seine dunklen Gelüste ausleben darf. Ein Ort, an dem es keine Regeln gibt.«

»Nur eine«, korrigiere ich sie, was sie lediglich kichern lässt. Ein langsamer Song von Funeral for a Friend setzt ein und die Stimmung hier drin wird immer kurioser.

»Gut gemerkt, Eve. Aber es gibt noch eine weitere.« Sie stellt sich zwischen uns und legt ihre warme Hand auf meinen Rücken. Ein Prickeln breitet sich an dieser Stelle aus, das ich nicht zuordnen kann. Vielleicht liegt es an der elektrisierenden Umgebung, dass ich so auf die Berührung einer Frau reagiere. So habe ich mich nicht mal mit den wenigen Männern gefühlt, mit denen ich je intim war.

»Es gibt zwei Männer hier, von denen man sich besser fernhalten sollte.« Sofort schrillen alle Alarmglocken in mir auf, weil ich nicht weiß, was das zu bedeuten hat. Plötzlich bekommt dieser Ort einen bitteren Beigeschmack, der noch einnehmender ist als der des Wodkas.

»Die Männer, denen der Club gehört.« Mein Blick wandert über die ebenfalls durch Samtvorhänge abgetrennten Nischen, aus denen ich ein Stöhnen hören kann, hin zu der Bar, hinter der eine Frau oben ohne ein paar Männer bedient.

Meine Kehle schnürt sich zusammen, als ich sehe, dass sich einer dieser Kerle genüsslich einen runterholt, während er die Barkeeperin begafft und auf seinen Drink wartet.

Jetzt weiß ich, was Paige meinte, als sie sagte, dass es keine Regeln gibt. Der Typ hat die Hand in seiner Hose und fährt in langsamen Bewegungen auf und ab. Mein Mund wird trocken, als ich ein weiteres Paar sehe, das es in einer der Nischen miteinander treibt, ohne ihre Show durch den Vorhang abzutrennen.

Der Mann sitzt auf einem schwarzen Sofa, die Frau nackt auf seinem Schoß und gleitet im Takt der Musik an seinem Schwanz auf und ab. *Wir sind in einem verdammten Puff gelandet.*

Hilfe suchend greife ich nach Petes Hand, der ziemlich fasziniert von diesem Szenario zu sein scheint, immerhin regt er sich kaum noch. Es sieht nicht aus, als würde er die Flucht ergreifen wollen, während in mir alles nach eben dieser Flucht schreit.

Der Song wechselt zu einer schnelleren Nummer, und als ich das nächste Mal auf das Pärchen geradezu sehe, haben sie die Stellung gewechselt.

Die Frau stützt sich mit den Händen an der Stange ab, die sonst den Vorhang an Ort und Stelle hält, während der Kerl von hinten in sie stößt.

Sie lieben es, im Rampenlicht zu stehen. Ihre nackten Brüste wippen zur Musik und die Fratzen auf ihren Masken wirken so surreal, dass ich mir sicher bin, nur zu träumen.

So ein Szenario kann unmöglich real sein, vor allem nicht in einer so überschaubaren Stadt wie dieser. Pete beugt sich zu mir herunter und sein warmer Atem streift mein Ohr.

Sofort überzieht mich eine Gänsehaut. Ob aus Angst oder Neugier, kann ich nicht sagen. Genauso wenig, ob mir dieses Gefühl gefällt oder nicht.

»Willst du lieber gehen? Ich merke doch, dass es dir unangenehm ist.« Er kennt mich besser, als ich mir eingestehen will. Ja, dieser Club ist mir unheimlich, aber ich bin immerhin hier, um das Drama in meinem Leben für einen Abend beiseitezuschieben.

Wo könnte es besser gehen als hier? Wenn ich in der nächsten Nacht Albträume habe, dann wenigstens nicht wegen meiner Schwester, sondern wegen dieser gruseligen Masken. Entschlossen schüttle ich den

Kopf. »Nein, ich will bleiben.« Auch wenn ich nicht weiß, ob ich es bereuen werde. Paige klatscht in die Hände. »Also, ich muss gleich mal nach jemandem sehen. Kommt ihr einen Moment ohne mich klar?« Wir nicken, aber ich glaube mir selbst nicht.

»Gut. Wenn etwas ist, fragt einfach nach mir. Und denkt an die Regeln. Setzt die Masken nie ab und haltet euch von den Besitzern fern.« Dass sie diesen Punkt wieder anspricht, macht mein Unwohlsein nicht gerade besser.

»Wie erkennen wir die Besitzer denn?« Immerhin sehen mit ihren Masken alle gleich aus. Etwas, wovon dieser Club ganz sicher lebt. Man kann tun und lassen, was man will, ohne erkannt zu werden.

»Man erkennt sie an ihren Masken. Ihre sind rot.«

Rot ... wie ein Alarmsignal.

Rot ... wie das Feuer.

Rot ... wie meine Lieblingsfarbe.

***

Nachdem Paige uns allein gelassen hat, haben Pete und ich uns einen Drink an der Bar bei der halb nackten Frau bestellt. Sie trägt ebenso wie wir diese Maske aus Plastik, ihre feuerroten Haare fallen in weichen Locken über ihren zierlichen Rücken. Neben uns ziehen sich zwei Männer weißes Pulver durch die Nase und schieben die Scheine, die sie dafür als Röhrchen benutzt haben, anschließend in den schmalen schwarzen Slip der Barkeeperin. Eine Bezahlung, die sie mit einem sinnlichen Knicks quittiert und sie plötzlich in ein anderes Jahrhundert katapultiert.

»Das hier ist wirklich abgefahren. Kein Wunder, dass der Club so gehyped wird.« Ich würde Petes Faszination über das *Blacklight* zu gern teilen, aber in mir herrscht immer noch diese ermahnende Stimme, die mir sagt, dass dieser Ort gefährlich für mich ist. Und dass ich überall, nur nicht hier sein sollte. Selbst wenn ich bei Weitem alt genug bin, beschleicht mich das schlechte Gewissen meinen Eltern gegenüber. Während sie zu Hause sitzen und sich Sorgen um mich machen, wandere ich in den erstbesten Puff.

»Entspann dich, Eve. Dir passiert nichts, ich bin doch bei dir und passe auf dich auf.« Er legt seine Hand auf mein Knie und ich kralle mich an diesem Gefühl der Sicherheit fest. »Ich muss nur mal für kleine Raubkatzen. Warte hier auf mich, ja?« Pete haucht mir einen Kuss auf die Wange und steuert die Badezimmer an, die sich hinter der Bar befinden.

Mittlerweile ist die Musik wieder rauer geworden und die Nischen sind allesamt durch die Vorhänge verschlossen, sodass ich nicht wieder Augenzeugin eines Live-Pornos werde. Neben mir taucht ein Kerl auf, der Petes Platz einnimmt und sich zu mir lehnt. Eine Wolke aus kaltem Qualm und herbem Parfum schlägt mir entgegen und sofort wünsche ich mir meinen Freund zurück, der mich beschützt.

»Das erste Mal hier?« Seine Stimme ist weder einladend noch abschreckend. Sie ist einfach nur da. Durch die Maske kann ich nicht einschätzen, wie alt mein Gegenüber ist, aber er klingt eindeutig älter als ich. An den Seiten werden seine Haare schon vereinzelt grau.

»Merkt man das?« Das Letzte, was ich will, ist auffallen. Immerhin sorgen die Masken eigentlich dafür, dass genau so etwas nicht passiert.

Einige Leute haben in der Mitte des Raumes eine Tanzfläche eröffnet und bewegen sich wie in Trance zu der düsteren Musik. Eben habe ich diese Elektrizität selbst in meinem Körper beim Tanzen gespürt, doch gerade wünsche ich mich einfach zurück in mein braves, bequemes Bett.

»Etwas. Dein Körper ist ganz angespannt.« Im nächsten Moment spüre ich eine kalte Hand an meinem Knie an der Stelle, an der Petes bis eben noch lag. Mit dem gravierenden Unterschied, dass ich diesem Typen nicht erlaubt habe, mich zu berühren. Bestimmend schiebe ich seine Pranke von meiner Haut und rutsche weiter von ihm weg, damit er kapiert, dass ich nicht angefasst werden will.

Und schon bereue ich es, dass mein Outfit so freizügig ist. Nervös ziehe ich den Stoff meines Kittels weiter herunter, aber weiter als über die Mitte meiner

Oberschenkel reicht er nicht, ohne dass ich meine Brüste noch mehr entblöße.

»Siehst du … ziemlich verspannt, wenn du mich fragst. Oder verklemmt, wie man es nennen will. Wirkt nicht, als wärst du ein Mädchen, das hier hingehört.« Seine dreiste Art macht mich so wütend, dass ich von dem Hocker herunterspringe und die Flucht ergreifen will, als er mich jetzt am Handgelenk packt. Sein Atem ist meinem so nah, dass ich die Panik in mir wie einen Orkan spüren kann.

Wo zur Hölle bleibt Pete? Panisch schießt mein Blick durch den Raum, aber niemand bekommt mit, dass mich der Kerl hier belästigt.

Jeder ist mit seinem eigenen Kram beschäftigt. Einige damit, hier ihre sexuelle Befriedigung zu holen, die sie vermutlich zu Hause nicht bekommen, andere damit, ihre Gefühle durch Stoff zu betäuben. Die Tür zum Badezimmer bleibt weiterhin geschlossen und jede vergehende Sekunde zieht sich wie Kaugummi in die Länge.

»Lass mich los, verdammt!« Meine Beine fühlen sich weicher als Butter an, ich reiße mich erneut von ihm los und stürme stolpernd in Richtung Damentoilette. Mein Blick wandert über meine Schulter, hin zu dem Mann, der mich jetzt genau im Visier hat. Panisch greife ich nach der erstbesten Tür, die sich mir bietet, und hole erleichtert Luft, als ich allein bin. Der Gang, in dem ich mich befinde, ist nur leicht beleuchtet, und weil hier niemand ist, der mich sehen könnte, greife ich nach der Maske und reiße sie mir vom Gesicht, als hätte ich mich an ihrem Material verbrannt. Es hat sich angefühlt, als würde ich unter ihr ersticken.

Sofort fühle ich mich wieder besser. Mehr wie ich selbst. Ich lege den Kopf in den Nacken, stütze mich an der kühlen Wand ab, hole das Handy aus meiner Handtasche und werfe einen Blick auf die Uhr. Wir sind erst seit einer halben Stunde hier, aber ich halte es kaum eine weitere Minute aus.

Entschlossen stopfe ich das Smartphone zurück, will gerade zurückgehen, um Pete zu suchen und schnell von hier abzuhauen, als jemand den Flur betritt. Ein Mann tritt zielsicher auf mich zu. Anhand seiner Kleidung weiß ich sofort, dass ich ihm noch nicht begegnet bin, aber es sieht aus, als hätte er mich gesucht. Der Muskelberg zerrt mich anschließend den Gang entlang, öffnet die Tür auf der rechten Seite und stößt mich bestimmend hinein wie eine Schwerverbrecherin in eine Gefängniszelle.

Ich befinde mich in einem Raum, der dem Schlafzimmer eines Zuhälters ähnlich sieht. Das rot gedimmte Licht legt sich auf meine nackten Arme und ich spüre wieder diese Angst in mir wie einen Parasiten, der sich langsam durch mein Fleisch frisst, um an die Oberfläche zu kommen. Die Haare an meinem ganzen Körper stellen sich vor Angst auf.

»Wer ist das?«

Luftschnappend folge ich der Stimme, die mir sofort durch Mark und Bein geht. Letztendlich entdecke ich, woher sie kommt, als ich den Mann auf dem Sofa in der Ecke sitzen sehe. Er trägt eine Maske, wie die in meiner Hand, die ich eigentlich auf dem Gesicht tragen sollte. Aber seine … seine ist rot …

Halte dich von den Besitzern fern. Ich habe es kaum dreißig Minuten hier drin ausgehalten, ohne aufzufallen. Es gab nur zwei Dinge, die ich vermeiden sollte und beiden bin ich mit offenen Armen entgegengerannt. Pete hätte wissen müssen, dass es so enden wird.

»Ich habe sie in den verbotenen Bereich gehen sehen. Und sie hat ihre Maske abgesetzt, Sir.« Der Muskelprotz, der sich wie ein Bodyguard verhält, nimmt mir meine Maske ab und wirft sie dem Typen auf dem Sofa zu. Mit Leichtigkeit fängt er sie in der Luft ab, betrachtet sie kurz und legt sie auf seinem angewinkelten Knie ab. Ich kann nicht viel erkennen, nur, dass er dunkle Haare hat und eine Lederjacke trägt, die seine breiten Schultern zur Geltung bringt.

»Lass mich mit ihr allein.« Wie auf Knopfdruck lässt der Mann von mir ab und Sekunden später bin ich mit dem Besitzer allein in diesem Raum. Es ist angenehm warm hier drin und doch merke ich, wie sich die Gänsehaut um meinen Körper legt und nicht mehr loslässt. Von der Musik im Club bekommt man hier nichts mehr mit, stattdessen ist die Stille ohrenbetäubend. Sie verschluckt mich.

»Wie ist dein Name, hm?« Die Stimme des Mannes ist anders als die dieses Ekels, der mich berührt hat, ohne dass ich es ihm erlaubt habe. Seine war neutral, diese hier ist erdrückend. Meine Knie zittern in den dünnen Strümpfen und ich wünschte, Pete würde mich finden und einfach von hier wegbringen.

Es war eine dumme Idee, überhaupt herzukommen. Eine noch dümmere war es, dieser Paige in diesen seltsamen Bereich zu folgen, anstatt auf der anderen Seite dieser Tür zu bleiben. Wir hatten Spaß auf der Tanzfläche und hätten dieses Upgrade sicher nicht gebraucht. Wir haben ja nicht mal danach gefragt.

»Evelyn«, antworte ich ehrlich. Erst jetzt höre ich, dass im Hintergrund *Bring me to Life* von Evanescence spielt, das ich damals so gern gehört habe, wenn ich mich in die Erinnerungen an Stacy geflohen habe.

Das Lied sorgt dafür, dass ich mich in Anbetracht meiner Lage ein bisschen zu sicher fühle. Der Mann mit der roten Maske steht auf und erst jetzt sehe ich, wie groß er ist. Als er vor mir steht, überragt er mich mindestens um eine Kopflänge, obwohl ich mit meinen eins siebzig schon größer als die Durchschnittsfrau bin.

»Also, Evelyn«, singt er meinen Namen. »Bist du zum ersten Mal hier bei uns?« Stumm nicke ich. Die Maske, die ich mir eben so erleichtert vom Gesicht gerissen habe, baumelt in seiner rechten Hand. Eine

Tatsache, die mich jetzt in Schwierigkeiten bringen wird.

»Wir setzen die Masken nicht ab.«

Wieder nicke ich.

»Weiß ich.«

»Wieso hast du es dann trotzdem getan?« Unter der Maske und den beleuchteten roten Kreuzen kann ich seine Augen nicht wirklich sehen, aber ich spüre, dass er mich genau ansieht.

Mein Herz klopft wild in meiner Brust und ich merke, dass Tränen in meine Augen steigen. Gerade wünschte ich, ich würde meine Maske wieder tragen, damit er sie nicht sehen kann und ich mir nicht wie ein gemaßregeltes Kind vorkomme, das einen Fehler gemacht hat.

»Ich weiß es nicht«, lüge ich. Natürlich kenne ich die Antwort, aber ein unsinniger Teil in mir will nicht, dass dieser Mann mich für schwach hält.

Er riecht aufregend, nach einer Mischung aus Feuerholz und Meer. Wie ein Lagerfeuer direkt am Strand. Nach einem Duft, den ich noch nie in vergleichbarer Form irgendwo auf der Welt gerochen habe und definitiv viel besser als der Kerl an der Bar. »Wie bist du hier reingekommen?« Er tritt näher an mich heran, und anstatt nach hinten zu weichen, wachse ich am Boden fest. Meine roten Pumps verschmelzen mit dem dunklen Parkett unter mir, obwohl ich dringend einen Weg hier raus suchen sollte.

Wenn mich mein Verdacht nicht täuscht, ist dieser Kerl wirklich ein Zuhälter.

Wieso sollte hier sonst ein Bett in der Ecke stehen, während draußen die Barkeeperinnen halb nackt Drinks servieren? Vermutlich wandern sie nach ihrer Schicht direkt hierher. Zu ihm. Um sich einen Extralohn zu verdienen.

»Ich bin im Verteiler.« Eine weitere Lüge. Eine, die Paige mir in den Mund gelegt hat, sollte mir jemand diese Frage stellen. Dumm nur, dass der Mann vor mir sicher genau weiß, wer im Verteiler ist und wer nicht.

»Dann wirst du ja sicher nichts dagegen haben, mir den Code zu sagen, oder?« Verdammt. Ich schließe die Augen und versuche, mich an den Code zu erinnern, den Paige in das Zahlenfeld eingegeben hat, aber ich kriege keinen mehr zusammen.

Weil ich nicht antworte, höre ich ein stumpfes Lachen unter seiner Maske, die mit dem warnenden Rot noch bedrohlicher aussieht. Und doch fühle ich mich aus unerklärlichen Gründen bei ihm sicherer als da draußen unter diesen ganzen Freaks. Er hätte mir längst etwas antun können, wenn er gewollt hätte, immerhin stehe ich wehrlos vor ihm.

Aber er berührt mich nur mit seinen Blicken, nicht mit seinen Händen. Ich will etwas sagen, kriege aber keinen Ton heraus, und als die Tür geöffnet wird und Paige auftaucht, entspanne ich mich letztendlich. Auch wenn ich sie nicht kenne, fühlt es sich gut an, sie zu sehen.

Ihre Maske hat sie ebenfalls in der Hand und ich frage mich, ob sie gern die Regeln bricht oder ob es bei ihr einfach egal ist, was sie macht, weil sie so scharf ist.

»*Du* hast sie also entführt«, tadelt sie den Mann unter der roten Maske und tritt auf mich zu. Sie legt ihre kühlen Hände auf meine Schultern und sieht mich fragend an. Die Sorge in ihren schönen Augen lässt das Gefühl aufkommen, dass wir uns schon ewig kennen, dabei weiß ich außer ihrem Namen nichts über sie.

»Alles gut bei dir?« Schmallippig nicke ich, auch wenn es nicht der Wahrheit entspricht. Das erste Mal seit Langem wollte ich aus meinen Mustern ausbrechen und etwas Gewagtes tun. Das Resultat ist ziemlich ernüchternd und lässt Tränen der Frustration in mir aufkommen.

»Hast du sie reingelassen?« Seine Stimme ist immer noch aufregend. Dunkel. Tief. Dort, wo andere Stimmen aalglatt sind, hat seine eine interessante Struktur. »Erwischt!« Sie streicht über meine erhitzte Wange und dreht sich zu dem Mann um.

»Jetzt komm schon, Jace. Lass mir meinen Spaß! Sie und ihr Freund sind echt cool und ich wollte ihnen mal eine richtige Party zeigen. Sie haben nicht zu diesen Langweilern da drüben gepasst.« Schmollend schiebt Paige ihre Unterlippe nach vorn, was ihn nicht unbedingt zu besänftigen scheint, mich aber wieder lächeln lässt. »Dann sorg wenigstens dafür, dass sie sich an die Regeln halten, wenn du schon gegen sie verstößt.« Paige verdreht theatralisch die Augen.

»Ach komm schon, Bruderherz. Entspann dich mal ein bisschen.«

Bruderherz?

»Ihr seid Geschwister?«, platzt es aus mir heraus, auch wenn es mich herzlich wenig angeht, in welcher Verbindung sie zueinanderstehen.

»Nicht biologisch. Aber wir haben früh gelernt, dass man sich seine Verwandten nicht aussuchen kann, seine wahre Familie hingegen schon.« Ich lasse mir Paiges Worte durch den Kopf gehen. Auch wenn ich Mom und Dad liebe, habe ich mir oft gewünscht, eine andere Familie zu haben. Jemanden, der mich nicht einsperrt. Jemanden, der mich versteht. Jemanden wie Stacy, die mir einfach entrissen wurde.

Jace legt den Kopf schief, sein Blick liegt immer noch wie ein Schleier auf mir, den ich zu gern auch an anderen Stellen meines Körpers spüren würde. Gedanken machen sich in mir breit, die ich mir nicht erklären kann, sich aber gut anfühlen.

Paige tritt hinter mich, legt ihre Hände an meine Schultern und sieht ihn an. Ihr Atem ist warm und riecht nach Minze. Ich kann ihr Lächeln förmlich sehen.

»Du musst doch zugeben, dass sie interessant ist!« Ihre Finger fahren sanft über meinen Hals und ich spüre wieder diese Erregung, die sich langsam zwischen meinen Beinen sammelt, weil sie mich in Gegenwart dieses Mannes so intim berührt.

Als sie von mir ablässt, bin ich fast enttäuscht, weil es schon vorbei ist. Und während Paige durch den Raum tänzelt, sich in der Minibar einen Drink einschüttet und es sich auf dem Sofa bequem macht, ruhen seine Blicke immer noch auf mir, als würde er nach dem Interessanten in mir suchen, das sie soeben erwähnt hat.

Jace.

Der Name gefällt mir, besser, als er sollte.

Genau wie seine Stimme. Und sein Duft. Alles an ihm gefällt mir auf den ersten Blick viel zu gut, obwohl ich noch nicht mal sein Gesicht sehen konnte und dieser Club Indiz genug dafür sein sollte, dass ich mich von ihm fernhalten muss. Die Tatsache, dass er der Besitzer dieses absurden Schuppens ist, sollte mich warnen.

»Wo steckt Reed?« Die Frage ist eindeutig nicht mir gewidmet und doch kann er einfach nicht aufhören, mich anzustarren. Was zur Hölle stimmt nicht mit diesem Kerl?

Ich schlucke die Aufregung herunter, taste hinter mich und kralle mich an dem Tresen fest, als würde es mir in irgendeiner Weise helfen, mit der Intensität in diesem Raum fertigzuwerden. Die Marmorplatte kühlt wenigstens meine erhitzten Fingerspitzen.

»Vermutlich in Schwierigkeiten, wo sonst?« Paige räkelt sich auf dem Sofa, wirft ihre in Boots steckenden Füße über die Lehne, und ich beneide sie für ihre Gelassenheit.

Mich muss nur ein Mann hier drin undefinierbar ansehen und schon dreht sich die Welt um mich ein bisschen schneller.

Nicht, weil ich keine Kontakte zu männlichen Wesen pflege, aber eben nicht zu solchen. Die Männer, die bisher ein Teil meines Lebens waren, waren langweilige Stubenhocker, deren größtes Abenteuer es war, einen Endboss in einem Computerspiel zu besiegen.

»Du zitterst ja.« Wie eine Hand aus Schatten streicheln diese Worte über meine nackten Arme, und als ich aufsehe, weiß ich, dass er mit mir spricht. Es ist völlig absurd, dass ich mir in diesem Moment wünsche, er würde mich wirklich berühren. Nur, damit ich weiß, ob seine Haut dieselbe Wirkung auf mich hat wie seine Stimme.

Jace ist mir jetzt wieder näher als zuvor und ich müsste nur einen Schritt nach vorn machen, um gegen die definierte Brust unter seinem schwarzen Shirt zu knallen. Nur einen Schritt, um herauszufinden, ob meine Vorstellungen der Realität entsprechen.

Er beugt sich über mich und als sein Duft näher kommt, wird mir schwindelig. Das Feuerholz überwiegt eindeutig.

»Du hast Angst«, setzt er noch hinterher. Natürlich will ich widersprechen, aber es wäre gelogen, wenn ich das Gegenteil behaupte. Seine Hand streift meine, und dann nimmt er die Maske und setzt sie mir wieder auf. Dabei spüre ich vor allem seine warmen Fingerspitzen an meiner Haut, die Blitze durch jede meiner Zellen jagen. Angefangen an meinen Schläfen bis in meine Zehenspitzen.

In diesem Moment vergesse ich, wo ich bin, und dass wir von Paige im Hintergrund beobachtet werden. Dass Pete da draußen vermutlich gleich wahnsinnig wird, weil ich einfach verschwunden bin.

»Merk dir eins, Evelyn.« Mein Name klingt aus seinem Mund viel schöner, als ich ihn in Erinnerung hatte. »Das hier ist mein Club. Meine Regeln. Also halte dich dran.« Benommen nicke ich und atme erst wieder aus, als er von mir ablässt und die Tür ansteuert. Seine Schritte sind schwer und laut, so wie mein Herzschlag.

»Ich gehe Reed suchen. Sorg dafür, dass sie von hier verschwindet, Paige. Und nächstes Mal nimm nur Leute mit her, von denen du weißt, dass sie damit klarkommen.« Er spricht über mich, als wäre ich nicht genau hinter ihm, und ist dann weg. Das erste Mal, seit ich in diesem Zimmer bin, atme ich den Druck aus meinen Lungen. Paige grinst über das ganze Gesicht, nippt an ihrem Champagner und stellt das Glas am Boden ab.

»Was?«, frage ich sie gereizt, auch wenn ich keinen Grund habe, meine Gefühle an ihr auszulassen. Immerhin war es meine eigene Entscheidung, ihr zu folgen. Sie steht tänzelnd auf und kommt zu mir herüber. Als sie bei mir ist, legt sie ihre Hand in meinen Nacken und streichelt mit ihren Fingern über ihn, seitlich über meinen Hals und nach vorne zu meinem Schlüsselbein. An meinem Ausschnitt hält sie inne.

»Nichts. Aber es ist gut, zu sehen, dass es jemanden gibt, der meinen Bruder aus dem Konzept bringen kann. Also, außer mir«, flötet sie und ich verschlucke mich an ihren Worten. Ich soll ihn aus dem Konzept bringen? Ja, mir sind seine Blicke nicht entgangen, aber durch die Maske konnte ich sie nicht wirklich deuten. Ihre Hand verweilt immer noch über meinem Herzen und ihre Augen strahlen mit den roten Spots an der Decke um die Wette.

»Komm, ich bring dich zu deinem Freund. Für heute hattest du sicher genug seltsame Begegnungen.« Sie greift nach meiner Hand, setzt sich ihre Maske auf und verlässt mit mir den Raum. Und selbst als wir längst wieder zwischen all den maskierten Menschen stehen, habe ich nur eines im Kopf. Den Geruch nach Feuerholz und Meer.

Kapitel 3

Jace

Ich sitze an dem Schreibtisch in Dads Büro, gehe die Unterlagen durch, die ich nach und nach sortiere, und fühle mich mit jedem Blatt, das neben mir im Schredder landet, fehl am Platz.

Seit seinem Tod habe ich dieses Büro gemieden, habe die Dinge hier drin langsam verrotten und verstauben lassen, aber allein der Gedanke an diese vier Wände hat mir meine Kraft entzogen, ohne dass ich es kontrollieren konnte.

Also habe ich mich entschieden, dem ein Ende zu setzen und endlich mit diesem Thema abzuschließen. Es ist mitten in der Nacht und auch, wenn ich mich körperlich ausgelaugt fühle, kriege ich ohnehin kein Auge zu, wenn ich im Bett liege.

Während meiner Säuberung fliegen mir so viele Dokumente und Bilder in die Hand, die ich am liebsten nie gesehen hätte. Bilder von Mom, als sie noch bei uns war. Bilder von Reed und mir, als wir noch nichts von Dads Geschäften im Club wussten. Als wir noch zu ihm aufsehen konnten, weil wir fest davon ausgingen, dass er einer von den Guten ist. Einer von den Vätern, die eine weiße Weste haben. Wie sehr wir uns in ihm getäuscht haben, wussten wir erst, als er Mom das erste Mal mitten ins Gesicht schlug.

Ich lehne mich auf dem Bürostuhl zurück und entdecke die Briefumschläge in der obersten Schublade. Sofort nehme ich sie an mich, sehe die angetrockneten Blutflecke und fahre mit den Fingern über unsere Namen. Es sieht aus, als hätte er sie in völliger Ruhe geschrieben, keine Hektik liegt in seinen Buchstaben. Dads Selbstmord ist schon drei Jahre her und trotzdem haben wir die Briefe, die er uns hinterlassen hat, nie gelesen.

Die Polizei hat sie als Beweismaterial für seinen Suizid überprüft und uns anschließend zurückgegeben, aber angerührt haben wir sie nie.

Gerade als ich meinen aus dem Umschlag nehmen will, erscheinen Reed und Paige in meinem Blickfeld, also schiebe ich sie schnell wieder zurück und drehe den Schlüssel um. Keine Ahnung, was er tun würde, wenn er mich dabei sieht. Er würde mich für schwach halten.

»Was willst du hier drin?« Mein Bruder hat diesen Raum genau wie ich gemieden, auch wenn ich weiß, dass ihn das Szenario nicht so stark verfolgt wie mich. Schließlich war er nicht im selben Raum, als es passiert ist. Seit dem Tod unseres Vaters ist er vor allem eines geworden: gefühllos.

An seinem rechten Auge prangt eine kleine Wunde, aus der Blut tritt, und es beginnt, sich blau zu färben. Eigentlich müsste ich ihn fragen, was er wieder angestellt hat, aber im Grunde genommen kenne ich die Antwort schon.

Es kommt selten vor, dass er ohne irgendwelche Anzeichen von Prügeleien heimkommt und die Wunden gehören schon seit Langem zu ihm. Immerhin fällt es den Leuten in unserem Umfeld so leichter, uns auseinanderzuhalten.

»Den alten Mist aussortieren«, antworte ich stattdessen schulterzuckend, als wäre nichts dabei, dass ich nach drei Jahren das erste Mal hier drin bin. In dem Raum, in dem ich meinem Vater dabei zusehen musste, wie er sich das Hirn wegschießt.

Paige schürzt die Lippen, kommt schleichend in den Raum und stellt sich hinter mich, weil sie mir immer ansieht, was in meinem Kopf passiert. Ihre zierlichen Arme schlingen sich um meinen Hals und sie bettet ihren Kopf an meiner Schulter.

Selbst nach einer durchzechten Nacht im *Blacklight* riecht sie immer noch nach frischen Erdbeeren. *Spätestens, wenn Reed mit ihr fertig ist, wird sie duschen müssen.* »Brauchst du Hilfe dabei?« Ich ergreife ihre Hand und presse sie fest an mich. Die letzten drei Jahre haben uns noch enger zusammengeschweißt und mittlerweile bin ich mir sicher, dass man sich seine Familie selbst aussuchen kann. Auch wenn durch unsere Adern nicht dasselbe Blut fließt, ist sie eine größere Stütze für mich, als es unser Vater je war. Außerdem ist sie es, die meinen Bruder davon abhält, sich noch tiefer in die Scheiße zu stürzen. Ohne sie wären seine Sicherungen schon durchgeknallt. Keine Ahnung, in welcher Gosse er ohne sie liegen würde.

»Eigentlich hatten wir was anderes vor, Jace«, erinnert Reed sie knurrend daran, dass sie vermutlich vögeln wollten, als sie herkamen. Ich verdrehe die Augen.

»Das kann sicher noch ein paar Stunden warten. Ich hab dir gesagt, dass du lernen musst, geduldig zu sein.« Paiges Stimme klingt süß, dabei wissen wir drei bestens, dass sie das genaue Gegenteil davon ist. Sie ist laut, sie ist rebellisch und von einem unschuldigen Engel so weit entfernt wie die Erde vom Mond.

Dieses Mädchen im Club hingegen … Seit sie von meinem Bodyguard in mein Büro geschliffen wurde und mich ihre schreckhaften Augen angesehen haben, kriege ich ihren Blick nicht mehr aus dem Kopf. Ihre Haut sah weich aus und ich bereue es, sie nicht selbst nach draußen gebracht zu haben.

Reed packt sich zwischen den Schritt und deutet auf seine Latte, die man unter der Jeans sehen kann. Wenn er in den Prügeleien ein Ventil für seine Wut gefunden hat, ist das Ventil für den Rest seiner Emotionen eindeutig Sex. Und den beschränkt er nicht nur auf Paige, sondern auf ziemlich viele Frauen, die ihm alle aus den Händen fressen.

»Die Frauen in diesem mittelklassigen Laden haben mich echt angeheizt, P. Keine Ahnung, wie lange ich warten kann. Du weißt, dass Geduld nicht meine Stärke ist.« Er zwinkert ihr anzüglich zu, während ich versuche, mich auf etwas anderes zu konzentrieren als auf Evelyn.

Normalerweise merke ich mir nicht einmal die Namen von den wichtigsten Geschäftspartnern des Clubs, aber ihren kriege ich einfach nicht aus meinem Kopf, seit sie ihn geflüstert hat.

Ich bin mir sicher, dass ihr Name auf meinen Lippen noch besser klingen würde. Wenn ich in ihr wäre und sie sich in meinen Rücken krallt.

Ich schließe die Augen, atme Paiges Duft ein und stelle mir vor, wie *sie* riecht. Vermutlich ist sie im Vergleich zu ihr wirklich unschuldig. Man hat ihr angesehen, dass das *Blacklight* kein Ort für jemanden wie sie ist. Dass sie in etwas hineingeraten ist, in das sie nicht hineinpasst. Sie wirkte wie ein Störfleck in einem sonst klaren Bild. Und dieses Bild ist eindeutig zu abgefuckt für jemanden wie sie.

»Wie sieht's aus, Jace? Brauchst du mich? Wenn ja, dann sag deinem Bruder, dass er heute selbst Hand anlegen muss. Ich bin nicht immer für ihn verfügbar, wenn es ihm passt.« Ich schüttle den Kopf und küsse ihren Unterarm, wobei sich ihre hellen Haare aufstellen. Im Gegensatz zu meinem Bruder habe ich kein Interesse daran, meine Schwester zu ficken, und ich bin mir sicher, dass es ihr genauso geht.

Wenn Reed nicht wortwörtlich der Mensch wäre, der mir am allernächsten steht – immerhin haben wir uns eine verdammte Gebärmutter geteilt -, würde ich Paige von Leuten wie ihm fernhalten.

Sie sollte sich mit Menschen umgeben, die besser sind als wir. Mit Menschen, die sie ins Licht ziehen, stattdessen bleibt sie hier bei uns und versinkt langsam mit uns in dem Schlamm.

»Geh ruhig. Ich mach eh gleich Schluss hier.« Als Antwort drückt sie mir einen Kuss auf die Wange und tänzelt zurück zu Reed, der sie mit einem Ruck an sich zieht und seine Hand an ihren Arsch in den knappen Shorts legt.

Ihre schlanken Beine pressen sich gegen ihn und ich bin mir sicher, dass sie es auch hier in Dads Büro vor meinen Augen treiben würden, wenn ich es ihnen erlauben würde. Reed würde sicher nicht einmal vor dem Sofa hinter mir haltmachen, auf dem unser Vater seinen letzten Atemzug genommen hat.

»Glück gehabt, Black.« Paige sieht mich über die Schulter hinweg an. »Außerdem will ich deinen Bruder nicht beim Denken an die Kleine aus dem Club stören.« Innerlich fühle ich mich ertappt, äußerlich regt sich bei mir gar nichts. Reed reißt die Augen auf, was dank der

Verletzung wehtun muss, stützt sich mit einer Hand am Türrahmen ab und sieht mich interessiert an.

Normalerweise unterhalten wir uns nur noch übers Geschäft, aber hin und wieder schweifen auch wir ab und reden über Themen, die normale Brüder beschäftigen. In wenigen Sekunden der Dunkelheit scheinen wir beide zu vergessen, dass Normalität ein Fremdwort für uns geworden ist.

In diesem Business heißt es fressen oder gefressen werden. Und wir wollen definitiv am Ende der Nahrungskette stehen, nicht am Anfang.

»Welche Kleine?«

»Evelyn«, singt sie ihren Namen, der sofort dafür sorgt, dass ich hart werde. Scheiße, was zur Hölle stimmt nicht mit mir? Ja, sie war scharf - mit ihren weißblonden Haaren und dem knappen Kittel, der ihre Titten perfekt betont hat. Aber sie war nicht schärfer als die anderen Frauen in meinem Laden und denen kann ich nichts abgewinnen.

»Evelyn«, wiederholt Reed und sofort würde ich ihm dieses dreckige Grinsen gern aus dem Gesicht schlagen und das andere Auge auch noch einfärben. Ich weiß, was er sagen will, und ich habe keinen Bock darauf, es mir anzuhören.

»Paige hat heute gegen die Regeln verstoßen.« Meine Stimme ist eiskalt, während in mir Lava strömt, weil ich mir vorstelle, wie ich ihr die Angst nehmen kann. Alles, was ich im Moment brauche, ist ein Themenwechsel.

»Sie hat nicht nur den Code weitergegeben und die falschen Leute reingelassen, sie hat auch ihre Maske abgesetzt. Vielleicht solltest du ihr klarmachen, worauf es bei uns ankommt.«

Reeds Augen funkeln bedrohlich, während Paige sich enger an ihn drückt und ihm etwas ins Ohr flüstert, das ich von meiner Position aus nicht hören kann und vermutlich auch nicht hören will. Mein Bruder beißt kurz in ihren Hals und ihr Schrei durchzieht den ganzen Raum. Fast jede Nacht kann ich mit anhören, was sie miteinander treiben. Und wie oft.

»Danke für den Tipp, Bruderherz. Dann werde ich die Kleine mal für ihre Sünden bestrafen.« Bevor sie verschwinden, halte ich ihn auf.

»Was ist da wieder passiert?«

Ich deute fahrig auf sein blaues Auge, aber er grinst mich nur breit an. Seine Haare sind länger als meine, aber sonst kann man uns nur schwer voneinander unterscheiden.

»Die üblichen Idioten halt.« Dann packt er Paige bei der Hand, zerrt sie in Richtung Treppe und ich bin wieder allein.

Allein mit den Gefühlen in mir, die ich nicht fühlen will. Mit den Gedanken, die ich nicht denken will. Vor mir herrscht immer noch ein Chaos an Unterlagen, aber in meinem Kopf tobt das viel größere. Ich schiebe den ganzen Scheiß von mir, lehne mich auf dem Stuhl zurück, öffne meine Jeans und greife nach meinem

Schwanz. Und dann versuche ich, dieses Mädchen aus meinem Kopf zu kriegen …

Kapitel 4

»Die Party war grandios, oder?« Pete ist immer noch außer sich, als wir uns im Geschichtskurs auf unsere Plätze in der letzten Reihe setzen. Diese seltsame Nacht steckt mir immer noch in den Knochen und ich werfe meinem Freund einen fragwürdigen Blick zu, den er sofort richtig interpretiert.

»Sorry, Süße.« Er hebt abwehrend die Hände hoch. »Ich hab vergessen, dass dich dieser Typ angegrabscht hat. Mein schlechtes Gewissen killt mich, weil ich dich alleingelassen habe. Nächstes Mal werde ich keinen Schritt von deiner Seite weichen, das verspreche ich dir.« Er zieht einen Schmollmund.

»Nicht.« Ich atme tief durch. »Du bist nicht schuld. Ich hätte von Anfang an einfach Nein sagen sollen, anstatt Paige zu folgen. War doch klar, dass diese Partys nichts für mich sind. Wir hätten sicher auch ohne diesen Puff unseren Spaß gehabt.« Pete zieht die Stirn kraus und eine Falte entsteht zwischen seinen eisblauen Augen, mit denen er schon mehrere Frauen um den Finger gewickelt hat, obwohl er auf Männer steht.

»Jetzt mach dich mal nicht langweiliger, als du bist, Eve. Ich finde, wir haben uns gut geschlagen als Puff-Neulinge!« Er hält mir seine Faust hin und ich boxe meine gegen sie, auch wenn ich ihm nicht glaube. Es hat nur wenige Minuten gedauert, bis ich den Ärger des Besitzers auf mich gezogen habe.

Neben diesen seltsamen Bildern, die ich seit gestern Nacht nicht mehr vergessen kann, haben mich vor allem seine Blicke vom Schlaf abgehalten. Noch jetzt kriege ich eine Gänsehaut, wenn ich nur daran denke, wie er mich angesehen hat.

»Ist dir kalt?«

Pete zieht sich seine Sweatjacke aus und schiebt sie über dem Tisch zu mir herüber. Eilig ziehe ich sie an, auch wenn meine Gänsehaut nicht durch Kälte entstanden ist.

Er soll nicht wissen, dass mich meine seltsamen Fantasien an diesen Fremden nicht mehr loslassen. Ich kuschle mich in Petes Jacke, inhaliere seinen vertrauten Duft und versuche das erste Mal, seit ich hier bin, mich nur noch auf den Kurs zu konzentrieren.

***

»Kommst du noch mit ins Café? Ich hab schon den ganzen Morgen Bock auf diese pinken Donuts und ich hatte noch kein Frühstück!« Pete wackelt verführerisch mit den Brauen, aber als ich einen Blick auf die Uhr werfe, muss ich passen.

»Ich würde gern, aber ich muss noch ins Wohnheim und die Bücher holen, die ich mir ausgeliehen hab. Aber wir sehen uns dann heute Abend? Was hältst du von einem Netflix-Abend mit deiner besten Freundin und einer fettigen Pizza?« Seine Mundwinkel zucken, aber eher mitleidig. »Ich hätte wahnsinnige Lust! Aber ich habe noch was vor.«

Erst will ich weiter nachhaken, aber weil er mir keine Rechenschaft schuldig ist, stelle ich meine Neugier zurück. Wir verabschieden uns mit einem Kuss auf die Wange voneinander, und während Pete die Cafeteria ansteuert, sehe ich ihm noch einen Moment hinterher. Die Nietengürtel an seinem Becken klackern bei jedem Schritt und jedes Mal, wenn er an einem vorbeigeht, folgen ihm alle Blicke.

Gerade als ich mich auf den Weg aus der Uni machen will, höre ich eine Stimme hinter mir. Direkt aus dem Saal, in dem der Kurs eben stattfand.

»Danke, ich werde es mir durchlesen.« Ich schiebe mich gegen die Wand neben der Tür und spüre, wie mein Herz schneller schlägt, weil ich die Stimme wiedererkenne. Ich habe sie nur einmal gehört, aber ihre Struktur hat sich fest in meinen Erinnerungen verankert, als hätte ich sie schon tausend Male gehört. Gespannt schiele ich um den Türrahmen herum und entdecke den stummen Jungen aus meinem Kurs, der anscheinend nicht so stumm ist, wie wir immer vermutet hatten. Es ist das erste Mal, dass er etwas sagt. Zumindest das erste Mal, dass ich ihn sprechen höre.

Er stopft Unterlagen in seine Tasche, und als er den Blick hebt und mich entdeckt, weiß ich es. Auch wenn ich seine Augen gestern unter der Maske nur erahnen konnte, weiß ich, dass er es sein muss. Mein Mund wird trocken, während er mich intensiv ansieht, sich bei unserem Professor mit einem Murmeln verabschiedet und an mir vorbeigeht, ohne mich weiter zu beachten.

Ich habe zwei Möglichkeiten: Entweder, ich lasse ihn einfach verschwinden und vergesse, dass er dieser Typ von gestern Abend ist, oder ich stelle ihn zur Rede. Ehe ich darüber nachdenken kann, sprudeln die Worte schon aus mir heraus. Scheiße.

»Du bist es.« Seine Schritte werden langsamer, und als er sich zu mir umdreht, setzt mein Herzschlag aus. Blut rauscht in meinen Ohren und ich fühle mich wie in einer Blase gefangen, die selbst den spitzesten Nadeln standhält. Seine Augen durchbohren mich, und bevor ich noch etwas sagen kann, hat er mich gepackt, in die Ecke am Fenster gezerrt und mich gegen die Wand gedrückt. In eine Ecke, die so abgeschottet ist, dass uns niemand sehen kann.

Panisch sehe ich mich um, doch bevor ich um Hilfe schreien könnte, legt er mir seine Hand vor den Mund. Wieder hüllt mich der Geruch nach einem Lagerfeuer am Meer ein und ich bin mir ganz sicher, dass ich richtigliege. Seine Augen scannen mein Gesicht und ich kann die Farbe zum ersten Mal erkennen. Sie sind hellbraun mit einem leichten Stich ins Gold.

Seine Augen sehen aus wie Honig.

Unglaublich spannend.

Und viel zu schön, um hinter so einer grässlichen Maske versteckt zu liegen.

»Wenn du jemandem sagst, was du weißt, muss ich dich leider töten, Evelyn.« Seine Drohung ist hart und süß zur selben Zeit, aber immerhin habe ich so die Gewissheit, dass ich richtigliege und sich mein Hirn nicht bloß Dinge einbildet. Meine Beine werden weich, und dann greift er nach meiner Hand, zieht mich von der kühlen Wand weg und schiebt mich wie eine Göre über den mittlerweile leeren Flur, weil mein Kurs der letzte heute war.

Wieder fühle ich mich, als wäre ich ein kleines Kind, das nicht nach der Nase seiner Eltern tanzen will. Wieso wehre ich mich nicht einfach?

Weil ich wissen will, was er mit mir vorhat. Weil ich wissen will, wieso der Besitzer eines so angesagten Clubs in meinen langweiligen Geschichtskursen sitzt, ohne je ein Wort von sich zu geben.

»Wohin bringst du mich?«, frage ich emotionslos, erhalte aber keine Antwort. Als wir draußen sind und mir die frische Luft ins Gesicht schlägt, kollidiert die Kälte mit der Hitze in meinem Inneren. Jace bringt mich zum Parkplatz, öffnet einen schwarzen Pick-up und deutet ins Innere.

»Und du glaubst, dass ich da freiwillig einsteige?« Ich verschränke die Arme vor der Brust, um meinen Protest zum Ausdruck zu bringen, und als seine Augen ein dunkles Gold annehmen, weiß ich, dass ich ohnehin einsteigen werde. Ob aus Angst oder Neugier, weiß ich noch nicht. Immerhin beobachte ich ihn schon, seit er in meinem Kurs in der ersten Reihe sitzt. All die Wochen habe ich mir ausgemalt, wie seine Stimme klingt, und jetzt zu wissen, wie berauschend sie in Wirklichkeit ist, macht meine Obsession für ihn nicht gerade leichter. Viel eher habe ich dadurch erst Blut geleckt.

»Ich glaube, dass du kein Drama auf dem Parkplatz machen willst, oder? Ich müsste nur einen Handgriff tätigen und schon würdest du halb nackt unter mir an meinem Auto lehnen. Das wollen die Eltern des braven Mädchens doch nicht, oder?« Als er meine Eltern ins Spiel zieht, wabert Wut durch meine Venen, aber ich schlucke sie herunter. Er ist mir so nah, dass ich nicht ausweichen könnte, selbst wenn ich wollte. Aber der kopflose Teil in mir will gar nicht abhauen. Nein, der größere Teil in mir will in diesen Pick-up steigen und ihm Fragen stellen.

Sein Mundwinkel wandert spielerisch nach oben und das Lächeln, das dadurch entsteht, ist bedrohlich und schön zugleich. Seufzend hüpfe ich auf den Beifahrersitz, warte, bis er die Tür zuknallt und neben mir einsteigt. Sobald der Wagen läuft, spielt *To Die Like Mouchette von* Funeral for a Friend und mein Herz macht einen freudigen Sprung, weil der Kerl echt einen guten Geschmack hat. Mittlerweile gibt es kaum noch jemanden in meinem Umfeld, der diese Musik hört.

»Also. Wieso schleifst du mich zu deinem Wagen, nur, weil ich dich erkannt habe?« Jace legt den ersten Gang ein und fährt los. »Und wohin bringst du mich überhaupt?«

»Du stellst eindeutig zu viele Fragen über Dinge, die dich nichts angehen. Und ich bringe dich zu deinem Wohnheim.« Mir klappt die Kinnlade herunter und das Blut weicht aus meinem Gesicht. Ich sehe sicherlich aus wie der Tod auf Latschen. Oder in abgetretenen Chucks.

»Woher weißt du, dass ich da wohne?« Sein Blick streift kurz meinen, aber dann widmet er sich wieder dem Verkehr, ohne mir zu antworten.

Er trägt einen schwarzen Hoodie, den er bis zu den Ellbogen nach oben gekrempelt hat, Adern wandern wie Striche auf Landkarten über seine Unterarme. Als er gestern hinter der Maske vor mir stand, habe ich mir vorgestellt, wie er aussieht. Aber meine Fantasie war nicht auf das hier vorbereitet. In meiner Fantasie sah er zwar gut aus, aber nicht so speziell. Seit ich denken kann, habe ich nie einen attraktiveren Mann gesehen als ihn. »Schon wieder zu viele Fragen, Evelyn.« Die Art und Weise, wie er meinen Namen betont, hat mich schon gestern aus dem Konzept gebracht, aber heute kann ich kaum noch klar denken.

Die Maske hat ihm Anonymität gegeben, die jetzt verschwunden ist. Als ich die Wege sehe, die Jace einschlägt, weiß ich, dass er mich wirklich zum Wohnheim bringt. Kurz dachte ich, dass er mich verschleppen, töten und vergraben will, weil ich ihn erkannt habe, aber dann würde er definitiv eine andere Richtung einschlagen und eher außerhalb der Stadt nach einem geeigneten Platz für meine Leiche suchen.

»Wieso soll niemand wissen, dass du den Club führst?« Er hat mir schließlich mit dem Tod gedroht, wenn ich jemandem sage, was ich weiß. Die Tatsache, dass er im Unterricht nie den Mund aufmacht und erst mit den Professoren redet, wenn alle Studenten weg sind, bestätigt meine Annahme. Er will nicht erkannt werden. Vielleicht ist er ein Undercover-Cop, der sich nur ins *Blacklight* eingeschleust hat? Sicher nicht. Er wirkt unter keinen Umständen wie ein Cop. Aber auch nicht wie ein braver Student.

»Ich trenne gern Privates von Beruflichem.« Seine banale Antwort lässt mich nur lachen. »Und du willst mir sagen, dass du mit deinem Club nicht genug Kohle verdienst? Dass du nebenbei studieren musst, um deinen Kühlschrank irgendwann zu füllen und deinen Kindern ein schönes Leben zu bieten?« Meine Worte entlocken ihm ein Lachen, das melodiös klingt … und viel zu anziehend. Doch so schnell wie das Lachen gekommen ist, verschwindet es auch wieder.

Der ganze Wagen riecht nach ihm und ich versuche, das Pochen zwischen meinen Beinen zu ignorieren, das mich seit gestern Nacht kaum noch loslässt. Hätte Pete nicht so einen verdammt leichten Schlaf, hätte ich es mir selbst gemacht, als ich im Bett lag. So musste ich mit meinen Gedanken leben und akzeptieren, dass ich einfach nicht einschlafen kann.

»Mir war langweilig. Also habe ich mich für ein paar Kurse eingeschrieben.« Jace zuckt mit den Schultern und ich sehe ihn noch einen Moment an. Sein Profil ist perfekt. Eine gerade Nase, geschwungene Lippen, der leichte Bartschatten, die starren Augenbrauen. Schon seit er mir das erste Mal über den Weg gelaufen ist, konnte ich die Augen nicht von ihm lassen. Unsere Begegnung gestern im *Blacklight* sorgt dafür, dass ich noch tiefer in diesen Wahn stürze, den ich aus mir noch unbekannten Gründen nicht stoppen kann.

»Du hast noch mehr Fragen auf den Lippen.«

Ertappt sehe ich in den Seitenspiegel und starre mich selbst an. Meine Haare sind ein wildes Chaos, weil ich heute Morgen verschlafen habe, meine Augenringe könnten eine eigene Postleitzahl tragen, weil sie so großflächig sind, und meine Haut ist total fleckig. Wunderbar. Ich sehe aus wie eine alleinerziehende Mutter, die es nicht mehr schafft, sich selbst zu pflegen. Während er einem verdammten Männermagazin entsprungen sein könnte.

»Einige, ja«, gebe ich ihm recht. »Hast du mich gestern im Club erkannt?« Er stand vor mir und hat sich verhalten, als hätte er mich zum ersten Mal gesehen. Jace nickt und mein Herz schlägt noch eine Nuance bunter. Wenn er mich erkannt hat, bin ich ihm im Kurs also auch aufgefallen. Bis jetzt gingen Pete und ich davon aus, dass er gar nichts um sich herum wahrnimmt, sondern in seiner eigenen stillen Welt lebt. Dass er mich wahrgenommen hat, sorgt dafür, dass ich mich besonders fühle.

»Wieso gibt es diesen Code in eurem Club?«, fahre ich mein Verhör fort, weil ich nicht zu viel in meine Gedanken hineininterpretieren will. Eigentlich kann ich es mir nach dem, was ich gesehen habe, denken, aber ich will eine genaue Erklärung haben. Jace stellt das Radio leiser, legt seinen Arm lässig auf dem Seitenfenster ab und fokussiert sich auf die Straße, während meine Blicke an ihm haften.

»Damit nicht jedes x-beliebige Mädchen in meinen Club kommen kann.« Seine Augen treffen auf meine und ich presse die Lippen fest aufeinander, weil ich genau weiß, dass er auf mich anspielt. »Autsch.« Meine

Antwort entlockt ihm wieder ein Schmunzeln, das ich kaum aushalte. Wieso, um Himmels willen, benehme ich mich in seiner Gegenwart wie ein verdammter Teenager, der noch nie einem Mann seines Kalibers begegnet ist? *Weil es stimmt.* Jemand wie Jace ist mir noch nie unter die Nase gelaufen … oder, besser gesagt, ich ihm. Weil Paige mich vor ihm gewarnt hat und mein Körper anscheinend auf Ärger steht und wie magnetisch von ihm angezogen wird.

»Und wie genau kommt man in den Verteiler für den Code?« So viele Fragen brennen in mir wie ein Feuer und ich würde sie gern löschen, weiß aber nicht, wie. Also wehre ich mich nicht mehr gegen meine Neugier. Jace biegt auf das Gelände zum Wohnheim ein, parkt seinen Wagen vor der Eingangstür und schaltet den Motor ab.

Sofort hört das Vibrieren des Wagens auf, dafür nehme ich das in mir noch stärker wahr. Wie leichte Wellen wandert es durch meinen Körper und macht meine Sinne schärfer. Verfluche ich sonst den Weg von der Uni hierher, weil ich immer mit dem Bus fahren muss, war er mir jetzt eindeutig zu kurz. Er hat nicht ansatzweise gereicht, um all meine Fragen zu stellen.

»Du gar nicht.« Seine Augen blitzen auf und ich fühle mich vor den Kopf gestoßen. Mit einem Handgriff schnalle ich mich ab, lasse den Gurt nach hinten schnellen und drehe mich in seine Richtung. Sein Blick wandert über meinen Oberkörper, hin zu meinen

Beinen, die ich eng aneinanderpresse, um dieses Pochen zu unterdrücken.

»Wieso nicht?«, frage ich geradeheraus. Innerlich weiß ich, dass ich nicht in so einen Schuppen hineinpasse, und auch Pete hat mir klargemacht, dass es kein Ort für mich ist, aber das ist mir im Moment egal. Fast ist es, als würden sie mich mit ihrer ›Du passt da nicht rein‹-Annahme herausfordern. Und ich nehme die Herausforderung zu gern an.

»Das *Blacklight* ist kein Ort für ein Mädchen wie dich, Evelyn.« Jede Silbe aus seinem Mund verstärkt den Druck in meiner Brustgegend und in mir wird eine Seite wach, die ich so nicht von mir kannte. Die, die es jemandem beweisen will. Vor allem mir selbst. Ich straffe die Schultern und versuche, mir meine Aufregung nicht anmerken zu lassen.

»Und wieso nicht?«

Jace legt den Kopf schief, und als er seine Hand nimmt, auf meinem Oberschenkel platziert und mit seinen Fingern über den Stoff meiner Jeans wandert, zucke ich heftig zusammen. Es fühlt sich an, als wären seine Fingerspitzen aus Glut, die mich durch den Stoff hindurch verbrennt. Ich wurde schon mehrere Male von einem Mann intim berührt, aber dieses Streicheln durch meine Jeans hindurch ist das Intensivste, was ich bis jetzt gespürt habe.

»Genau deshalb. Ich bin mir sicher, dass du die ganze Nacht nicht schlafen konntest, weil du in meinem

Club Dinge gesehen hast, die du nicht kennst, richtig?«
Mit seiner Annahme liegt er falsch, aber ich sage nichts.
Auch wenn mir die Worte auf der Zunge brennen: *Ich
konnte deinetwegen nicht schlafen. Weil mir deine Blicke nicht
aus dem Kopf gehen wollten.* Jace beugt sich über mich,
wodurch sein Duft noch stärker wird.

»Ich bin mir sicher, dass du genau hiervon geträumt
hast.« Er verstärkt den Druck seiner Fingerspitzen auf
meine Haut, während meine Atmung abflacht.

»Wie es wäre, wenn du mit mir in einer der Nischen
stehen würdest, während ich meine Zunge zwischen
deine Beine schiebe.« Bei der Erinnerung an das nackte
Paar in einer der Nischen wird mir unfassbar heiß. Es
ist, als hätten meine Gedanken ein hohes Fieber
ausgelöst.

»Du denkst jetzt vielleicht, dass du ein Abenteuer
suchst.« Er ist mir so nah, dass ich mich nur nach vorn
beugen müsste, um ihn zu küssen. Meine Kehle wird
immer trockener, während andere Areale an meinem
Körper immer nasser werden.

Seine Hand liegt immer noch auf meinem Schenkel,
verboten nahe an meiner Mitte und doch nicht nah
genug. Zu gern würde ich wissen, wie mein Körper
reagiert, wenn er mich dort wirklich berührt. Ohne den
Stoff dazwischen.

»Aber du suchst nicht *meine* Abenteuer.« Er lässt von
mir ab und ich atme die angestaute Luft aus meinen
Lungen. Der ganze Wagen riecht nach ihm und ich

entkomme seinem Duft nur, wenn ich endlich aussteige, aber ich kann mich kaum bewegen. Ein letztes Mal beugt er sich über mich, und dann greift er nach dem Türgriff und stößt die Tür auf.

Der Geruch nach Fertigfraß aus der Küche des Wohnheims schlägt uns entgegen, und weil ich den Wink mit dem Zaunpfahl verstehe, springe ich aus dem Auto. Meine Beine sind immer noch weich, und jetzt, da er mich berührt hat, noch viel weicher. Ich sehe Jace an, dessen Blick mich noch einen Moment mustert, und bevor ich noch etwas sagen kann, hat er die Tür wieder geschlossen und ist losgefahren. Was zur Hölle war das denn?

***

Zwei Stunden, nachdem Jace mich am Wohnheim abgesetzt hat, kann ich mich immer noch nicht konzentrieren. Die Bücher, die jetzt vor mir liegen, müsste ich eigentlich zurückbringen, stattdessen liege ich hier auf dem Bett und denke nach. Erst, als Pete ins Zimmer stürmt, reißt er mich damit aus meinem Gedankenstrudel. In seiner Hand baumelt eine Einkaufstasche aus der Mall, in der wir oft unsere Wochenenden verbringen.

»Warst du shoppen? Ohne mich?« Meine gespielte Empörung lässt ihn lachen. »Du hattest ja keine Zeit. Außerdem … brauchte ich noch ein neues Outfit.«

»Und wofür? Dein Kleiderschrank platzt doch fast aus allen Nähten!« Anstatt mir zu antworten, holt er ein schwarzes Oberteil aus der Tüte und hält es sich vor dem Spiegel gegen den Oberkörper. Ich springe vom Bett auf und schiebe mich zwischen ihm und sein Spiegelbild, damit er mir nicht so einfach davonkommt.

»Schluss mit der Heimlichtuerei. Was ist los?« Sonst erzählen wir uns immer alles, aber heute wirkt er so geheimnisvoll und das gefällt mir nicht. Wenn ich etwas verhindern will, dann, dass wir Geheimnisse voreinander haben. Er ist der einzige Mensch, den ich hier habe, also will ich ihn auf keinen Fall verlieren.

»Ich gehe heute auf eine Party. Und deshalb musste ich dir absagen.« Seine Augen sehen mich entschuldigend an.

»Und? Was ist daran so schlimm?«

»Na ja, eigentlich nichts. Aber ich weiß ja jetzt, was du von diesem Club hältst. Irgendwie fühlt es sich falsch an, trotzdem hinzugehen, weißt du?« Langsam bringt er Licht ins Dunkle.

»Ah. Du gehst also wieder in den *Puff*«, stelle ich für meinen Geschmack etwas zu gereizt fest. Pete verdreht die Augen, legt seine Hände auf meine Schultern und lehnt seine Stirn an meine. In solchen Momenten fühlt es sich immer an, als wäre er der große Bruder, den ich nie hatte. Ich wünschte, ich hätte ihn schon vor drei Jahren getroffen. »Das ist kein Puff, sondern einfach ein ziemlich offener Club. Ich fand es speziell und du weißt, dass ich auch speziell bin. Er ist wie für mich geschaffen!« Pete hat recht, der Laden passt zu einem Paradiesvogel wie ihm.

Trotzdem frage ich mich, was genau er daran findet, fremden Menschen beim Vögeln zuzusehen. Wenn er Lust auf Pornos hat, kann ich ihm gern meinen Laptop leihen, damit er online welche suchen kann.

»Und wo hast du den Code her? Oder willst du dich wieder reinmogeln?« Er streift sich sein Shirt ab und schlüpft stattdessen in das neue Oberteil, das seiner Figur ziemlich gut schmeichelt. Es betont seinen definierten Oberkörper perfekt und zeigt durch den tiefen V-Ausschnitt den Ansatz seiner muskulösen Brust. Pete kommt durch seine Ausstrahlung selbst bei den normalsten Mädchen gut an und mehr als einmal habe ich gehört, wie sie sich über ihn unterhalten haben. Wie schade sie es finden, dass die schönsten Männer immer vergeben oder schwul sein müssen.

»Paige hat mich in den Verteiler aufgenommen.« Während er an seinen Kleiderschrank geht, nach einer passenden Hose für den Abend sucht, spüre ich Eifersucht in mir aufkommen. Als ich Jace fragte, wie man in den Verteiler kommt, hat er mich einfach vor den Kopf gestoßen.

»Siehst du. Genau das wollte ich verhindern.« Pete wirft die Klamotten auf sein Bett, nimmt mich in den Arm und drückt mir einen Kuss auf die Schläfe.

»Morgen bin ich wieder voll und ganz dein kleiner Grufti, der mit dir den Netflix-Teufel hinaufbeschwört, okay?« Dann verschwindet er im Badezimmer, während ich versuche, die Gefühle in mir zu ordnen. Es sollte mir egal sein, dass er in den Verteiler aufgenommen wurde und ich nicht. Immerhin wollte ich bis vor zwei Stunden nie wieder diesen Schuppen betreten. Bis ... *er* mich in seinen Wagen gezerrt hat und mir sagte, dass ich da nicht hingehöre. Das hat alles verändert.

Mein Blick fällt auf Petes Handy, das neben seinem Bett auf unserem Schreibtisch liegt, und ehe ich mich davon abhalten kann, etwas Unüberlegtes zu tun, habe ich es schon genommen und entsperrt. Ich öffne seine Mails und entdecke an dritter Stelle die, die ich gesucht habe. Der Betreff der Mail: Heute Abend. Eilig klicke ich sie an und lese die sechs Zahlen. Die Zahlen, die mich heute ins *Blacklight* bringen werden, ohne, dass ich eingeladen bin.

Kapitel 5

Evelyn

Gestern sah ich aus wie eine schlampige Krankenschwester, heute bin ich wieder die langweilige Lehramtsstudentin. Meine Beine stecken in einer schwarzen Jeans, ich trage ein schwarzes Crop-Top und eine rote Strickjacke, die farblich zu meinen Chucks passt. Im *Blacklight* herrscht dieselbe aufgeladene Stimmung wie gestern und das, obwohl Halloween vorbei ist und es keinen Grund zu feiern gibt. Ich schlängle mich durch die Masse an Menschen, werfe paranoide Blicke hinter mich, und schlüpfe anschließend in den Flur, der zum *richtigen* Club führt. Zu meinem Glück bin ich allein und niemand folgt mir.

In meinem Outfit würde vermutlich jedem auffallen, dass ich nicht eingeladen bin, und mit Pech würde ich sofort wieder bei Jace landen. Immer wieder gehe ich gedanklich den Code durch, und als ich das Display sehe, rauscht wieder diese Spannung durch meine Blutbahn. Wenn Pete wüsste, dass ich in seinem Handy geschnüffelt habe, um an den Code zu kommen, würde er sicherlich einige Tage schmollen.

Wieso ich das Risiko trotzdem eingehe? *Weil er mich nicht sehen wird.* Unter all den Menschen mit den Masken wird er mich nicht erkennen und in diesem Augenblick kommt mir diese alberne Anonymitäts-Geschichte wirklich gelegen, obwohl ich sie gestern noch so verabscheut habe.

Einen letzten tiefen Atemzug nehmend, tippe ich den Code in das Zahlenfeld und führe innerlich einen Freudentanz auf, als es grün aufblinkt und die Tür letztendlich vor mir aufspringt.

Im Vorraum schnappe ich mir eine Maske aus der Kiste neben mir, setze sie mir auf und fühle mich sofort freier. Es ist verrückt, dass ich mich heute beim Betreten des Clubs so entspannt fühle, obwohl ich weiß, was mich hinter dem schwarzen Stoff erwartet.

Trotz der Gelassenheit zittern meine Hände, als ich den Samtvorhang packe, zur Seite ziehe und den Raum betrete, der mich die ganze Nacht wie eine Regenwolke verfolgt hat.

Gestern war der Raum durch das Schwarzlicht stärker beleuchtet, heute ist die Atmosphäre eine andere. Sie ist dunkler. Und dadurch nicht unbedingt einladender. Eine Gänsehaut überzieht meinen Körper, obwohl es hier drin bullenheiß ist und ich viel zu lange Sachen bei der Innentemperatur trage. Die meisten

Gäste kommen schon leicht bekleidet her, dann brauchen sie nicht so viel Zeit, um sich auszuziehen. Oder ausziehen zu lassen.

Mein Blick wandert durch den riesigen Raum mit den allesamt besetzten Nischen, und auf der Suche nach Pete oder Paige entdecke ich keinen von beiden. Auf der Innenfläche befinden sich nur zwei, drei verlorene Seelen, die zur Musik von Paramore tanzen, während die meisten an der Bar sitzen und sich von den halb nackten Frauen bedienen lassen.

Ich atme den erstaunlich frischen Duft hier drin ein und gehe auf Erkundungstour. Der Boden auf der Tanzfläche ist glatt, und wenn ich nicht aufpasse, lande ich vermutlich schneller auf dem Hintern, als mir lieb ist. Ich gehe an den ersten Nischen vorbei und nehme dabei alles wahr.

Das Geräusch von Körpern, die gegeneinander klatschen. Tiefes Stöhnen, das in meine Ohren dringt. Und auch wenn ich diese Szenarien gestern noch zutiefst verabscheut habe, stört es mich gerade kaum noch.

Die Fahrt von der Uni zum Wohnheim muss anders verlaufen sein, als ich sie in Erinnerung habe. Jace muss mir eine verdammte Gehirnwäsche verpasst haben, damit ich das hier nicht mehr abstoßend finde. Das würde auch erklären, wieso ich überhaupt hier bin, anstatt im Wohnheim auf unserem Zimmer zu sitzen.

Mittlerweile bin ich mir sicher, dass er mich mit seinem »Das *Blacklight* ist kein Ort für dich«-Gerede nur provozieren wollte. Mit zu viel Erfolg.

»Tiefer!« Eine helle Frauenstimme dringt aus der nächsten Nische, und als ich mit den Fingern über den Stoff des Vorhanges fahre, wird er Sekunden später zur Seite gezogen. Die Frau hat ihren Kopf gegen den Spiegel gepresst, während sich der Mann von hinten in sie schiebt. Sein Blick liegt auf mir, während sie die Augen geschlossen hält. Sollten sie nicht eigentlich ihre Masken tragen?

»Was, Kleine? Willst du zusehen oder mitmachen?« Meine Kehle trocknet aus, als wäre ich hier in der Wüste unterwegs, und als ich mir ihre nackten Körper ansehe, wird mir heiß. Es ist, als würde mich diese Hitze gar nicht mehr in Ruhe lassen.

Mein Mund steht offen, und weil ich unfähig bin, mich zu bewegen, zieht sich der Kerl aus ihr zurück und greift nach meiner Hand. Sein Schwanz glänzt, weil er gerade noch in ihr war und mich überkommt ein mulmiges Gefühl. Als mich die Schwarzhaarige ansieht, leckt sie sich über die Lippen.

Sie legt den Kopf schief, tritt neben ihn und legt ihren Finger auf mein Schlüsselbein. Ihre Berührung sorgt für einen Stromschlag in meinem Körper.

»Mmh. Weich«, kichert sie und lässt ihre Hand nach unten wandern. Hätte ich nicht das Gefühl, am Boden festgewachsen zu sein, würde ich jetzt schnellstens das

Weite suchen. Nur, weil ich so dumm war, noch mal herzukommen, heißt es nicht, dass ich in die Pornos hineingezogen werden will.

Der Mann lässt mich los und zerrt die Frau von mir weg. Anschließend packt er ihren nackten Arsch, zieht sie hoch und dringt erneut in sie ein. Ihre Beine umklammern seine Hüften, während ich nur dastehe und meine Augen nicht von diesem Szenario lassen kann.

»Sie will sicher erst mal zusehen.« Mit diesen Worten stößt er sich heftiger in sie, während sie den Kopf in den Nacken legt und seine Härte genießt. Einen Moment sehe ich noch zu, bevor ich mich endlich losreißen kann, den Vorhang zuziehe und versuche, die Bilder in meinem Kopf und das Pochen zwischen meinen Beinen zu verdrängen.

Mehr als einmal habe ich mir Pornos angesehen.

Mehr als einmal habe ich es mir selbst gemacht.

Aber live zu sehen, wie zwei Menschen miteinander schlafen, ist anders. Ich wische mir gedanklich den Schweiß von der Stirn, gehe zur Bar und bestelle einen Drink bei der Frau von gestern, um mich abzulenken. Ihre Brüste sind perfekt geformt und passen zu ihrem sportlichen Körper, der lediglich in einem knappen String steckt.

Sobald sie mir meinen Swimming Pool gemixt hat, lasse ich den Alkohol auf meiner Zunge zergehen und versuche, hiermit klarzukommen.

Damit, dass in diesem Club alles erlaubt ist.

Damit, dass die Leute hier öffentlich Sex haben und es genießen, wenn man ihnen zusieht. Damit, dass es mir anscheinend gefällt, wenn ich sie beobachte … Ich spüre einen Schwindel in mir, der sich bedrohlich und gut zur selben Zeit anfühlt. Weil ich hier niemanden kenne und auch nicht vorhabe, etwas daran zu ändern, hüpfe ich auf einen der Lederhocker, ziehe an meinem Strohhalm und genieße die gute Musik, als wäre das hier ein ganz normaler Club …

***

Fünf Drinks später habe ich die seltsamen Gefühle in mir mit Alkohol betäubt. Einige Männer haben mich angesprochen, aber niemand hatte wirklich Interesse an mir, was vermutlich an den biederen Klamotten liegt. Pete habe ich immer noch nirgends entdeckt und langsam frage ich mich, ob er überhaupt hier ist. Und ob er sich in einer der Nischen mit jemandem vergnügt. Dabei weiß ich, dass mein bester Freund zwar gern Abenteuer sucht, aber nicht gleich mit dem Erstbesten ins Bett springt. Geschweige denn in eine dieser Nischen.

Als ich den Boden des Cocktails erreiche, schiebe ich das leere Glas auf die Bar und hüpfe vom Stuhl herunter. Meine Beine tragen mich automatisch hin zu dem Gang, den ich gestern auf der Flucht vor diesem

Macho betreten habe und der mich schon einmal in die Scheiße geritten hat.

Grinsend stoße ich die Tür auf, entspanne mich, weil weit und breit kein Bodyguard zu sehen ist, und steuere die abgetrennten Bereiche an.

Keine Ahnung, was in mich gefahren ist, aber der Alkohol sorgt dafür, dass ich mutiger bin, als ich sein sollte. Und ich will wissen, was diese alberne Aktion heute Nachmittag zu bedeuten hatte.

Wieso hat er mich zu seinem Wagen geschliffen und ins Wohnheim gebracht? Seine Drohung hatte er schließlich noch vor dem Hörsaal klargemacht, er hätte mich auch einfach dort stehen lassen können. Ich öffne die dunkle Tür und weiche sofort zurück, als ich sehe, dass ich mich im falschen Zimmer befinde. Der Raum gestern war anders aufgeteilt als dieser.

Genau in meinem Blickfeld, gegenüber von der Tür, steht ein riesiges Bett, auf dem sich zwei Frauen räkeln. Unter ihnen liegt ein Mann, der sie jetzt bestimmend zur Seite schiebt und aufsteht.

Jace?

Mein Herz schlägt schneller, als er auf mich zutritt. Splitterfasernackt. Ohne es kontrollieren zu können, wandert mein Blick über seinen nackten Oberkörper. Vorbei an dem Sixpack, über das V, das normalerweise in einer Hose enden sollte, hin zu seinem besten Stück.

»Hast du dich verirrt, Kleine?« Seine Augen blitzen auf und ich würde gern etwas sagen, kriege aber keinen

Ton heraus. Stammelnd löse ich meinen Blick von seinem Schwanz und versuche, ihm in die Augen zu sehen. Das hier ist das Letzte, was ich erwartet habe, als ich herkam. Ich sehe die beiden nackten Schönheiten auf dem Bett, die es sich mittlerweile gegenseitig machen und spüre etwas in mir.

Eifersucht?

Bullshit.

Ich kenne Jace nicht, und die Tatsache, dass ich ihn seit Wochen in meinem Kurs still angeschmachtet habe, ändert auch nichts daran. Ein letztes Mal sehe ich ihn an, schüttle anschließend den Kopf und stürme nach draußen. Erst, als ich auf dem Flur stehe, gelangt wieder Luft in meine Lungenflügel. Nur, dass der Sauerstoff wie Benzin brennt.

»Was zur Hölle machst du hier eigentlich, Eve?«, frage ich mich selbst und spüre dabei meinen Atem unter der Maske. Wieder bin ich an einem Punkt, wo ich sie am liebsten einfach absetzen würde, aber aus manchen Fehlern lerne ich schnell.

»Das frage ich mich auch.« Seine dunkle Stimme trifft mich wie ein Donnerschlag, und als ich nach links sehe, steht Jace neben mir. Moment mal? War er nicht eben noch nackt in dem protzigen Bett mit diesen zwei Frauen? Perplex sehe ich zwischen dem Raum, in dem ich gerade war, und ihm hin und her. Wenn er sich nicht teleportieren kann, dann ist das hier absolut unmöglich.

»Aber … du?« Jace trägt eine schwarze Jeans, ein dunkles Hemd, bei dem die obersten Knöpfe offen sind, und die gleiche Lederjacke, die er gestern schon anhatte. Er packt mich bei der Hand und schiebt mich in das Zimmer, das ich von gestern in Erinnerung hatte. Hier drin riecht es weniger nach Puff.

»Wie ist das möglich?« Noch immer geht mir die nackte Version von ihm nicht aus dem Kopf. Habe ich echt so viel Alkohol intus, dass ich Menschen jetzt schon doppelt sehe? Und dann auch noch in einer nackten und einer angezogenen Version?

»Keine Ahnung, was du da drin gesehen hast, aber ich vermute, dass Reed nackt war?«

»Reed?« Meine Stimme klingt wie das Wispern eines Mäuschens und damit bestätige ich seine Worte, dass dieser Ort nicht für mich gemacht ist. Also straffe ich die Schultern und versuche, meine Fassung zu wahren. Etwas, das sicherlich kläglich scheitern wird.

»Mein Bruder wartet nicht gern bis zum Feierabend mit seinen Bedürfnissen.« Langsam bekommt das Bild eine grobe Richtung. Paige hat seinen Bruder gestern erwähnt, aber nicht, dass sie wie ein und dieselbe Person aussehen.

»Ich wusste nicht, dass ihr Zwillinge seid.« Im Grunde genommen weiß ich über ihn und den Laden nur das, was Paige mir erzählt hat. Was wirklich nicht viel war. Dass Jace mich trotz der Maske sofort erkannt hat, sollte mir nicht schmeicheln, aber das tut es. Auch wenn ich keine Ahnung habe, woran. An meinen langweiligen Klamotten, die ich immer in den Kursen trage? An meinen Haaren? Oder hat sich meine Stimme genauso in sein Gedächtnis gebrannt wie seine sich in meines? Dabei bin ich mir ziemlich sicher, dass meine Stimme weder markant noch besonders schön ist. Sie ist durchschnittlich und Jace sieht nicht aus wie ein Mann, der auf den Durchschnitt anspringt.

»Und ich wusste nicht, dass du den Code von uns für die Party bekommen hast.« Jace steht vor mir, zieht sich die Lederjacke aus, wirft sie auf das Sofa und nimmt sich einen Drink aus der Minibar. Unter dem Hemd kommt sein breiter Nacken zur Geltung und ich frage mich, ob er ohne Klamotten genauso aussieht wie sein Bruder.

Ob er genauso … groß ist.

Schnell verdränge ich die Gedanken daran.

»Habe ich nicht«, bin ich ehrlich, gehe zur Bar und hüpfe provokant auf sie. Jace scannt mein Outfit und sein Schmunzeln spricht Bände.

»Was?«, keife ich ihn an. »Bin ich nicht schlampig genug angezogen?« Die meisten Gäste hier sind halb nackt, wenn sie herkommen, und gänzlich nackt, wenn sie sich hier vergnügen. Mit meiner Sweatjacke passe ich wirklich nicht hier hin und doch sitze ich den zweiten Abend in Folge in diesem Laden, weil ich nichts Besseres zu tun habe.

Ich könnte lernen, aber ganz ehrlich? Mein Studium hat erst vor zwei Monaten begonnen und ich will nicht vor Ende der Regelzeit fertig sein, wenn es heißt, dass ich mein Leben nur noch über Büchern verbringen muss. Je schneller ich fertig bin, desto eher muss ich mich entscheiden, ob ich nach dem Studium zurück in meine Heimat ziehe oder hierbleibe. Diese Entscheidung kann mir noch ziemlich lange gestohlen bleiben.

»Ich will wissen, wie du an den Code gekommen bist.« Er stellt sich vor mich, und auch wenn ich es nicht will, öffnen sich meine Beine ein Stück nach außen. *Was? Will ich jetzt ernsthaft, dass er sich zwischen sie schiebt?* Mein Slip ist immer noch nass von der Performance, die das Pärchen mir hinter dem Vorhang geboten hat. Jace nimmt einen Schluck von seinem Glas und starrt auf meine Beine, denkt aber nicht daran, meiner stummen Bitte zu folgen. Der Enttäuschung in mir lasse ich aber keinen Raum.

»Und wenn ich es dir nicht verrate?« Sein Duft ist wieder so einnehmend wie heute Nachmittag in seinem Wagen und ich bin froh, dass er seine Maske nicht trägt und ich sein Gesicht sehen kann.

»Dann werde ich einen Weg finden, dich künftig davon abzuhalten, hier reinzukommen.« Er stellt das Glas laut neben mir auf der Bar ab, und als er mir plötzlich wieder so nah ist wie gestern, wünschte ich, ich hätte mir auch noch einen Mantel übergezogen. Er soll nicht sehen, wie flach meine Atmung ist, weil mich seine Nähe so aus dem Konzept bringt.

»Wonach suchst du wirklich, Eve?« Sein Atem ist warm, als sie meinen Hals trifft, und ehe ich michs versehe, steht Jace endlich zwischen meinen Beinen. Seine Hände liegen auf meinen Knien, und als er sie noch weiter auseinanderdrückt, tut es mir weh. Stechende Schmerzen ziehen sich durch meine Oberschenkel bis in meine Knie. »Mmh.« Noch ein Stück weiter … noch mehr Schmerz.

»Du zitterst ja.« Er wandert mit seinen Händen hoch, und als er mein Becken erreicht, rutsche ich dichter an den Rand der Bar heran. Ich will mehr. Will wissen, wie es sich anfühlt, wenn er mich an der Stelle berührt, die seit gestern nicht aufhört, mich zu quälen. Die Bilder seines nackten Bruders, der haargenau wie er aussieht, machen das hier nicht gerade besser. Sein Handgriff ist fest und bestimmend.

»Das ist es, oder?« Jace wandert mit seinen Händen an meinen Hüften vorbei, hoch zu meiner Taille und zieht mich noch enger an sich. Sein Becken stößt gegen meine Mitte und ich spüre seine Erektion unter der Jeans an mir. Ein Stöhnen liegt auf meinen Lippen, das ich herunterschlucke, weil es mich erbärmlich machen würde. Es würde bestätigen, was er von mir behauptet. Dass ich hier bin, weil ich nach etwas suche, das nur jemand wie er mir geben kann.

Abenteuer.

Nervenkitzel.

»Das hier macht dir Angst und du stehst darauf.« Ein Grinsen schwingt in seiner Stimme mit, und ich bin froh, noch meine Maske zu tragen. Sonst würde er sehen, dass meine Wangen Feuer gefangen haben und er von der Wahrheit nicht sehr weit entfernt ist.

»Willst du mir deine kleine Freundin nicht vorstellen, Bruderherz?« Ich habe nicht mitbekommen, dass die Tür geöffnet wurde, doch als Jace von mir ablässt, fühle ich mich benutzt. Sein Bruder steht vor mir und zieht einen Mundwinkel in die Höhe. Er trägt mittlerweile zumindest eine Jeans, die locker auf seinen Hüften sitzt. Obenrum ist er immer noch nackt. Auf seiner Brust kann man Spuren von Fingernägeln sehen und ich frage mich, von welcher Frau die stammen. Der Blonden oder der Brünetten?

»Ich meine, immerhin hat sie meinen Dreier gestört.« Im Vergleich zu Jace klingt Reed anders. Die Stimmfarbe ist zwar gleich und rein vom Klang her kann man sie kaum unterscheiden, aber er spricht anders. Arroganter. Herablassend. Während Jace' Stimme für Hitze in meinen Adern sorgt, schreckt mich Reeds einfach nur ab.

»Ich hab dir schon mehrere Male gesagt, dass du deinen Spaß erst nach deiner Arbeit suchen sollst.« Jace steht zwischen uns, als müsste er mich vor seinem Bruder beschützen. Aber dem scheint es herzlich egal zu sein, als er sich an ihm vorbeischiebt und vor mir steht. Er riecht anders ... aber vermutlich stinkt er einfach nur nach Sex. Angewidert sehe ich zu ihm auf und bin wieder froh, dass er meine Abscheu nicht sehen kann.

»Nimm die Maske ab.« Der trotzige Teil in mir will widersprechen, und weil ich es leid bin, nach den Nasen anderer zu tanzen, verschränke ich die Arme vor der Brust. Sein Blick wandert kurz zu meinem Dekolleté, das ich dadurch nach oben drücke.

»Das hier ist mein Club. Und es sind meine Regeln. Also. Nimm. Die. Maske. Ab.« Sein Knurren sorgt dafür, dass ich sie mir vom Gesicht reiße, auch wenn damit meine Anonymität vorbei ist. Jace steht einfach nur im Hintergrund und beobachtet uns. Beobachtet, wie sein Bruder dieses perverse Machtspiel mit mir durchzieht, so wie er gestern. In dieser Hinsicht scheinen sie gleich zu sein.

»Wirklich hübsch, Jace.« Er wirft seinem Bruder ein breites Grinsen zu, das er nicht erwidert. Stattdessen liegt sein Blick auf mir. Ein Teil in mir fühlt sich, als würde er aus der Distanz auf mich achtgeben, dabei weiß ich, wie albern dieser Gedanke ist.

Er hat mir jetzt mehr als einmal zu verstehen gegeben, dass er mich nicht hierhaben will. Reed beugt sich über mich, der Geruch nach Sex wird stärker. Er vergräbt sein Gesicht in meinem Haar und nimmt einen tiefen Atemzug.

Als er mich wieder ansieht, thront ein Feuer in seinen Augen, die dieselbe Farbe tragen. Und doch finde ich Jace' Augen aufregender.

»Riecht nach Jungfrau.«

»Lass sie einfach in Ruhe, Reed. Hast du nicht noch zwei Frauen zu vögeln?« Er klingt angespannt und der Verdacht, dass er mich beschützen will, ist wieder da. Was, wenn es stimmt? Auch wenn ich ihn erst seit gestern wirklich kenne, kann ich nicht leugnen, welche Anziehung er auf mich hat. Vielleicht geht es ihm ähnlich, immerhin hat Paige so etwas angedeutet, als er uns gestern allein gelassen hat … Ich muss sie dringend finden und mehr über ihn herausfinden.

»Sorry, mein Bruder ist ein Spielverderber«, grinst Reed, und auch wenn er genauso heiß ist wie Jace, macht mich seine Art nicht an. Ich habe Männer wie ihn schon immer gehasst. Männer, die Frauen ansehen, als wären sie nur eine Hülle zum Vögeln.

»Aber wenn du es dir anders überlegst, Virgin …« Er deutet auf den Raum nebenan. »Komm einfach vorbei. Du weißt ja, wo die richtige Party stattfindet.« Seine Hand streift meine Wange und dann stiefelt er selbstsicher aus dem Raum. Ich atme die Anspannung laut aus.

»Dein Bruder ist ein Arsch.«

Meine Worte bringen Jace zum Lachen, was eindeutig schöner klingt als jedes Geräusch aus Reeds

Mund. »Wem sagst du das? Ich lebe seit meinem ersten Tag mit ihm zusammen.«

Er zieht sich seine Lederjacke über und reicht mir die Maske, die ich mir seines Bruders wegen absetzen musste.

»Was hast du vor?«, frage ich ihn atemlos.

»Ich will, dass du gehst.« Wie ein Faustschlag trifft mich seine Stimme. »Und zwar jetzt. Ich habe dir gesagt, dass du nicht hergehörst, also geh.« Enttäuschung wabert in mir, weil ich gehofft hatte, etwas anderes aus seinem Mund zu hören.

Aber was? Dass er mich hierhaben will? Dass er dieses Knistern genauso wie ich wahrnimmt? Ich hüpfe von der Bar herunter, und als Jace mich nach draußen begleiten will, schiebe ich ihn zurück. »Ich finde allein raus. Danke.«

Kapitel 6

Evelyn

Erst, als ich das *Blacklight* hinter mir lasse, lässt die Wut in mir nach. Worauf ich wütend bin? Auf mich. Weil ich so naiv war und für einen kurzen Moment wirklich dachte, dass ich gar nicht so fehl am Platz bin, wie es mir alle einreden wollen. Weil ich für einen Augenblick dieses Abenteuer in mir gespürt habe, das ich suche.

»Hey, Eve!« Jemand hält mich zurück, und als ich mich umdrehe, grinst mich Paige breit an. Den ganzen Abend über habe ich nach einer Frau mit ihrem Körper und ihrer Haarfarbe Ausschau gehalten, aber niemanden entdeckt, der ihr in irgendeiner Hinsicht ähnlich sah.

»Hey. Ich wollte gerade gehen«, wimmle ich sie ab, aber eigentlich habe ich keine Lust, jetzt nach Hause zu gehen und in unserem winzigen Zimmer zu versauern, während mein Mitbewohner da drin feiert. Zurück in den Club will ich jedoch noch weniger.

»Ich wollte auch gerade heim. Möchtest du noch mit zu mir kommen? Wir könnten uns ein Taxi holen.« Ihr Angebot klingt aufrichtig, und auch wenn ich ihr definitiv absagen sollte, weil sie einen an der Klatsche haben muss, nicke ich.

Sie war mir sofort sympathisch und da ich in dieser Stadt noch keine Freundin habe, könnte sie mir guttun. Es gibt zwar keine Dinge, die ich vor Pete nicht anspreche, aber in manchen Bereichen wäre eine weibliche Ansprechpartnerin Gold wert. Außerdem kann sie mir vielleicht erklären, was ihr »Bruder« für ein Problem mit mir hat.

»Klar. Zu Hause erwartet mich eh nur nervige Stille.« Stille, die mein Gedankenkarussell noch stärker zum Drehen bringt. Stille, die ich jetzt nicht gebrauchen kann. Paige hält mir ihren Arm hin, und als ich mich unterhake, machen wir uns gemeinsam auf die Suche nach einem Taxi.

***

»Okay. W.O.W.« Mehr fällt mir nicht ein, als sie die Tür öffnet und mich ins Haus lässt. Dieses Teil hier ist sicher kein gewöhnliches Haus, und die Tatsache, dass der Taxifahrer sofort die Adresse kannte, zeigt mir, dass Paige nicht unbekannt in dieser Stadt ist. Kein Wunder, wenn sie so viel mit den Besitzern des *Blacklight* herumhängt.

»Das hier ist wirklich dein Zuhause?« Meine Finger berühren flüchtig die schicken Vasen auf der Kommode im Flur, und dann folge ich ihr in einen gigantischen Wohnbereich. Die Decken sind hoch, der Boden glänzt wie die Kanten von Diamanten und es ist kuschelig warm. Das indirekte Licht gefällt mir am besten.

»Sozusagen«, druckst sie herum, greift aus einer der schicken Vitrinen einen Champagner und setzt sich auf die beige Wohnlandschaft. Als sie auf den Platz neben sich klopft, setze ich mich, traue mich aber kaum, mich darauf wirklich zu bewegen. Das Teil sieht aus, als wäre es direkt aus Johnny Depps Villa eingeflogen worden.

Erst als sie ihre Schuhe auszieht, durch den Raum kickt und ihre Füße auf den Glastisch legt, entspanne ich mich. Paige öffnet die Flasche, nimmt einen Schluck und reicht sie mir. Prickelnd wandert die Flüssigkeit meine Kehle hinab.

»Ich hab dich aus dem Club gehen sehen. Wieso warst du heute da? Ich hatte nicht das Gefühl, dass es dir letzte Nacht gefallen hat.« Anscheinend hat sie nicht mitbekommen, dass ich sogar im verbotenen Bereich war und ich sehe keinen Sinn darin, ihr davon zu erzählen. »Es hat mir auch nicht gefallen.«

Ist das wirklich die Wahrheit? Gestern war ich mir sicher, dass es so ist, aber mittlerweile kann ich verstehen, was Pete an diesem Club gefällt. Der Gedanke, tun und lassen zu können, was man will, ohne dafür verurteilt zu werden, entspricht genau dem, was ich jahrelang gesucht habe. Aber meine Eltern waren perfekt darin, mir genau diese Freiheiten zu nehmen. Indem sie mir ein schlechtes Gewissen eingeredet haben, wenn ich ein paar Minuten nach der verabredeten Zeit heimkam. Indem Mom mich jedes Mal mit Tränen in den Augen angesehen hat, wenn ich ausgehen wollte.

Am Ende der meisten Abende hat sie damit gewonnen und ich bin zu Hause geblieben, weil ich dachte, dass es meine Aufgabe ist, für sie da zu sein. Und zwar jede freie Sekunde.

»Na, du lügst.« Sie stupst mich mit dem Ellbogen an. »Genauso wie Jace, der behauptet, dass er kein Interesse an dir hat.« Sofort werde ich hellhörig.

»Ihr habt über mich geredet?«

Paige grinst wissend. »Ich habe es zumindest versucht.« Schulterzuckend nimmt sie noch einen ausgiebigen Schluck des Champagners, der vermutlich teurer war als unsere gesamte Einrichtung im Wohnheim. Die besteht aber auch nur aus zwei klapperigen Einzelbetten, Petes Kleiderschrank, der schon zweimal provisorisch repariert werden musste, und einem viel zu schmalen Schreibtisch, den wir immer zu einem Schminktisch umfunktionieren.

»Aber wirklich viel kriegt man aus ihm nicht heraus.« Sie lehnt sich zurück, und als ihr Oberteil am Bauch nach oben rutscht, kann ich feine weiße Linien auf ihrer Haut sehen.

»Woher hast du die?«, spreche ich die Narben an. Paige schiebt ihr Oberteil eilig herunter, damit ich sie nicht mehr sehen kann, und seufzt. Anschließend nimmt sie noch einen Schluck, so, als müsse sie sich Mut antrinken, bevor sie mir antworten kann.

»Du weißt ja, dass Jace sozusagen mein Bruder ist. Er und Reed waren für mich da, als meine Familie meinte, ihre rebellische Tochter abstoßen zu müssen. Weil ich nicht nach ihren Nasen tanzen wollte. Also kam ich her …« Scheiße, sie wohnen sogar noch zusammen? Auf einmal sehe ich dieses Haus mit anderen Augen. Augen, die wissen, dass *er* auf diesem Sofa vermutlich schon sonst was getrieben hat. Hätte ich gewusst, dass sie mich zu ihm nach Hause bringt, hätte ich ihr Angebot abgelehnt.

»Und was hat das mit den Narben zu tun?«, bohre ich tiefer, auch wenn es mich herzlich wenig angeht, woher die weißen Linien auf ihrer Haut kommen. Sie schielt zu mir herüber, Tränen schimmern in ihren hübschen Augen.

»Der Vater der beiden war der Teufel in Person. Und auch wenn er mich hier aufgenommen hat wie seine eigene Tochter, hatte jedes Verhalten von mir seine Konsequenzen.« Der nächste Schluck ist noch ausgiebiger und ich bin mir sicher, dass sie bald betrunken sein muss, so schnell, wie sie vorlegt. Der Alkohol aus dem Club ist bei mir fast wieder vergessen.

»Aber jetzt zu dir!« Paige dreht sich auf die Seite und sieht mich herausfordernd an. Ihre Wimpern sehen selbst ohne Verlängerungen aus wie die der Frauen aus den ganzen Werbespots. »Du kennst mein dunkelstes Geheimnis. Erzähl mir von deinem.« Normalerweise würde ich sofort abblocken, aber ich mag sie und immerhin hat sie mir gerade einen Einblick in ihre Dunkelheit gegeben. Um mir Mut anzutrinken, nehme ich die Flasche an mich und lasse den Champagner für mich arbeiten.

»Ich bin wirklich lahm. Keine Straftaten, keine Eltern, die mich körperlich quälen …« So sehr ich sie unterdrücken will, so stark kämpfen sich die Tränen an die Oberfläche, weil es diesen dunklen Fleck auf meiner Seele gibt, der sich mit jedem Tag weiter ausbreitet.

»Aber meine Schwester ist vor drei Jahren verschwunden. Wir wissen nicht, was passiert ist. Ob sie freiwillig gegangen ist oder ob sie …« Mehr kriege ich nicht heraus, weil ich die Worte nicht aussprechen will. Sie laut zu sagen, sorgt immer noch dafür, dass ich beinah zusammenbreche.

»Jedenfalls ging mein Leben seitdem ziemlich den Bach hinunter. Seit drei Jahren frage ich mich, was passiert ist. Anfangs haben wir die ganze Hoffnung in die Polizei gelegt, mittlerweile ist der Fall fast ad acta gelegt. Kaum einer spricht noch über sie in dem kleinen Ort, aus dem ich komme.«

Noch ein Schluck, damit ich die Stimmen in mir zum Schweigen bringen kann, die mir Schuldgefühle einreden wollen, weil ich meine Eltern im Stich gelassen habe.

»Das tut mir leid.« Paige legt ihre Hand an meinen Arm und ich fühle mich nicht mehr ganz so einsam mit meinen Gedanken. Sonst ist es immer Pete, der meine Dämonen anhört, aber den habe ich ja heute ziemlich hintergangen.

»Ich wünsche mir für dich, dass sie noch da draußen ist. Irgendwo.«

»Das wiederum würde bedeuten, dass sie mich freiwillig zurückgelassen hat«, lache ich verbitterter, als ich sein sollte. In meinen dunkelsten Phasen wünschte ich, dass sie nicht mehr da draußen ist. Dass sie mich nicht einfach verlassen hat, ohne ein Wort zu sagen. Nur würde es bedeuten, dass sie tot ist, und diesen Gedanken will ich nicht an mich heranlassen. Was würde das über mich aussagen?

»Andere Freundinnen würden dir jetzt vermutlich sagen, dass das Leben weitergeht, dass die Wunden heilen bla, bla. Ich habe eine andere Meinung.«

Paige nimmt die Flasche wieder an sich.

»Ich sage, es gibt aber genug ungesunde Wege, mit den Narben umzugehen.« Im nächsten Augenblick wird die Haustür geöffnet, und als ich Jace und seinen

Bruder entdecke, kribbelt es unter meiner dünnen Jacke. Wüsste ich nicht, welche Kleidung Jace heute trägt, könnte ich sie nicht unterscheiden. Es gibt auf den ersten Blick keine offensichtlichen Unterschiede zwischen den Brüdern. Sie haben dieselbe Haarstruktur, denselben Bartschatten und dieselben unverwechselbar schönen honigfarbenen Augen.

»Zweimal an einem Tag. Das muss Schicksal sein.« Reeds Stimme missfällt mir immer noch, und als Paige aufspringt und sich ihm um den Hals wirft, fallen mir fast die Augen aus dem Kopf. Sagte sie nicht, sie seien quasi Geschwister? Reed packt ihr an den Arsch und küsst ihre Wange. Ich kenne keine Geschwister, die sich so nah sind.

»Okay?« Ich stemme mich hoch, merke, dass ich stark taumle, und steuere den Ausgang an.

»Wo willst du hin?« Paige liegt in Reeds Armen. Ob sie weiß, dass er vorhin mit zwei anderen geschlafen hat? Vermutlich schon. Sie hat sich schließlich auch an Petes Hals geschmissen. Vielleicht haben sie ja eine offene Beziehung?

»Ich denke, ich sollte langsam nach Hause gehen«, lalle ich leicht. Reed sieht mich an wie ein Raubtier, das mich auffressen will, und als Paige sich mit einer überschwänglichen Umarmung von mir verabschiedet, kann ich sein Kopfkino fast vor mir sehen.

Er wünscht sich sicher einen zweiten Dreier heute. Nur, dass er da bei mir an der falschen Adresse ist. Er flüstert ihr etwas ins Ohr, während seine Blicke auf mir ruhen, und dann verschwinden die beiden über die Treppe nach oben. Übrig bleiben Jace und ich. Allein mit ihm in einem Raum zu sein, tut meinen verbrannten Nerven nicht gut. Ich sehe zwischen der leeren Treppe und ihm hin und her.

»Ich sollte dann gehen.« Mich an der Kommode abstützend, schlüpfe ich in meine Chucks, und als ich nach der Türklinke greife, trifft mich seine warme Stimme. »Du willst in deinem Zustand laufen?« *Wie Honig* … Ich schließe die Augen, stelle mir vor, wie es sich anfühlt, wenn er meinen Namen sagt, und schüttle heftig den Kopf.

»Willst du also nicht?«

Genervt drehe ich mich um und sehe in sein viel zu sicheres Lächeln. Er weiß, dass ich gerade unanständige Gedanken hatte und nutzt es schamlos aus. Vielleicht ist er seinem Bruder doch ähnlicher, als es auf den ersten Eindruck scheint.

»Doo-hoch«, ziehe ich das Wort künstlich in die Länge.

»Sicher, dass du so heile ankommst?« Ernste Sorge klingt in seiner Stimme mit und ich frage mich, was zur Hölle dieser Typ eigentlich von mir will. Will er auf mich aufpassen oder mich von sich stoßen? Es wäre wirklich erleichternd, wenn er sich für eine Methode entscheiden würde, anstatt immer hin und her zu springen.

»Wüsste nicht, was es dich angeht. Oder willst du mich wieder nach Hause fahren und dann einfach verschwinden?«, fordere ich ihn heraus. Jace kommt mit langsamen Schritten auf mich zu, und als er vor mir steht, sacke ich fast nach unten. In letzter Sekunde hält er mich, indem er sein Knie zwischen meine Beine schiebt und mir Stabilität gibt. Instinktiv drücke ich meine Mitte enger gegen ihn.

»Interpretier da bloß nichts rein.« Seine Augen sehen mich so durchdringend an, und wäre ich nicht durch den Alkohol benebelt genug, wäre ich spätestens jetzt hinüber. Ich hole mein Handy heraus, entsperre es und will gerade ein Taxi rufen, als Jace es mir abnimmt.

»Was wird das jetzt?« Abwartend sehe ich ihm zu, wie er etwas ins Handy eintippt, es sich ans Ohr hält, als würde er jemanden anrufen, und anschließend zurück in meine Tasche schiebt.

»Falls du in irgendeinem Park landest, will ich nicht schuld daran sein, dass man deine Situation ausnutzt. Ruf mich an.« Und mit diesen Worten lässt er von mir ab und geht die Treppe hinauf, ohne mich eines weiteren Blickes zu würdigen.

***

Wenn ich in dem Haus noch davon ausging, dass ich nüchtern bin, hat mich die kalte Abendluft zurück in die Betrunkenheit geschleudert. Der Weg im Taxi bis ins Wohnheim kam mir endlos vor, und als ich in unser Wohnheimzimmer poltere, fluche ich leise vor mich hin. Es ist dunkel im Raum und weil ich Angst davor habe, dass mein Kopf schon jetzt bei Helligkeit platzt, schlurfe ich direkt zum Bett, wo ich mich wie ein nasser Sack fallen lasse. Jeder Muskel schmerzt, als hätte ich einen Marathon hinter mir.

»Wo warst du so spät noch?« Petes Stimme erschreckt mich so sehr, dass ich heftig zusammenzucke, mich vorbeuge und das dunkle Nachtlicht anknipse. Er sitzt auf seinem Bett im Schneidersitz und sieht mich neugierig an. Die Partyklamotten hat er schon durch ein Schlafshirt und Boxershorts eingetauscht.

»Und wieso sitzt du hier im Dunkeln wie ein Einbrecher?«, stelle ich eine Gegenfrage und schlüpfe aus meinen Schuhen. Ich rolle mich auf die Seite, ziehe die Decke bis an mein Kinn und bemerke, dass sich alles um mich herum dreht. Wunderbar. Ich kann den Kater schon miauen hören.

»Weil ich nicht schlafen kann, wenn du nicht da bist und ich nicht weiß, wo du dich rumtreibst.« Seine Fürsorge ist süß, aber nicht vonnöten. Mit einem vernebelten Grinsen sehe ich ihn an.

»Hab mich mit einer Freundin getroffen.« Was zumindest der halben Wahrheit entspricht. Ja, Paige könnte eines Tages eine Freundin werden, aber dass ich am Ende bei ihr gelandet bin, war nur ein Zufall.

Pete runzelt die Stirn, weil er weiß, dass ich keine Freundinnen habe, lässt es aber unkommentiert. Schließlich legt er sich ebenfalls hin, ich schalte das Licht aus und falle in kürzester Zeit in die Dunkelheit, in der zwei goldene Augenpaare auf mich warten.

Kapitel 7

»Was findet ihr eigentlich an der Jungfrau?« Reed sitzt breitbeinig auf Dads altem Sessel im Wohnbereich, während Paige nur in ein dünnes Laken gehüllt auf seinem Schoß sitzt. Nachdem sie ihre Triebe befriedigt haben, meinten sie, mir Gesellschaft leisten zu müssen, dabei will ich nur allein sein. Evelyn hat mich nicht angerufen, weshalb ich mal davon ausgehe, dass ihr nichts passiert ist. Dabei bin ich mir sicher, dass sie viel zu stur ist, um sich bei mir zu melden, wenn sie Hilfe braucht.

»Denkst du echt, dass sie noch nie Sex hatte? Sie wirkt vielleicht etwas verschlossen, aber ich bin mir sicher, dass in ihr die wildesten Fantasien stecken. Die müssen nur herausgekitzelt werden«, kichert Paige. Ihre helle Haut lässt sie wie einen verdammten Engel leuchten. Wenn ich nicht wüsste, dass in ihr - genau wie in uns - die Dunkelheit wohnt, wäre sie wirklich ein

Geschenk des Himmels. Aber Engel tragen nicht die Finsternis in sich. Engel ficken nicht mit Reed Black.

»Ich hab ihr ja angeboten, sie zu vögeln. Aber sie hatte nur Augen für Jace.« Seine Augenbrauen hüpfen und ich gehe auf sein Gelaber gar nicht ein. Wenn ich dachte, dass Paige zu mir hält, habe ich mich getäuscht.

»Komm damit klar, dass nicht jeder auf dich steht, Reed.« Sie legt ihre Hand auf seine Brust und streichelt darüber.

Mehr als einmal haben sie es vor meinen Augen getrieben, als ich heimkam und sie zu faul waren, in eines ihrer Zimmer zu gehen. »Mädchen wie sie sind sowieso viel zu gut für dich.« Er greift ihren Nacken, zieht ihre Haare zurück und beißt kurz in ihren Hals. Gott, können sie nicht einfach abhauen?

»Aber du hast recht. Die Kleine ist zu brav für mich. Ich hab nur keinen Bock, dass sie Jace vom Wesentlichen ablenkt.«

In meiner Kehle steckt ein Lachen, das fast schmerzt. Auch wenn ich mein Leben für ihn geben würde, kann ich ihn an manchen Tagen nur schwer ertragen. Er erinnert mich zu sehr an unseren Vater.

»Ich glaube, wenn sich einer vom Geschäft ablenken lässt, dann sicher nicht ich. Im Gegensatz zu dir trenne ich mein Privatleben vom Business.« Damit ist Reed fast jede Nacht beschäftigt und irgendwer muss sich schließlich um den Laden kümmern, während er seinen Schwanz in seine Groupies steckt. »Aber ich lenke dich doch auch ab.« Paige küsst seinen Hals. »Oh, Honey, das denkst auch nur du.«

Als er sie unsanft von seinem Schoß schiebt, würde ich ihm gern meine Faust ins Gesicht rammen. Mittlerweile komme ich damit klar, dass die beiden diese absurde Inzest-Nummer abziehen, aber nur, solange er sie nicht verletzt. Sie hat durch unsere Familie genug Scheiße erlebt, da braucht sie nicht auch noch ein gebrochenes Herz, weil er sich nicht beherrschen kann.

»Ich meine es ernst, Jace. Sollte die Jungfrau einen negativen Einfluss auf das *Blacklight* haben, werde ich einen Weg finden, sie zu beseitigen.« Seine harte Wortwahl lässt mich nicht mal zusammenzucken, immerhin weiß ich, wie er drauf ist.

Wenn Reed die Kontrolle verliert, dann gibt es kein Zurück mehr. Zu meinem Glück kann es mir egal sein, was mit Eve passiert. Ich kenne sie ja kaum. Ja, sie ist mir in den Kursen aufgefallen, aber mehr auch nicht.

»Hallo? Ich mag sie vielleicht? Du bist ein verdammter Psycho, Reed!« Paige lässt die dünne Decke fallen und haut ab. Ihr nackter Arsch schwingt mit jedem Schritt heftig von links nach rechts, während Reed ihr grinsend hinterhersieht.

»Und genau das liebst du an mir, P.« Sie dreht sich um, zeigt ihm den Mittelfinger, um anschließend nach oben zu verschwinden.

Als Reed nach seinem Whiskey greift und mit mir anstoßen will, stehe ich auf und lasse ihn ebenfalls zurück. »Gut. Dann feiere ich eben mit mir selbst!«

Kapitel 8

Evelyn

Am Montag nach der letzten Party findet mein nächster Kurs in Geschichte statt. Wütend ratscht meine Bleistiftspitze über das Papier in meinem Block.

»Hey, Satan! Der Block kann nichts für deine Wut.« Pete schnappt nach meinem Handgelenk und ich kämpfe gegen ihn an, bin aber zu schwach. Letztendlich lasse ich den Stift fallen und versuche dabei vehement, nicht das zu tun, was ich in den letzten zwei Monaten in jedem dieser Kurse getan habe: Jace anstarren. Als ich ihn noch nicht kannte, hatte es etwas Meditatives, ihn anzusehen und mir vorzustellen, wie seine Geschichte aussehen mag. Jetzt sorgt mein Starren bloß für Gefühle in mir, die ich nicht haben sollte.

»Was macht dich denn so sauer?« Mein Mitbewohner stützt seinen Ellbogen auf dem Tisch ab und sieht mich an, der Unterricht scheint ihm genauso am Arsch vorbeizugehen wie mir.

Er bekommt das Studium von seinen Eltern bezahlt, deshalb hat er keinerlei Zeitdruck und nutzt es schamlos aus.

»Gar nichts. Ich hatte nur keinen guten Schlaf am Wochenende.« Genau genommen, erinnere ich mich nicht daran, überhaupt geschlafen zu haben. Die meiste Zeit lag ich im Bett und habe versucht, an nichts zu denken. Mit dem glorreichen Ergebnis, dass meine Gedanken gar nicht lauter hätten schreien können. Sie sind wie ein wildes Äffchen von einem Baum zum nächsten gejagt.

»Ich hab da diese Wundertropfen von meiner Mutter bekommen. Die kicken dich auf jeden Fall für ein paar Stunden in den Schlafhimmel.«

Er wackelt mit den Brauen. Den Rest des Unterrichtes versuche ich, mich auf etwas zu konzentrieren, das keine braunen Haare und goldene Augen hat, doch als die Studenten wie Ameisen aus dem Raum strömen und ich seine Blicke auf mir spüre, ist es mit meiner Selbstbeherrschung vorbei.

Jace sieht mich emotionslos an, und als er mit dem Kopf nach draußen deutet, fängt mein ganzer Körper Feuer. Was – will er etwa, dass ich ihm folge? Perplex sehe ich ihm hinterher, während Pete meine Sachen für mich in die Tasche steckt und mich bei der Hand packt.

»Was ist – wollen wir noch eine Pizza holen und uns einen Nachmittag im Netflix-Lager machen?« In den ersten sechzig Tagen, seit ich hier bin, hätte ich jedes

Mal mit Ja geantwortet, aber heute nicht. Nicht, wenn Jace mit seiner Geste wirklich meinte, dass er mich sprechen will. Aber worüber sollte er mit mir sprechen wollen? Bis jetzt kam nie etwas Vernünftiges aus seinem Mund, wenn wir uns gesehen haben.

»Dieses Mal muss ich leider passen. Ich treffe mich noch mit jemandem.« Meine kryptische Antwort bewirkt genau das, was ich erwartet hatte: dass Pete misstrauisch wird. »Okay?« Er schultert seinen Rucksack. »Aber sag nie wieder, dass ich Geheimnisse vor dir hätte.«

***

Nachdem ich Pete abgewimmelt habe, sehe ich mich in den Fluren vor meinen Kursräumen um, kann Jace aber nirgends entdecken. Erst, als mein Handy vibriert und ich eine Nachricht von ihm auf dem Display sehe, realisiere ich, dass er nicht nur seine Nummer eingespeichert hat, sondern auch meine besitzt.

Jace: Parkplatz.

Mehr steht nicht in seiner Nachricht, und weil mir dieses Katz-und-Mausspiel gegen den Strich geht, stapfe ich wütend nach draußen. Alles erinnert mich an den Tag, an dem ich ihn im Kurs wiedererkannt habe und er mich zum Parkplatz gezerrt hat. Jace lehnt lässig an seinem Pick-up, und als er mich entdeckt, öffnet er zuvorkommend die Beifahrerseite für mich.

Dabei kaufe ich ihm dieses Gentleman-Gehabe herzlich wenig ab. »Was? Willst du mich wieder ins Wohnheim bringen, mir eine Predigt halten und dann verschwinden? Ich weiß ja nicht, ob es dir entgangen ist, aber guck -« Ich deute auf meinen Unterkörper. »Ich habe tatsächlich zwei gesunde Beine, die wunderbar von A nach B laufen können.«

Gerade als ich ihn stehen lassen will, packt er mich am Ellbogen und zieht mich zurück, bis ich gegen ihn stolpere. Kurz inhaliere ich seinen Duft und vergesse, dass ich mich durchsetzen sollte. Wieso fällt es mir in seiner Nähe so schwer?

»Mir ist langweilig und ich brauche Ablenkung.« Seine Stimme ist hart, fast schon bedrohlich, und dennoch ist sie mir tausendmal lieber als die seines perversen Bruders.

Noch jetzt spüre ich seine gierigen Blicke auf mir, als ich in dieses Zimmer geplatzt bin. In seinen Dreier. Von seinen Blicken bei sich zu Hause ganz zu schweigen. »Und was hat das mit mir zu tun?«

An uns rauschen Studenten vorbei, die es kaum abwarten können, die Uni hinter sich zu lassen, und ich frage mich, ob ich die Einzige bin, mit der Jace redet. Oder die Einzige, die weiß, dass ihm das *Blacklight* gehört. Er rollt mit den Augen. »Nichts. Wenn du etwas Besseres vorhast, bitte.« Er läuft mit langen Schritten zur Fahrerseite, öffnet den Wagen und steigt ein, während ich innerlich die Optionen durchgehe, die ich habe. Ich könnte auf Petes Angebot zurückgreifen, aber er hat mich letztens auch für eine dämliche Porno-Party abserviert, also … Genervt von meiner Inkonsequenz stapfe ich zur Beifahrerseite und steige ein. Als ich Jace ansehe und ein wissendes Lächeln auf seinen Lippen liegt, bereue ich es schon wieder. Trotzdem bleibe ich sitzen, schnalle mich an und warte darauf, dass er losfährt. Ohne zu wissen, wohin.

***

»Also, wohin fahren wir?« Nachdem wir die Stadt verlassen haben und uns wortwörtlich im Nirgendwo befinden, wird meine Neugier immer stärker. Wann war ich das letzte Mal überhaupt außerhalb meiner Heimat oder meinem neuen Zuhause? Früher waren Stacy und ich oft unterwegs, haben uns die Gegend angesehen oder neue Städte erkundet. Doch seit ihrem Verschwinden waren die vier Wände meines Zimmers in unserem Haus meine halbe Welt. Wozu das geführt hat, wird mir jetzt mit jedem Tag deutlicher gezeigt. Ich weiß einfach nicht, wie diese Welt wirklich funktioniert. Geschweige denn, wie man mit Menschen umgeht.

»Wieder zu viele Fragen.« Jace' Antwort treibt mich nur an, noch weitere zu stellen. Ich streife mir die Schuhe von den Füßen, ziehe die Beine auf den Sitz und umklammere meine Schienbeine. Auch wenn es draußen angenehm warm ist und der blaue Himmel strahlt, hat er die Sitzheizung an, sodass meine Fußsohlen fast verbrühen. Ich drehe den Regler herunter. »Da, wo die herkommt, habe ich noch viel mehr. Zum Beispiel, wieso du mir die ganze Zeit sagst, dass ich nicht in deinen Club und zu dir passe, mich dann aber trotzdem wieder in deinem Auto mitnimmst. Oder wieso du deine Nummer wirklich eingespeichert hast. Wieso du nicht willst, dass jemand in der Uni weiß, dass das *Blacklight* dir und deinem Bruder gehört, obwohl alle euren Laden feiern -«

»Bist du dann fertig?«, unterbricht er mich und seine zuckenden Mundwinkel sind viel zu sexy. Er trägt bei dem heute schönen Wetter nur ein schwarzes Shirt ohne Aufdruck und eine schwarze Jeans. Noch nie fand ich ein so langweiliges Outfit so attraktiv wie an ihm.

»Noch lange nicht. Da gibt es noch ein paar mehr. Zum Beispiel, ob dein Bruder als Kind auf den Schädel gefallen ist und sich deshalb wie ein Neandertaler benimmt. Wieso Paige mit ihm ins Bett steigt, obwohl sie meint, ihr wärt wie ihre Brüder …«

»Paige und Reed versteht niemand, glaub mir. Ich wäre nicht im Traum auf die Idee gekommen, sie zu ficken. Egal, wie gut sie aussieht.« Es sollte nicht passieren und doch wallt wieder Hitze in mir auf, als er diesen Satz ausspricht. Neben der lächerlichen Eifersucht wegen des zweiten Parts. Immerhin würde jeder Mann auf dem Planeten zugeben müssen, wie scharf sie ist. Zeig mir einen Mann, der sich ihrer

Schönheit nicht im Klaren ist und ich wasche ihm den Kopf. »Und zur Frage mit meinem Bruder: Reed ist definitiv aus der Steinzeit. Würden wir nicht aussehen wie ein und dieselbe Person, könnte mir niemand weismachen, dass er mein Bruder ist.« Er sieht mich aus dem Augenwinkel an und ich wünschte mir, noch mehr über ihn zu erfahren. Wenn nicht jetzt, wann dann?

Immerhin sind wir hier in der Pampa und was sollte er schon tun? Mich aussetzen? Prüfend sehe ich mich um, entdecke aber nicht mal in weiter Ferne eine Ortschaft. Das hier wäre der perfekte Platz, um mich loszuwerden.

»Paige hat mir auch erzählt, dass euer Vater …« Die Worte bleiben mir im Hals stecken, als ich sehe, wie sein Körper darauf reagiert. »Sie hat von ihm in der Vergangenheit gesprochen.« Dieses Thema geht mich herzlich wenig an und doch kann ich meine verdammte Klappe nicht halten.

Jace umklammert das Lenkrad fester, sein Kiefer spannt sich an und seine Mimik schreit nach stillem Schmerz. Ich kenne dieses Leid, das in einem kocht, aber nicht herausgelassen werden will. Würde ich meines herauslassen, würde es bedeuten, dass ich Stacy aufgegeben habe.

»Ich habe auch jemanden verloren«, setze ich noch hinterher. Jedes Mal, wenn ich den Gedanken an sie zulasse, zieht es mich zurück in den Abgrund. Egal, wie oft ich glaube, dass ich es schaffen kann, damit abzuschließen, scheitere ich jedes Mal. Spätestens, wenn Mom mich in ihren dunklen Nächten anruft und weint, kann ich der Realität nicht mehr entkommen. In diesen Nächten bereue ich meinen Entschluss, sie allein zu lassen, um studieren zu gehen. Wenn ich ehrlich zu mir selbst bin, ist mir das Studium egal, es war nur ein Vorwand, der mich aus diesem Hamsterrad geholt hat. Ich wollte nie Lehrerin werden. Ich wollte nur weg.

»Deine Schwester?«

Sofort zieht sich mein Magen zusammen, als hätte mir jemand einen Tritt hinein verpasst. »Woher weißt du davon?« Bis jetzt haben wir noch nicht die Möglichkeit gehabt, über solche Dinge zu reden.

Er war meistens damit beschäftigt, mir zu sagen, dass ich gehen soll, und ich damit, genau das Gegenteil zu tun. Anstatt meinem Verstand zu folgen und mich vom Club fernzuhalten, bin ich ein zweites Mal hingegangen. Anstatt ihn im Kurs einfach aus der Distanz zu beobachten, musste ich ihm zeigen, dass ich ihn erkannt habe. Und anstatt nach Hause zu gehen, bin ich schon wieder in seinen Wagen gestiegen, um mich von ihm verschleppen zu lassen.

»Paige mischt sich anscheinend gern in Dinge ein, die sie nichts angehen. Ihre Neugier hat mich immer genervt.« Bei den meisten Leuten wäre ich enttäuscht und sauer, wenn sie meine Geheimnisse weitererzählen, aber da sie sich mir bezüglich ihrer Narben geöffnet hat, komme ich damit klar. Jace parkt den Wagen an einem Waldweg und steigt ohne ein weiteres Wort aus. Ich folge ihm, spüre, wie der Kies unter meinen Schuhsohlen knirscht und sehe mich um. Weit und breit befinden sich nur ein paar Bäume und vertrocknete Büsche. Es fehlen nur noch kleine Steppenläufer, die über den Weg rollen, um das Horror-Szenario zu komplettieren.

»Du willst mich also wirklich aussetzen«, schlussfolgere ich, stoße die Wagentür zu und gehe Jace hinterher, der die Gleise in der Mitte des Weges ansteuert. Sie sehen aus wie einem Horrorfilm entsprungen und erinnern mich an *The Walking Dead*. Wohin sie uns wohl führen und wie lange sie schon unbenutzt sind?

»Hätte ich dich töten wollen, hätte ich es schon tun können«, antwortet er ohne Emotionen in der Stimme. Nicht mal ein Funken Humor schwingt darin mit. Ich muss mir Mühe geben, mit ihm Schritt zu halten und schon nach wenigen Schritten schmerzen meine Lungen. »Du hättest mich auch einfach in Ruhe lassen und weiterhin ignorieren können, so wie jeden anderen auf dem Campus.« Jace starrt auf die Gleise, springt auf sie herauf und folgt ihnen, so wie ich ihm folge. Die Streben der Gleise sorgen dafür, dass ich auf meine Schritte achten muss, wenn ich nicht stolpern und hinfallen will.

»Selbst wenn ich dich ignoriere, scheinst du aus irgendwelchen Gründen immer wieder aufzutauchen.«

Er bleibt so abrupt stehen, dass ich gegen seine Brust pralle. Zum zweiten Mal an diesem Tag, der immer skurriler wird. Mittlerweile bin ich mir gar nicht mehr sicher, ob ich nicht bloß träume. Nach den schlaflosen Nächten der letzten Tage könnte sich mein Körper das genommen haben, was er zum Überleben braucht. Und den Schlafmangel kompensiert er mit sinnlosen Träumen.

»Und ich glaube immer noch, dass du irgendwelchen Abenteuern hinterherjagst, von denen du dir erhoffst, sie bei uns zu finden.« Der Hauch eines Vorwurfs schwingt in seiner Stimme mit.

Ich verschränke die Arme vor der Brust, um meine Abwehrhaltung auszudrücken, doch als Jace nach meinen Ellbogen greift und sie wieder entzweit, spüre ich seine Berührungen viel zu intensiv. Es ist, als würde er mit seinen Händen jeden Nerv in mir zum Erwachen bringen. Als würde er mich aus einem Winterschlaf wecken, von dem ich nicht wusste, dass ich in ihm feststeckte.

»Du hast recht«, gebe ich schließlich nach. »Vielleicht suche ich ja nach Abenteuern, weil mein Leben, seit meine Schwester verschwunden ist, einer verdammt langweiligen Sackgasse gleicht. Aber ich glaube mittlerweile nicht mehr, dass du mir geben kannst, was ich brauche.«

Auf den Sohlen meiner Chucks drehe ich mich um und will gerade zurück zum Auto gehen, als er mich von hinten packt, gegen seine Brust zieht und sein Gesicht in meinem Haar vergräbt. Mein Körper spannt sich an und ich schiebe mich instinktiv näher an ihn heran. »Leg dich hin«, flüstert er rau und ich merke, wie sich Schwindel in mir breitmacht, weil er mir so nah ist. Plötzlich ist der Wind so stark, dass er mir die Haare vors Gesicht bläst und über meine nackten Arme streicht. Wo ist die Sonne plötzlich hin? Und je seltsamer diese Situation wird, desto sicherer bin ich mir, nur zu träumen.

»Leg. Dich. Hin.« Dieses Mal klingt es nicht wie eine Bitte, sondern wie ein Befehl, und auch wenn ich mich nicht gern herumschubsen lasse, gibt es diesen Teil in mir, der wirklich nach dem Nervenkitzel sucht.

Bis ich das erste Mal im *Blacklight* war, wusste ich nicht einmal, was Aufregung wirklich bedeutet. Langsam gehe ich auf die Knie, setze mich auf die Gleise, drehe mich in seine Richtung und lege mich auf die Streben aus Metall. Sie sind kühl und dreckig, sodass die kleinen Steine über meine Haut kratzen.

Jace steht über mir, sein Blick wandert über meinen Körper und ich merke, wie das Feuer neue Ausmaße annimmt. Wie eine Schlange bahnt es sich seinen Weg durch meinen Körper, durch meine Arme, hin zu meiner Brust, die sich schnell hebt und senkt …

Jace wirft einen Blick auf die Uhr an seinem Handgelenk und grinst mit einer gewissen Dunkelheit auf seinen Lippen.

»Was?«, frage ich atemlos. Als er sich über mich beugt, versetzt es mich direkt ans Meer. Auch wenn wir weiter davon entfernt sind, als ich mir vorstellen kann, kann ich es auf meiner Haut fühlen. Kann die leichte Note nach Salz riechen und spüre den Sand zwischen meinen Zehen.

Seine rechte Hand wandert zu meinem Bauch, schiebt mein Top nach oben, sodass ein schmaler Streifen Haut freiliegt, und fährt Kreise mit seinen Fingern über meinen Körper. Sofort stellen sich die Haare an meinen Armen auf und ich kriege kaum noch Luft. Schon als er seine Hand im Wagen auf meinen Oberschenkel gelegt hat, war diese Berührung intensiver als jede zuvor, aber das hier ist anders. Kein Stoff trennt seine Haut von meiner …

Er wandert langsam abwärts, zum Bund meiner Jeans, streicht von der rechten Hüftseite zur linken und anschließend zur Mitte, wo er den Knopf blitzschnell öffnet und den Reißverschluss aufzieht.

»Was hast du vor?«

Hört er, dass meine Stimme, genau wie mein Körper, bebt? Immer noch bohrt sich das Metall in meinen Rücken, aber der Druck auf meine Schultern gefällt mir besser, als er mir gefallen sollte.

»Du willst Abenteuer«, säuselt er, hebt bestimmend mein Becken an und zieht die Jeans ein Stück herunter, sodass mein Slip hervorblitzt. Sein Blick haftet an meiner Unterwäsche und auch, wenn seine Mimik sonst undurchschaubar ist, kann ich jetzt in seinen Augen lesen wie in einem Buch. Er kennt das Feuer, das in mir brennt, weil er es auch spürt. Seine Finger wandern über den Slip aus schwarzer Spitze, während ich mich winde, weil ich will, dass er mich endlich erlöst. Weil der eingeschlafene Teil in mir aufgeweckt werden will.

»In drei Minuten kommt aus dieser Richtung ein Zug.« Er deutet auf die Seite hinter mir und ich spüre, wie mein Puls weiter ansteigt. Panisch sehe ich in den Himmel und versuche, zu verstehen, was er mir damit sagen will, aber ich kann nur die Wolken wahrnehmen, die immer dunkler und bedrohlicher werden.

»Ich dachte, die Gleise sind stillgelegt.« Mein Mund ist trocken, meine Finger zittern.

»Du willst Abenteuer, Evelyn? Dann hast du jetzt genau drei Minuten Zeit, um für mich zu kommen.« Mit diesen Worten zerrt er meinen Slip zur Seite und schiebt zwei Finger in mich. Mein ganzer Körper bäumt sich auf und ich spüre jeden Millimeter des Feuers auf meiner Haut. Seine Atmung ist ruhig, während meine rast, und als er langsam aus mir gleitet und mit dem Daumen meinen Kitzler umkreist, tanzen Sterne vor meinen Augen.

Der Wind wird immer stärker, die Wolken bedecken mittlerweile den vorher strahlend blauen Himmel komplett. Ich vergesse, dass ich mitten auf den Gleisen liege, vergesse, dass ich mich von ihm so intim berühren lasse. Dass ich mich angreifbar mache. Ich werfe meinen Kopf zur Seite und schließe die Augen. Genieße, wie er mit den Fingern über meine Schamlippen wandert und anschließend erneut in mich eindringt. Ich erinnere mich nicht daran, dass ich jemals so feucht war wie in diesem Augenblick.

»Das macht dich wirklich an, hm?« Ein Lachen liegt in seiner Stimme, das wieder so bedrohlich klingt. Wieso ging ich davon aus, dass er harmlos ist? Ich halte die Augen geschlossen, weil ich mich auf das Gefühl seiner Finger in mir konzentrieren muss. Ich sauge jede Berührung wie meinen Sauerstoff ein.

»Noch eine Minute, Eve.« Er legt seine freie Hand auf meinen Bauch und drückt mich nach unten, sodass ich mich nicht bewegen könnte, selbst dann nicht, wenn er recht behält und in sechzig Sekunden ein Zug hier entlangrast und mich mit sich nimmt.

»Wenn du nicht sterben willst, solltest du kommen«, erinnert er mich rau. Tränen brennen in meinen Augenwinkeln, und als seine Lippen über meinen Kitzler streichen, explodiere ich fast. Meine Brust hebt sich schnell, Schweiß steht mittlerweile an jeder Stelle meines Körpers und ich weiß nicht, wie lange ich den Druck auf meine empfindlichste Stelle noch aushalten soll, ohne ohnmächtig zu werden. Meine Wangen brennen und ich schiebe mein Becken dichter gegen seine Hand, um noch mehr Druck aufzubauen.

»Ich kann ihn schon hören. Hörst du ihn auch?« Jace' Mund schwebt jetzt über meinem und alles, was ich will, ist, ihn zurück nach unten zu drücken. Mein Rücken biegt sich durch, während seine Finger in mich gleiten.

»Er kommt immer dichter«, knurrt er direkt an meinem Hals. Die ersten Tränen rinnen über meine Wangen. Nicht vor Angst, nicht vor Scham … sondern aus Befreiung. Mittlerweile kann ich hören, wie sich der Wagon nähert. Mit jeder Sekunde wird das Geräusch lauter und das Pochen zwischen meinen Beinen stärker. Es ist nur ein Traum. Nichts wird passieren.

»Fünf«, beginnt er, zu zählen und langsam bekomme ich trotzdem Angst. Was, wenn ich nicht bloß träume? Was, wenn das hier mein Ende sein wird?

»Vier«, zählt er weiter herunter. Der Wind ist kalt auf meiner Haut, aber in meinem Körper herrschen vierzig Grad. Der Boden vibriert, weil er immer dichter kommt.

»Drei.« Als Jace seine Lippen auf meinen Hals senkt und seinen Finger wieder in mich schiebt, spüre ich ihn schließlich. Der Orgasmus ist so stark, dass es mir in jedem Bereich meines Körpers wehtut. Dunkle Nebelschwaden wandern vor meinen Augen hin und her, und ehe ich realisiere, was hier passiert, hat Jace mich zur Seite gezogen. In letzter Sekunde rollen wir von den Gleisen herunter, bevor der Zug mit einem lauten Geräusch an uns vorbeizieht.

Als ich dessen Rücklichter sehe, fällt die ganze Anspannung von mir ab. Und mit ihr auch mein

Verständnis für das, was gerade passiert ist. Ich habe nicht geträumt. Das hier ist wirklich passiert, sonst wäre ich längst aufgewacht. Eilig ziehe ich meine Jeans wieder hoch und taumle nach oben. Jace lehnt mittlerweile an einem der Bäume und sieht mich einfach nur an. In Sekundenschnelle bin ich bei ihm und donnere ihm meine flache Hand ins Gesicht.

»Ich hätte sterben können, du kranker Freak!« Meine Lippen beben und ich fühle mich wie in Trance. Als hätte mich jemand in Watte gepackt, sodass ich alles nur noch gedämpft wahrnehmen kann. Jede Berührung des Windes, jedes Knistern unter meinen Schuhen, den Geruch nach Erde und Dreck, der an meiner Kleidung klebt.

»Und?« Seine Gesichtszüge verhärten sich. »Im Leben kommt es nur darauf an, auf nichts anderes. Keiner kommt lebend aus dieser Scheiße heraus. Am Ende dieser ganzen sinnlosen Reise kommt es nur darauf an, *wie* du stirbst. Ob mit Angst in den Augen oder einem Lächeln auf den Lippen.« Seine Worte sind so absurd, dass die Tränen, die jetzt über meine Wangen rollen, nichts mehr mit Erleichterung zu tun haben.

Das hier fühlt sich eher an wie eine Demütigung. Eine, die ich selbst provoziert habe, weil ich wie ein Hund um einen Knochen gebettelt habe. Anstatt meinen sinnlosen Wunsch nach Abenteuern nachzugehen, hätte ich einfach weiter in meiner

Sackgasse sitzen sollen. Aber ich wäre sicher gewesen … »Hatte dein Vater ein Lächeln auf den Lippen, als er starb?« Die Frage kommt zu schnell über mich, und ehe ich sie zurücknehmen kann, hat Jace sich von dem Baum abgestoßen und geht zu seinem Wagen.

Eine Entschuldigung liegt auf meinem Mund, immerhin weiß ich nichts über seinen Vater oder darüber, wie er gegangen ist. Jace sieht mich über seine Schulter an und deutet zu seinem Pick-up, der an der Straße auf uns wartet.

»Ich bring dich nach Hause. Vielleicht hast du jetzt endlich gemerkt, dass du dir die falschen Dinge wünschst.«

Kapitel 9

Als ich eine Stunde, nachdem ich Evelyn an ihrem Wohnheim abgesetzt habe, das *Blacklight* betrete, habe ich immer noch ihren Geschmack auf meiner Zunge. Die gesamte Fahrt über hat sie keinen Ton gesagt und vielleicht hat ihr unser kleiner Trip zu den Gleisen klargemacht, dass sie doch lieber als brave Studentin über ihren Büchern hockt, anstatt sich in die Dunkelheit zu wagen. Und obwohl ich sie damit abschrecken wollte, kann ich nicht aufhören, daran zu denken, wie gut sie sich an meinen Fingern angefühlt hat.

Sie hatte Angst und trotzdem hat sie zugelassen, dass ich sie auf die Gleise drücke und meine Finger in sie schiebe. Ihre feuerroten Wangen gehen mir nicht mehr aus dem Kopf und ich renne seitdem mit einem Ständer durch die Gegend, der mir jeden klaren Gedanken raubt. Die beste Ablenkung davon?

Eindeutig meine Arbeit, weshalb ich schon zwei Stunden früher damit anfange. Der Club ist offiziell noch geschlossen, und als ich in mein Büro gehe, wartet Reed schon auf mich. Er sitzt auf dem Sofa neben mir, mit einem Glas Alkohol in der Hand, und sieht mich wütend an.

Ein Zustand, den er fast dauerhaft hat. Schon als Teenager konnte er seine Emotionen nur schwer handeln, und als Mom in die Psychiatrie abgeschoben wurde, ging es noch stärker mit ihm bergab. Entweder ist er besoffen, stoned oder mit seinem Schwanz in Paige oder einer anderen Frau.

Seit einigen Jahren befindet er sich in einer Abwärtsspirale und ich habe aufgehört, sie aufhalten zu wollen. Manchmal muss man einsehen, dass man jemanden nicht mehr retten kann, vor allem nicht, wenn der größte Feind sein eigenes Spiegelbild ist.

»Auch schön, dich zu sehen«, lache ich verbittert. Seit Dads Tod hat sich unser Verhältnis verschlechtert, auch wenn man meinen müsste, dass abgefuckte Schicksalsschläge die Familie zusammenschweißen sollten. Bei uns hat es dafür gesorgt, dass wir krampfhaft versuchen, etwas aus diesem Laden zu machen. Mit dem Problem, dass wir beide völlig unterschiedliche Herangehensweisen haben, was die Arbeit betrifft.

»Du bist zu spät.« Er deutet auf die Uhr über der Couch und ich zucke mit den Schultern, weil ich ihm keine Rechenschaft schuldig bin, wann ich in den Laden komme. Immerhin ist er es, der mehrere Male zu Hause ausnüchtern musste, während ich mich um die Geschäfte gekümmert habe. »Ich hatte noch was zu erledigen.« Ob er es feiern würde, wenn er wüsste, was ich heute mit Eve außerhalb der Stadt getan habe? So einen Scheiß würde man sonst eher meinem Bruder zuschreiben. Etwas, das schon mehreren Leuten das Genick gebrochen hat. Man sollte nie jemanden unterschätzen, der den Teufel als Vater hatte und einen Psychopathen als Bruder. Ich habe schließlich von den Besten und Kaputtesten gelernt.

»Und was war wichtiger als der Termin mit Vincent?« Als er den ehemaligen Geschäftspartner unseres Vaters anspricht, werde ich hellhörig. Ich werfe einen Blick auf das Datum und erstarre.

»Du hast ihn echt vergessen? Wir warten seit Wochen darauf, dass er in der Stadt ist und uns anhört, Jace. Wenn er uns nicht mit seiner Kohle hilft, können wir den Club nie ausweiten. Er war hier, aber ist sofort wieder abgehauen, weil du nicht da warst. Weil er denkt, dass es dir nicht wichtig genug ist, dich mit ihm zu treffen, obwohl wir sein Geld wollen. Weil wir nicht seine kostbare Zeit verschwenden sollen, die er lieber mit irgendwelchen Huren verbringen würde.«

Reeds Augen funkeln bedrohlich, und wäre er nicht mein Bruder und ich seine Ausraster gewohnt, würde ich mir vermutlich in die Hose scheißen. Das erste Mal, seit Eve so ekstatisch unter meiner Hand gekommen ist, erschlafft mein Ständer.

Ich kann wieder an etwas anderes als an ihre Pussy denken. An etwas anderes als an ihre Nässe an meinen Fingern.

»Ich dachte, der Termin wäre erst morgen Abend.« Dabei weiß ich, dass meine Ausrede nicht helfen wird. Der Termin war wichtig für uns, weil wir größer denken wollten. Ja, das *Blacklight* hat hier einen Status erreicht, aber der größte Wunsch meines Vaters war es immer, den Club auch in andere Städte zu bringen.

In vielen Nächten frage ich mich, wieso wir ihm diesen Wunsch in seinem Tod noch erfüllen wollen, nachdem er uns freiwillig im Stich gelassen hat. Und doch kämpfe ich jeden Tag dafür. Ohne Vincent Morenos Kohle können wir das Vorhaben aber vergessen.

Reed stellt das Glas am Boden ab, steht auf und tritt auf mich zu. Seine Hände sind zu Fäusten geballt und ich weiß, dass er mir gleich die Nase brechen wird. Wäre nicht das erste Mal, dass unsere Konflikte in ein Blutbad ausufern. Ich warte noch auf den Tag, der im tragischen Tod von einem von uns beiden endet.

»Du verpasst nie wichtige Treffen. Es liegt an der Jungfrau, richtig?« Wenn ich mir nach dem heutigen Tag in einer Sache sicher bin, dann darin: Evelyn ist definitiv keine Jungfrau mehr. Sie fühlte sich eng an, aber ich habe gespürt, dass sie nicht mehr unschuldig ist. Sofort zuckt mein Schwanz wieder, weil ich mich an ihren Geschmack erinnere.

»Fick dich, Reed.« Ich lasse von ihm ab, doch in der nächsten Sekunde trifft mich seine Faust am Kiefer. Schmerz durchzuckt meinen gesamten Schädel, die sich in Wut verwandelt. Wut, die meine Kehle zuschnürt und meine Atmung zum Rasen bringt. Als Antwort hole ich aus und donnere ihm meine direkt in die Magengrube, was ihn zum Keuchen bringt.

»Dafür, dass du die meiste Zeit besoffen oder am Vögeln bist, hängst du dich zu weit aus dem Fenster, Bruderherz.« Reed krümmt sich, während ich merke, dass Blut aus meinem Mundwinkel rinnt. Normalerweise ist er derjenige, der ständig mit einem blauen Auge herumläuft, nicht ich. Aus den meisten Schlägereien halte ich mich raus, immerhin sind dafür die Securitys da. Ich mache mir die Hände nicht schmutzig.

»Ich werde Vincent anrufen und einen neuen Termin mit ihm vereinbaren.« Knurrend lasse ich Reed zurück, der erstaunlicherweise ruhig bleibt. Vielleicht sollte ich langsam darauf hören, was ICH will, und nicht darauf, was andere von mir verlangen. Dumm nur, dass die eine Sache, die mir seit Tagen nicht mehr aus dem Kopf geht, meine größte Schwäche werden könnte …

Kapitel 10

Evelyn

Zu meinem Glück war ich allein, als ich ins Wohnheim kam. Pete hat mir eine Nachricht geschrieben, dass er den Abend mit einem seiner Tinder-Flirts im Kino verbringt, und so kann ich jetzt ganz seelenruhig meiner Wut nachgehen. Was bildet Jace sich eigentlich ein? Doch die größere Wut geht gegen mich selbst. Weil ich, trotz dessen, dass ich auf diesen Gleisen hätte sterben können, Gefallen daran gefunden habe. Weil ich es geliebt habe, von ihm berührt zu werden. Weil die Angst in meinem Nacken den Orgasmus noch intensiver gemacht hat. Jede halbwegs normale Frau hätte sich gar nicht erst hingelegt und trotzdem habe ich mich wie eine Puppe von ihm behandeln lassen.

Ich liege auf meinem Bett, sehe mir ein Foto von meiner Schwester an und frage mich, was sie von mir halten würde, wenn sie wüsste, was ich heute mit mir habe machen lassen. Stacy war immer die offenere von uns, aber ich glaube, dass es selbst ihr zu weit gegangen wäre. Von der Reaktion meiner Eltern will ich gar nicht sprechen, sie hätten mich ohne Weiteres in eine Klinik gesteckt und eigenhändig dafür gesorgt, dass ich nie wieder rauskomme. Oder sie hätten mir ein Kloster weit weg von Zuhause gesucht, in dem jeglicher sexueller Akt unterbunden wird. Dabei bin ich mir sicher, dass mehr als nur eine Nonne auf der Welt nachts ihren dunklen Fantasien nachgeht und den Herrn mit ihren Fingern beschmutzt.

Als es an der Tür klopft, lege ich den Bilderrahmen mit dem Foto nach unten auf meinen Nachttisch und schlurfe zur Tür. Mein Herz setzt für einen Moment aus, als Jace vor mir steht. Die Hände hat er in den Hosentaschen vergraben und sein Blick ist undefinierbar. Er hat sich umgezogen, so wie ich. Ich musste einfach aus meinen Klamotten raus, weil sie erstens voller Dreck waren und zweitens voller Schande. Neben meinem Slip, der viel zu nass war, als dass ich ihn noch länger hätte tragen können. Er ist direkt im Müll gelandet, damit ich nicht mehr daran denken muss, was heute passiert ist.

»Was?«, blaffe ich ihn an, auch wenn mein Blut bei seinem Anblick schon wieder in Wallung gerät. Was hat dieser Kerl nur an sich, dass ich meinen Körper in seiner Gegenwart nicht im Griff habe? Seine goldbraunen Augen sehen mich hungrig an, und auch wenn ich ihm einfach die Tür vor der Nase zuknallen sollte, lasse ich zu, dass er an mir vorbei ins Zimmer geht. Er riecht anders als vorhin noch und in Sekundenschnelle hat sein Duft den des Sandwiches, das ich vorhin aus Frust in Windeseile verputzt habe, überdeckt.

Gerade als ich ihn fragen will, was er hier zu suchen hat, presst er mich schon gegen die Tür, die hinter meinem Rücken aufgrund seines Stoßes ins Schloss fällt. Ein Hilfeschrei liegt auf meinen Lippen, aber ich lasse ihn nicht frei. Die meisten Studenten hier kümmern sich nur um sich, das Drama der anderen ist ihnen egal. Vermutlich würden sie denken, dass ein Schrei nach Hilfe nur Bestandteil eines seltsamen Rollenspiels ist.

»Was ich hier will?«, fragt er mich heiser. »Das.« Und dann treffen seine Lippen meine. Ich erstarre unter dem Gewicht, das mich gegen die Tür presst, hindere ihn aber nicht daran, seinen Mund auf meinem zu lassen. Seine Zunge ist warm und streicht fordernd über meine. Wieso schubse ich ihn nicht weg?

Dabei ist die Antwort ganz einfach.

Weil ich nicht aufhören kann, an das Gefühl seiner Finger in mir zu denken. Weil mir immer noch schwindelig wird, wenn ich an den Orgasmus erinnert werde. Weil … ich ihn eigentlich schon küssen wollte, als ich ihn das erste Mal in der Vorlesung gesehen habe. Er hatte seit meinem ersten Tag hier eine Wirkung auf mich, die ich mir nicht erklären kann. Ich kralle mich an dem Stoff seines Hoodies fest, den er jetzt trägt, und als ich an ihm hochspringe und er seine Hände an meinen Arsch legt, kann ich kaum noch klar denken. Bilder von ihm in mir wandern durch meine Gedanken, die mich noch entschlossener machen.

Die Lust, die mich auf den Gleisen im Griff hatte, ist jetzt wieder da. Genauso intensiv, obwohl wir nur in diesen winzigen Quadratmetern stehen und uns küssen. Hier ist keine Gefahr in Sicht. Sein Atem riecht nach Alkohol und ich frage mich, ob er öfter trinkt. Gierig sauge ich seinen Kuss ein, und als er mich zum Bett trägt und sich über mich beugt, wäre ich fast zu allem bereit. Bis er sich grinsend von mir löst und ich das erste Mal, seit er hier ist, wirklich klar sehen kann.

»Kein Wunder, dass mein Bruder auf dich steht. Du siehst zwar aus wie eine Jungfrau, aber shit …« Als ich ihm das nächste Mal in die Augen sehe, erkenne ich den Unterschied. Ich hätte es schon wissen müssen, als ich die Tür geöffnet habe und er mich gegen die Wand gedrückt hat.

»Du krankes Arschloch!« Ich winkle meine Beine an und trete ihn von mir herunter. Reed hebt abwehrend die Hände in die Luft und sein Grinsen könnte kaum übel erregender sein.

Wie konnte ich nicht direkt erkennen, dass er es ist? Auch wenn Jace mich vorhin wie Abschaum behandelt hat, ist er immer noch ein größerer Gentleman als sein Bruder. Wieso zur Hölle kommt er einfach her und woher weiß er überhaupt, dass ich hier wohne? Die Antwort liegt auf der Hand, er muss es von seinem Bruder wissen.

»Komm schon, Virgin. Als hätte es dir nicht gefallen. Ich bin mir sicher, dass dein Höschen schon ganz feucht ist«, sagt er lachend und mit so viel Selbstverliebtheit in der Stimme, dass es mich würgen lässt.

Reed kommt wieder zum Bett herüber und ich rutsche sofort dichter an die Wand heran, um Abstand zu ihm aufzubauen. Ihre kühle Oberfläche vertreibt auch den Rest Hitze aus meinem Körper, die sich in den letzten Tagen wie ein niemals endendes Fieber angefühlt hat.

Er stützt sich mit den Fäusten in der Matratze ab und ist mir viel zu nah. Ich drehe den Kopf von ihm weg, damit sich unsere Lippen nicht mehr so nah sind wie eben gerade noch.

Am liebsten würde ich direkt ins Bad rennen und mir die Zunge mit einer von Petes Rasierklingen abschneiden, weil ich mich von ihm habe benutzen lassen. Weil er diese schäbige Zwillingsnummer mit mir abgezogen hat, die man sonst nur aus Filmen kennt.

»Tu nicht so, als ob du dich nicht gerade noch von mir ficken lassen wolltest.« Meine Antwort besteht in einer Ohrfeige. Mittlerweile habe ich das Gefühl, dass ihre Gesichter einfach danach schreien, von mir geschlagen zu werden.

Reeds Augen funkeln mich bedrohlich an und wenn ich dachte, dass ich vorhin Todesangst hatte, habe ich mich getäuscht. Seine Wut macht mir mehr Angst als ein beschissener Zug, der mich zerquetschen und meine Eingeweide verteilen könnte.

Insgeheim wusste ich, dass Jace mich nicht sterben lassen würde. Er wollte mich auf die Probe stellen und mir zeigen, dass ich ihn in Ruhe lassen soll. Und als er mich hier abgesetzt hat, war ich mir sicher, aus meinen Fehlern gelernt zu haben, aber jetzt … jetzt schreit mich mein inneres Ich an, ihn anzurufen. Weil er mir aus absolut merkwürdigen Gründen das Gefühl gibt, dass ich bei ihm wirklich sicher bin. Selbst vor seinem tyrannischen Bruder.

»Schlag mich noch einmal und du endest als Blutlache auf eurem hässlichen Studententeppich.« Die Drohung geht mir durch Mark und Bein, immerhin hat mir noch nie jemand so offen mit dem Tod gedroht. Seine Mundwinkel zucken, während meine eigenen zu einer harten Linie verzogen sind.

»Eigentlich bin ich nur hier, um dich zu warnen. Mein Bruder hat heute einen wichtigen Deal verpasst und ich bin mir sicher, dass du schuld daran bist. Seit du in unseren Club gestolpert bist, ist er nicht wirklich bei der Sache.« Er legt seine Finger auf meinen Unterarm und wandert langsam hinauf zu meiner Schulter.

Die entstehende Gänsehaut fühlt sich schmerzhaft an im Vergleich zu der, die Jace auf mir hinterlassen hat. Sie war berauschend, die hier nur erdrückend.

»Ich lasse nicht mehr zu, dass das wieder passiert. Er hat sich schon mal vom Wesentlichen ablenken lassen, aber die Zeiten sind vorbei, verstanden?« Er haucht mir einen Kuss auf die Wange, und so sehr mich sein Mund gerade noch zum Kochen gebracht hat, widern mich seine Lippen jetzt nur noch an.

Wie kann man sich von ein und demselben Gesicht auf der einen Seite so angezogen fühlen und auf der anderen so abgestoßen sein? Reed klatscht in die Hände und steuert die Tür an. Bevor er verschwindet, sieht er mich noch einmal an. »Denk dran: Ich weiß, wo du wohnst, Cinderella.«

***

Es dauert keine zwanzig Minuten, bis es erneut an der Tür klopft. Da ich von Pete weiß, dass sein Date gut läuft und er noch etwas mit seiner Begleitung trinken geht, bin ich nicht überrascht, Jace vor mir zu sehen. Er trägt dieselbe Kleidung wie bei unserem Trip zu den Gleisen, nur eine Sache ist anders. Seine Lippe ist jetzt aufgeplatzt, als wäre er zwischenzeitlich in eine Prügelei geraten. »Wann ist er gegangen?« Aufgebracht stürzt er ins Zimmer herein und sieht sich hier drin um, als wäre sein Bruder immer noch hier. Sicherlich wäre es besser gewesen, Pete anzurufen, aber ich wollte ihm seinen Abend nicht versauen. Davon abgesehen, dass ich Pete noch nicht verraten habe, was ich über den stillen Jungen in unserem Kurs weiß.

Außerdem kennt Jace seinen Bruder und kann mir vielleicht erklären, was zur Hölle sein Problem mit mir ist. Und vor allem, wie ich dieses Problem schnellstmöglich beseitigen kann.

»Vor einer halben Stunde«, antworte ich erschöpft. Ich fühle mich, als hätte ich den Iron-Man-Marathon hinter mir. Jace sieht mich prüfend an und die Sorge in seinem Blick versichert mir, dass er dieses Mal wirklich er selbst ist und ich nicht wieder hereingelegt werde.

»Was ist da passiert?« Ich deute auf seine aufgeplatzte Lippe, und als er sie mit den Fingern berührt, zuckt er zusammen. Frisches Blut klebt an seinen Fingerspitzen, die vorhin noch in mir waren.

»Mein Bruder ist passiert.«

Und schon verabscheue ich ihn noch ein Stückchen mehr. Wie kann Paige wirklich ernstes Interesse an ihm haben? Ich mag sie wirklich, aber ihren Männergeschmack sollte sie dringend psychologisch untersuchen lassen. So wie ich meinen …

»Was wollte er von dir? Geht es dir gut?« Jace packt mich bei der Hand, schiebt mich zu meinem Bett herüber, setzt sich darauf hin und zieht mich auf seinen Schoß. Vor wenigen Stunden hätte ich jeglichen Körperkontakt zu ihm unterbunden, aber nachdem sein Bruder herkam und mich bedroht hat, brauche ich seine Sicherheit. Er weiß am besten, wozu Reed in der Lage ist und ob ich wirklich in Schwierigkeiten stecke. Oder ob er nur mit mir spielt, weil er sich daran aufgeilt, jemanden in die Ecke zu drängen. Vermutlich gehört er zu den kranken Arschlöchern, die sich an der Angst anderer ergötzen.

»Er hat von einem geplatzten Deal erzählt. Und dass er weiß, wo ich wohne, sollte ich mich nicht von dir fernhalten.« Ist es lächerlich, dass ich jetzt trotzdem auf seinem Schoß sitze, anstatt seine Drohung ernst zu nehmen?

»Er wird dir nichts antun. Reed blufft.«

»Und wie sicher bist du dir da? Ich meine, nach der Aktion auf den Gleisen weiß ich nur eines: dass ihr zwei definitiv Probleme habt!« Weil mich die Wut wieder wie eine Lawine überrollt, will ich von ihm heruntergehen, aber er presst mich dichter auf seinen Schoß. Seine Hände bauen Druck auf meine Hüften auf, den er nur langsam drosselt.

»Du weißt, dass ich dich da draußen nicht hätte sterben lassen, oder?« So hart, wie er vorhin noch wirkte, ist er jetzt nicht mehr. Stattdessen liegt tatsächlich so etwas wie Reue in seinem Blick, die ich ihm nicht abkaufen sollte. Trotzdem tue ich es.

»Woher? Ich kenne dich nicht.« Ein Umstand, den ein viel zu großer Teil in mir ändern will. Als ich vor zwei Monaten herkam, war es sicher nicht mein Plan, mich mit zwei verrückten Zwillingsbrüdern anzulegen, die eindeutige soziale Probleme haben. Noch größere als ich. Jace' Griff wird weich, und als er seine Hand an meine Wange legt, ist jeglicher Zorn einfach verpufft wie eine ausgebrannte Kerze.

Mein Herz schlägt schnell und ich kann nur seine Lippen ansehen. Auch wenn Reeds Kuss explosiv war, bin ich mir sicher, dass seine Lippen ein größeres Feuerwerk in mir verursachen würden.

»Du würdest nicht auf mir sitzen, wenn es anders wäre.« Und er hat recht. Ich habe nach Abenteuern gelechzt und er hat sie mir heute gegeben, wenn auch auf völlig absurde Art und Weise. Ich entspanne mich schließlich, und als er mir tief in die Augen sieht, versinke ich in diesem wundervollen Farbton, der mich an Laub im Herbst erinnert. In seinen Augen sehe ich die schönen Seiten dieser Jahreszeit, in denen seines Bruders nur den Tod.

»Reed wird dir nicht wehtun. Das verspreche ich dir, okay?« Einen Moment zögere ich noch, doch als ich die Ehrlichkeit in seinem Blick erkenne, nicke ich. »Ich vertraue dir.« Auch wenn mich das Vertrauen in den Abgrund stoßen könnte …

Kapitel 11

Fünf Tage sind vergangen, seit Reed in meinem Wohnheim aufgetaucht ist und mich bedroht hat. Fünf Tage, seitdem Jace danach zu mir kam und mir versichert hat, dass mir sein Bruder nichts anhaben kann. Und seitdem habe ich weder etwas von ihm gehört, noch habe ich ihn in den üblichen Kursen in dieser Woche gesehen. Es ist Wochenende und weil ich keine Lust mehr habe, auf ein Lebenszeichen von ihm zu hoffen, muss ich die Sache selbst in die Hand nehmen. Es lag mir schon immer mehr, die Initiative zu ergreifen, anstatt wie eine Prinzessin im Turm zu sitzen und auf den Prinzen zu warten. Scheiß auf Prinzessinnengeschichten.

»Sag mal, hast du eigentlich den Code für die Party heute Abend bekommen?« In der Uni habe ich einige Mitstudenten darüber sprechen gehört und sofort wusste ich, was zu tun ist, wenn ich meine Antworten haben will.

Pete zieht gerade seine Augenbrauen mit einem braunen Kajal nach, und hält inne, als ich meine Frage stelle. Er steckt die Kappe auf den Stift und wirft ihn in den kleinen Korb auf unserem Schreibtisch, in dem wir unsere ganzen Kosmetikartikel bunkern. Ich bediene mich regelmäßig an seinem Zeug und er darf dafür meines benutzen. Wir sind wahrhaftig beste Freunde geworden. Umso mehr belastet es mich, dass ich Geheimnisse vor ihm habe.

»Du meinst die Party in dem bösen, bösen Puff?« Pete weiß immer noch nicht, dass ich ihm letztes Mal ohne sein Wissen den Code ausspioniert habe und allein im *Blacklight* war. Umso erstaunter ist er, weil ich ihn jetzt danach frage.

»Jep. Und? Hast du ihn?« Ich schwinge meinen Po auf den Schreibtisch, überkreuze die Beine und sehe ihn im Spiegel an. Sein Date lief gestern ziemlich gut, weshalb er erst spät heimkam und noch heute trägt er dieses Funkeln in den Augen.

Mein kleiner Casanova scheint verknallt zu sein und ich kann für ihn nur hoffen, dass er anständig ist. »Ich denke schon. Aber ich hatte heute nicht vor, hinzugehen. Alleine macht das nicht so viel Spaß.

Letztens bin ich schon nach einer Stunde wieder abgehauen, weil es mir zu langweilig war. Meine Tanzpartnerin hat mir gefehlt.«

»Und würdest du heute gehen, wenn ich dich begleite?«

Pete macht große Augen und ich weiß, was ihm durch den Kopf geht. Er tritt auf mich zu, legt seine Hände an meine Wangen und sucht in meinem Gesicht nach einer Erklärung für meinen plötzlichen Sinneswandel. Langsam sollte ich ihm wirklich sagen, dass ich gerade dabei bin, etwas ziemlich Dummes zu machen. Dass ich dabei bin, mich in eine Schwärmerei zu stürzen, die unfassbar gefährlich für mich werden könnte, wenn Jace' Bruder seine Worte ernst gemeint hat.

»Hat dich ein Alien entführt? Ich erinnere mich daran, dass du den Club nie wieder betreten wolltest. Du hast Worte wie abartig, widerwärtig, billig und illegal in den Mund genommen.« Das war, bevor ich mir selbst eingestehen wollte, dass ich das *Blacklight* aufregend finde. Und dass ich nicht aufhören kann, an einen der Besitzer zu denken. Daran, wie es sich angefühlt hat, durch seine Finger zu kommen. Ja, ich wurde quasi entführt, aber nicht von Aliens, sondern von Jace Black.

»Ich will dem Club noch eine Chance geben. Also, was sagst du? Begleitest du mich, Casanova?« Schmollend schiebe ich meine Unterlippe nach vorne, weil ich genau weiß, dass Pete mir so nicht widerstehen kann. Der Schmollmund hat schon bei meinem Dad immer gewirkt, als ich noch ein kleines Mädchen mit Zahnlücke und zwei geflochtenen Zöpfen war.

Pete wirft einen Blick in seine Mails und hält mir das Handy hin. In der Mail stehen die sechs Zahlen, die ihn heute ins *Blacklight* lassen werden. Und ich werde seine Begleitung sein, auch wenn ich damit schon wieder gegen die Regeln verstoße. Wie oft werde ich sie brechen können, ohne wirklich mit Konsequenzen leben zu müssen? »Jackpot, Baby. Ich bring uns auf jeden Fall da rein.«

***

Am Abend hat Pete tatsächlich Blut geleckt, und als wir den Club mithilfe des Zahlencodes betreten, pumpt wieder Adrenalin durch meine Adern. Heute habe ich mich für ein knappes schwarzes Kleid entschieden, knöchelhohe Stiefel und eine dünne Jacke, die mich im Notfall vor gierigen Blicken schützen soll.

Als ich an diesem Abend die Maske trage, fühlt es sich darunter zum ersten Mal richtig gut an. Auch wenn sie mein aufwendiges Make-up verdeckt und die Stunde vor dem Spiegel komplett hinfällig macht. Wie auch bei meinen letzten Besuchen hier ist der Raum gut gefüllt, nur die Nischen sind heute allesamt leer. Fast, als hätten die Gäste heute einfach keine Lust auf dreckigen Sex mit maskierten Fremden hinter einem Vorhang.

»Also – was wollen wir trinken?« Pete hakt sich bei mir unter, während ich auf der Suche nach einer roten Maske bin, aber nicht fündig werde. Natürlich ist Jace nicht unter den Gästen, sondern in seinem Raum, aber ich will Pete nicht einfach nach einer Minute hier stehen lassen, also muss ich es noch ein wenig hinauszögern. Später kann ich mir immer noch eine Ausrede einfallen lassen, wieso ich etwas zu lange auf dem Klo verschwinden muss.

»Ein Bier wäre super. Holst du uns eins? Ich mache mich mal auf die Suche nach Paige.« Es ist immer noch unheimlich schwer, durch die Masken jemanden zu finden, aber da sie mit ihrer Haarfarbe heraussticht, könnte ich es schaffen. Auch wenn ich Petes Gesicht nicht sehen kann, bin ich mir sicher, dass er die Stirn runzelt. »Paige? Ich wusste nicht, dass ihr zwei Kontakt habt.«

»Sie ist meine Freundin geworden«, antworte ich ehrlich, auch wenn ich dadurch vermutlich sehr viele Fragen bei ihm aufwerfen werde. Um die kann ich mich immer noch kümmern, wenn ich sie gefunden habe. Oder eben Jace …

»Darüber musst du mir dringend mehr erzählen. Ich hole uns jetzt mal die Drinks. Kommst du auch wirklich allein klar?« Entschlossen nicke ich. Seine Hand streift meinen Arm und dann ist er auf dem Weg zur Bar verschwunden. Es dauert nicht lang, bis ich Paige schließlich auf der Tanzfläche entdecke, und als sie meine Stimme hört, nimmt sie mich sofort in die Arme.

Ihr Körper ist von Schweiß benetzt und sie scheint schon seit Ewigkeiten unter dem Schwarzlicht zu tanzen. Ihre orangenen Haare trägt sie heute offen und sie bedecken ihren nackten Rücken wie einen Schleier. Das Top, das sie trägt, schützt mit dem schwarzen Stoff nur ihre Brüste. »Was suchst du hier?«, will sie über den Lärm der Musik hinweg wissen. Ich zerre sie von der Tanzfläche herunter und schiebe sie in eine der offenen Nischen, damit wir ungestört reden können.

Dabei muss ich die zahlreichen Leute ignorieren, die hier drin Sex hatten. Ich ziehe den Vorhang bis zur Hälfte zu und nehme meine Maske ab, damit wenigstens einer in den Genuss meiner Smokey Eyes kommt. Paige pfeift anerkennend, als sie mein Make-up sieht. Und ich bin verdammt stolz darauf, immerhin ist es ein Wunder, dass ich mir den Eyeliner nicht ins Auge gerammt habe!

»Wow. Diese Augen solltest du definitiv nicht unter einer Maske verstecken!« Sie nimmt ihre ebenfalls ab und wieder erstaunt es mich, wie schön sie ist. Ihr Gesicht ist irgendwie so rein. Wie das eines Engels in Lederstiefeln. »Ich bin auf der Suche nach Jace«, rücke ich mit der Sprache raus. Das ist der einzige Grund, wieso ich heute hier bin. Natürlich könnte ich auch einfach in seinen Raum gehen, aber ich habe Angst davor, dort Reed zu begegnen und mich bei ihm noch unbeliebter zu machen. »Jace ist nicht hier«, stammelt sie und sofort werde ich hellhörig.

»Und wo ist er sonst? Zu Hause?« Sie schüttelt den Kopf, will mir aber nicht mehr sagen.

»Hör zu, ich muss ihn wirklich sprechen und in den letzten fünf Tagen gab es kein Lebenszeichen von ihm.«

Doch anstatt mir zu sagen, was sie weiß, schürzt sie die Lippen. Sie greift nach meiner Hand und drückt sie fest. Beinah fühlt es sich an, als müsse sie mir eine schlechte Nachricht übermitteln.

»Ich würde dir wirklich sagen, wo er ist, aber ich kann nicht. Es gibt Dinge, über die sollte ich nicht reden. Das verstehst du doch sicher, oder?« Ihre Finger kneten meine Handinnenfläche und ich nicke, auch wenn sie sie gern knebeln würde, um an die Antworten zu kommen. Allein ihre Geheimniskrämerei weckt meine Neugier nur umso mehr. Was, wenn ihm etwas passiert ist?

»Ja, klar.« Enttäuscht lasse ich ihre Hand los, während sie ihre Maske wieder aufsetzt. »Aber du brauchst Jace nicht, um Spaß zu haben. Er ist sowieso eine Spaßbremse. Du findest mich auf der Tanzfläche, okay?«

Sie nimmt mich noch einmal in den Arm, bevor sie aus der Nische huscht und sich wieder der Musik von Marilyn Manson hingibt. Einen Moment lasse ich die Maske noch auf der Sitzbank liegen, und gerade, als ich sie aufsetzen und zurück zu Pete gehen will, betritt jemand anderes die Nische. Die rote Maske grinst mich breit an.

»Jace?«, flüstere ich seinen Namen, dabei weiß ich, dass er nicht hier ist. Das folgende tiefe Lachen

155

bestätigt meine Annahme davon, wer wirklich vor mir steht. Dieses Mal lasse ich mich nicht von ihm täuschen.

»Falsch. Ich gebe dir noch einen zweiten Versuch.« Reed zieht hinter sich den Vorhang zu und sofort wallt Panik in mir auf. Wenn uns niemand sieht, wird mich auch niemand retten kommen.

»Was willst du?«, keife ich ihn an, wohl wissend, dass ich mich nicht noch tiefer in die Scheiße stürzen sollte. Er hat mir klargemacht, was er von mir hält und dass er bereit wäre, mir das Leben zur Hölle zu machen, wenn ich mich nicht von ihm und seinem Bruder fernhalte.

»Was ich will? Die Frage ist doch eher, was du hier willst. Das hier ist mein Club, schon vergessen?« Reed drängt mich noch weiter in die Ecke, sodass ich gegen den Spiegel stoße. Seine Hand hat er links neben mir abgestützt, um mich am Fliehen zu hindern.

»Du willst zu meinem Bruder, richtig?« Seine Maske wirkt mit den roten Kreuzen vor seinen Augen noch bedrohlicher als der Rest in diesem Club. Paige hat mir von Anfang an gesagt, dass ich mich von ihnen fernhalten soll und doch lande ich am Ende immer wieder in der Sackgasse. Soviel zu dem Wunsch, jemand könnte mich aus dem Sumpf holen. Weil ich nicht antworte, fährt er fort.

»Also Jace ist nicht da. Aber du kannst dich auch gern so lange mit mir vergnügen. Ich könnte dich von deiner albernen Obsession für meinen Bruder ablenken. Glaub mir, mit mir kann man mehr Spaß haben. Ich kenne Stellungen, von denen träumst du nicht mal in deinen dreckigsten Nächten.«

Wie viel Jace ihm erzählt hat? Eindeutig zu viel, das steht fest. Ich schnappe mir meine Maske und setze sie auf mein Gesicht, um mich nicht mehr so nackt unter seinen Blicken zu fühlen.

»Danke, aber vorher sterbe ich lieber.« Mit einer fließenden Bewegung habe ich mich unter seinem Arm hindurchgeschlängelt und den Vorhang zur Seite gezogen.

»Man sollte immer aufpassen, was man sagt, Virgin. Am Ende kommt es immer nur darauf an, wie man stirbt.« Seine Worte schleudern mich zurück in den Nachmittag, als Jace an den Gleisen dasselbe zu mir sagte. Meine Hand hält sich zitternd an dem schwarzen Stoff fest.

»Und glaub mir, ich kann dafür sorgen, dass du ohne Würde endest.« In mir brodeln so viele Emotionen, die ich gern körperlich an ihm auslassen würde, aber ich weiß, dass ich damit nur mein Todesurteil unterschreibe.

Reed fixiert mich wie seine Beute und wieder laufen mir Schauder über den Rücken. Als ich aus der Nische stürme und Pete geradewegs in die Arme laufe, stehen ihm die Fragezeichen nahezu auf die Maske geschrieben. Schützend nimmt er mich an seine Seite und starrt Reed in der Nische an. Anschließend führt er seinen Mund an mein Ohr. »Ich glaube, du solltest mir dringend ein paar Sachen erklären, Eve.«

***

»Wie bitte? Du hast was mit einem der Besitzer des Clubs? Aber … aber wie?« Pete konnte mit seinem Kreuzverhör kaum warten, bis wir den Laden verlassen haben, aber erst jetzt in den sicheren vier Wänden habe ich ihm Antworten gegeben.

»Ich habe nicht wirklich was mit ihm. Aber … keine Ahnung! Du weißt, dass ich schon lange ein Faible für diesen Kerl habe!«

»Ach ja, Jace ist ja nicht nur der Besitzer dieses Schuppens, sondern auch noch der mysteriöse Stumme aus unserem Geschichtskurs.« Mein Mitbewohner setzt sich im Schneidersitz auf sein Bett und starrt mich an wie eine Leinwand im Kino. Er liebt spannende Geschichten und meine verleitet ihn fast dazu, sich in unserer Mikrowelle Popcorn zu machen. Die Frage ist, ob es sich um einen Liebesfilm handelt, oder ob er sich in einen Thriller verwandelt.

»Und wie hast du ihn nun entlarvt?«

Anschließend erzähle ich ihm die ganze Geschichte. Angefangen mit meiner Flucht vor diesem Ekel an der Bar, die mich in den verbotenen Bereich geführt hat, bis hin zu dem Tag, an dem ich gehört habe, wie er mit unserem Professor gesprochen hat.

Sein anschließendes nach Hause Fahren und Abhauen, gefolgt von meiner geheimen Mission, ohne den Code in den Club zu kommen. Gott sei Dank ist Pete ein echter Glücksgriff, der mir keine Vorwürfe macht, weil ich in seinem Handy geschnüffelt habe. »Und letzte Woche hat er es dir also mit seiner Hand besorgt«, grinst er breit.

Sofort spüre ich wieder diese intensiven Berührungen auf meinem Körper, als wäre er in diesem Moment hier bei mir. Dabei habe ich immer noch keine Ahnung, wo Jace steckt und wieso er sich nicht bei mir meldet. Sollte ich ihm sagen, dass sein Bruder mir gedroht hat? Zum zweiten Mal? Der naive Teil in mir glaubt, dass er dann wieder vor meiner Tür stehen könnte, um mich zu beschützen. Auch wenn ich niemand bin, der beschützt werden will.

»Hör zu, ich weiß, dass das alles verrückt ist. Aber irgendwie hat er mir einen Nervenkitzel gegeben, den ich -«

»Hey, hey.« Pete unterbricht mich, setzt sich neben mich auf mein Bett und legt seine Hand auf mein Knie. »Glaub mir, ich bin der Meinung, dass dir ein paar Abenteuer guttun werden. Aber pass auf dich auf, okay? Paige meinte, sie sind gefährlich.« Und je länger ich darüber nachdenke, desto mehr Angst bekomme ich, dass sie recht haben könnte.

Kapitel 12

Sie sitzt auf ihrem Platz, als ich den Saal betrete. Ihr Blick ist starr auf den Block vor ihrer Nase gerichtet, während ihre Hand über das Papier rauscht. Ob sie zeichnet? Bisher habe ich sie in den Kursen hin und wieder bemerkt, aber ich hatte nie ernstes Interesse an ihr, bis sie im *Blacklight* vor mir stand. An diesem Tag hat sich etwas verändert und ich habe absolut keine Ahnung, wie ich es stoppen kann.

Einen Moment sehe ich sie noch an und muss erschrocken feststellen, dass ich die Nervensäge vermisst habe, als ich weg war. Die letzten Tage waren anstrengend und ich könnte dringend eine Ablenkung gebrauchen. Der Platz neben ihr, auf dem sonst ihr Mitbewohner sitzt, ist heute leer. Also ergreife ich die Chance, gehe die Stufen zu ihrer Reihe herauf und setze mich neben sie.

Sofort schreckt sie zusammen, und als sie mich sieht, atmet sie erleichtert aus. Entweder, weil sie sich einen schlimmeren Sitznachbarn hätte vorstellen können, oder weil sie sich freut, mich zu sehen. Da der Kurs jetzt anfängt und ich in diesen vier Wänden nie rede, damit mich niemand erkennt, deute ich auf ihre Zeichnungen.

Es sind wahllose Skizzen von den verschiedensten Dingen, die in keinem Zusammenhang zueinanderstehen, aber sie zeigen, dass sie durchaus Talent hat. Eve sagt nichts, stattdessen kritzelt sie weiter auf ihrem Block herum, als wäre ich gar nicht da.

Als mein Knie unter dem Tisch gegen ihres stößt, gibt sie ihre Ignoranz schließlich auf und sieht mich mit großen, grünen Augen an. Ich erinnere mich noch genau daran, wie mich dieselben Augen angefleht haben, sie auf den Gleisen zum Kommen zu bringen. Sie wollte nicht sterben und doch hat sie sich nicht einmal gewehrt, als ich sie auf die Holzschwellen der Gleise gepresst habe.

»Wo warst du?«, fragt sie mich leise und ich höre die Anklage in der Stimme. Sie ist sauer auf mich? Wieso – weil ich mich nicht bei ihr abgemeldet habe wie ein Teenager bei seiner Mutter?

Ein Lächeln wandert über meine Lippen, das sie noch wütender macht. Ihre Wangen werden rot, nur auf eine andere Weise als auf den Gleisen. Eindringlich sieht sie mich an und wartet auf eine Erklärung, also ziehe ich ihren Block an mich, nehme ihr den Stift ab und schreibe ihr meine Antwort auf.

Privat.

Als sie das Wort liest, schüttelt sie nur knurrend den Kopf, reißt mir den Block wieder weg und konzentriert sich den Rest der Zeit auf den Professor. Dabei bin ich mir sicher, dass sie kein einziges Wort von ihm versteht, weil sie mein Knie an ihrem spürt.

Meine Hand gleitet auf ihren nackten Oberschenkel, und als ich mit den Fingerspitzen weiter nach oben unter ihren schwarzen Faltenrock wandere, schließt sie laut atmend ihre Augen.

Ich weiß genau, was sie wieder umstimmen könnte. Meine Hand streicht ihren Innenschenkel entlang, und als sie ihre Beine heftig zusammenpresst, werde ich hart. Der Stoff meiner Jeans spannt über meinem Ständer und ich würde sie am liebsten noch direkt in diesem Saal zum Kommen bringen. Was kein Problem wäre, wenn ich mir sicher sein könnte, dass sie leise stöhnen kann. Das, was auf den Gleisen passiert ist, war alles andere als still. Eine Gänsehaut überzieht ihre Beine und die Haare an ihren Unterarmen, die neben mir auf dem Tisch abgestützt liegen, stellen sich auf.

Eve hat ihre blonden Haare heute zu einem braven Pferdeschwanz gebunden, sie trägt ein labberiges Bandshirt und diesen Rock, der mir meine Selbstbeherrschung nimmt. Wenn es nach mir ginge, wäre sie längst nackt und meine Finger in ihr. Sie rutscht auf dem Stuhl eine Etage herunter und legt den Kopf in den Nacken, während ich immer wieder über ihre Mitte wandere, ohne sie dabei zu erlösen. Eves Atmung geht schneller, je länger ich sie über dem Stoff ihres Höschens berühre, und als sie sich auf dem Stuhl windet, lasse ich schließlich einfach von ihr ab. Entsetzt sieht sie mich an, und ich kann in ihrem Gesicht lesen wie in einer verfickten Klatschzeitschrift.

Sie will nicht, dass ich aufhöre.

Sie will mehr.

Und ich will es auch.

Mein Schwanz pocht gegen den Stoff meiner Jeans, und als ich auf die Uhr sehe und die wenigen Minuten bis zum Kursschluss zähle, reiße ich ihren Block noch einmal an mich. Selbst wenn ich so lange warten könnte, würde ich es nicht wollen. Ich öffne den Stift mit den Zähnen, behalte die Kappe zwischen meinen Lippen und setze die Mine an.

Du bist sauer auf mich? Gut. Ich gebe dir die Chance, deine Wut an mir auszulassen. Komm zu meinem Wagen.

Eve liest meine Nachricht und hält den Atem an, während ich aufstehe und aus dem Saal gehe, obwohl der Kurs noch läuft. Als würde es irgendjemanden interessieren, was die Studenten hier machen, die Professoren wollen nur ihre Kohle verdienen. Die Blicke der anderen folgen mir, aber keiner spricht mich an, weil alle wissen, dass ich ohnehin nicht antworten werde. Als ich die Tür geöffnet habe, sehe ich Eve noch

163

einmal auf ihrem Platz an. Ihre Augen fokussieren mich und mittlerweile ist die Röte auf ihrem Gesicht wieder der Hitze zwischen ihren Beinen zuzuschreiben.

Die Frage ist nicht, *ob* sie kommen wird.

Die Frage ist nur, *wie heftig*.

Kapitel 13

Evelyn

Einen Augenblick sitze ich noch wie auf heißen Kohlen in der hintersten Reihe des Hörsaals, dankbar, dass mich hier oben niemand sehen kann. Nur der Professor hat mich in seinem Sichtfeld, aber er ist zu sehr damit beschäftigt, mit dem Projektor zu kämpfen. Meine Wangen glühen, meine Beine sind immer noch eng gegeneinandergepresst und mein Herz schlägt schneller, seit er durch die Tür verschwunden ist, die ich jetzt, ohne zu blinzeln, fixiere.

Mein Blick wandert zu meinem Skizzenblock und somit auf seine Aufforderung, ihm zu seinem Wagen zu folgen. Der sture Teil in mir, der immer noch nach Antworten sucht, will ihn in der Hölle schmoren lassen, aber der andere … packt hektisch seine Sachen in die Tasche und stürmt die Treppen herunter. Er ist eindeutig der stärkere Teil in mir und meine Vernunft viel zu schwach.

Alle Blicke ruhen auf mir und ich kann mir denken, was für ein Bild es in ihnen hervorruft, dass ich kurz nach unserem geheimnisvollen Mitstudenten den Saal verlasse. Mit schnellen Schritten eile ich am Professor vorbei, sage ihm, dass mir übel ist, und stürme dann nach draußen.

Sobald ich seinen Wagen auf dem Parkplatz sehe, schlägt mein Herz noch ein bisschen schneller. Jace lehnt an dem Wagen wie ein Model in einem Modemagazin, und als ich auf ihn zustapfe, liegt wieder dieses siegessichere Lächeln auf seinen Lippen. Er wusste, dass ich ihm folgen würde und das nervt mich. Er ist wieder komplett in Schwarz gekleidet und langsam frage ich mich, ob er sich heimlich an Petes Kleiderschrank bedient. Außer Atem komme ich bei ihm an.

»Und jetzt?« Meine Kondition ist wirklich unter aller Sau und es wäre dringend an der Zeit, laufen zu gehen, damit ich nicht nach wenigen Metern schon ein Sauerstoffzelt brauche. Jace nimmt mir meine Tasche ab, wirft sie auf die Ladefläche seines schwarzen Pick-ups und öffnet die hintere Tür. Danach deutet er ins Innere des Wagens.

»Steig ein.« Weil ich ohnehin weiß, dass ich in dieses Auto steigen werde, mache ich kein Drama daraus, sondern folge seinen Anweisungen und hüpfe hinein. Als er neben mir einsteigt und ich wieder mit seiner direkten Nähe und dem Duft nach Meer konfrontiert werde, presse ich meinen Po dichter in den weichen Sitz. Ich habe mich selten so aufgeladen gefühlt wie in dieser Sekunde auf der Rückbank seines Pick-ups.

»Du bist sauer auf mich«, wiederholt er die Worte, die er auf meinen Block geschrieben hat und mir fällt auf, dass mir seine Stimme eindeutig besser gefällt als seine Schrift. Die ganze Zeit über dachte ich, dass mich seine stille Art fasziniert hat, dabei bin ich mir mittlerweile sicher, dass es etwas anderes ist, was mich so angezogen hat.

Vielleicht war es seine Ausstrahlung, die durch die Stille so gefährlich wirkte. Niemand in unserem Kurs konnte ihn je einschätzen, und je öfter ich ihn sah, desto mehr wollte ich genau das. Wissen, was für ein Mensch er ist. Welche Fantasien er hat, wenn er Löcher in den Boden starrt.

»Also. Ich gehöre ganz dir.« Jace zieht sich sein Shirt aus und ich traue meinen Augen nicht. Was zur Hölle wird das? Meine Augen fahren über seinen nackten Oberkörper und ich verfluche ihn dafür, dass er es mir so schwer macht, weil er seine Klamotten nicht anbehalten kann. Schwarze Farbe unter seiner Haut zieht meine Aufmerksamkeit auf sich. In scharfkantiger Schrift steht über seinen Rippen geschrieben: DIE WITH A SMILE. Wieder pocht mein Herz schneller.

»Du denkst, dass wir jetzt miteinander schlafen?«, frage ich ihn mit gespieltem Hohn in der Stimme, ohne auf sein Tattoo einzugehen. Normalerweise bin ich kein

Mensch, der sich so schnell auf körperlicher Ebene auf jemanden einlässt, und trotzdem kann ich nicht aufhören, daran zu denken, wie es wäre, wenn diese Stimmen nicht da wären. Vielleicht würde ich dann endlich aufhören, mir die ganze Zeit auszumalen, wie es wäre, ihn in mir zu spüren. Dann könnte ich vielleicht wieder eine Nacht schlafen ohne diese ganzen Träume. Dann könnte ich das Thema abhaken und einfach mit meinem langweiligen Leben weitermachen wie bisher. Es wäre leichter.

Jace zieht mich an sich, setzt mich auf seinem Schoß ab und presst mich gegen seinen Schritt und somit gegen seine Härte. Seit wann er wohl hart ist? Meine Atmung rasselt und ich bin erstaunt, wie viel Platz man auf der Rückbank eines Autos eigentlich hat.

»Ich denke -« Er legt seine Hand an meinen Hals und wandert hinab zu meinen Schlüsselbeinen unter dem alten Beatles-Shirt, das ich von Stacy zu meinem Achtzehnten bekommen habe. »Dass du zittern willst. Aber nicht vor Angst, sondern vor Aufregung.«

Wie wahr seine Worte sind, wird mir erst hier in dieser kleinen Blase bewusst. Ich öffne meine Lippen, will etwas sagen, komme aber nicht mehr dazu, als er mich küsst. Anfangs muss ich an Reed denken und daran, dass ich schon einmal getäuscht wurde, aber schon nach den ersten Sekunden weiß ich, dass er es ist.

Der Kuss ist anders als der seines Bruders. Er ist echter. Nicht unbedingt wilder, aber auf seine Art viel reizender für mich. Ich kralle mich in seinen nackten Schultern fest, und als Jace in meine Mundhöhle stöhnt, spüre ich, wie nass ich für ihn bin. Schon seit er sich im Kurs neben mich gesetzt und meine Oberschenkel berührt hat, wünsche ich mir, dass der Stoff einfach verschwunden ist.

»Wo warst du in den letzten Tagen?«, frage ich ihn erneut, ohne meine Lippen von seinen zu lösen. Ich weiß, dass ich damit unser Rumknutschen unterbreche und die Stimmung kille, aber ich war schon immer hartnäckig. Auf dem Parkplatz ist es wie in einem Zombiefilm: Keine Menschenseele wandelt auf ihm herum, man sieht nur die abgestellten Autos.

Ein wenig mehr Staub auf den Karosserien und schon könnte man denken, wir wären ein Teil von *I am Legend*. Fehlt nur, dass Will Smith mit seinem Hund um die Ecke kommt.

»Ich wusste nicht, dass wir uns Rechenschaft ablegen müssen«, antwortet er ernst. Einen Moment sehen wir uns an und ich wäge ab. Will ich jetzt stur sein und es hier beenden oder will ich, dass er mich erlöst?

Als er mit seinen Lippen über meinen Hals wandert, vergesse ich die letzten Tage, in denen ich auf einen Anruf von ihm gewartet habe, setze mich ein Stück auf und steige aus meinem Slip.

Ich will ihn ausnutzen, und vermutlich denkt er, dass es genau andersherum ist. Aber er täuscht sich. Jace beobachtet, wie der weinrote Stoff neben uns auf dem freien Platz landet. Er öffnet seine Jeans, greift in die Ablage in der Tür und streift sich ein Kondom über.

Als ich mich umsehe und die ersten Studenten aus der Uni strömen wie kleine Ameisen, wird mir erst klar, was ich hier überhaupt tue. Ich sitze halb nackt auf einem Kerl, von dem ich außer seinem Namen und seinem Job herzlich wenig weiß. Ich weiß nur, dass ich das hier viel zu sehr will.

»Hey.« Er greift mein Gesicht und sieht mich an. »Die Scheiben sind getönt, Evelyn. Uns kann keiner sehen, aber du kannst sie sehen.« Noch einmal blicke ich zu den Studenten, von denen ich viele aus meinen Kursen kenne, aber niemand scheint uns wirklich wahrzunehmen. Sie laufen an dem Wagen vorbei, als würde er nicht existieren.

»Du bist nervös.« Erst, als er es anspricht, bemerke ich die Vibrationen in meinem Körper. Meine Knie pressen sich neben ihm in den Sitz und mein ganzer Organismus steht unter Strom. Seine Worte kommen mir erneut in den Sinn, als würde er sie mir wieder und wieder entgegenschleudern.

Du willst nicht aus Angst, sondern vor Aufregung zittern.

Und genau das tue ich.

Weil wir mitten auf dem Campus auf der Rücksitzbank seines Wagens sitzen und kurz davor sind, miteinander zu schlafen. Als er meinen Rock ein Stück nach oben schiebt und meine Mitte sieht, zieht er scharf die Luft ein.

»Gott, Eve. Ich will in dir sein. Jetzt.« Und dann nimmt er sich, was er will, indem er sich in mich schiebt. Nicht hart, nicht weich, sondern einfach genau perfekt. Stöhnend nehme ich ihn in mir auf, sinke, so tief ich kann und spüre, wie mein Körper in Flammen aufgeht.

Jace zerrt mein Bandshirt hoch, zieht es über meinem Kopf aus und schiebt meinen BH so herunter, dass er meine Nippel sehen kann. Sein Mund umschließt meine Brustwarze, während er die andere mit seinen Fingern umkreist. Es braucht nur einen schnellen Handgriff von ihm, bis mein BH auf den Boden hinter den Sitz fällt und ich nur noch meine Chucks und den schwarzen Rock trage.

Er ist noch größer, als ich es beim Anblick seines nackten Bruders vermutet habe, und jedes Mal, wenn ich an ihm auf und ab gleite, dehnt er mich weiter aus.

»Ich will, dass du jedes Mal, wenn du vor Angst zitterst, an dieses Gefühl hier denkst. An mich.« Seine Stimme animiert mich dazu, die Kontrolle komplett abzugeben. Jace packt meine Hüften fest, hebt mich hoch und lässt sich anschließend wieder der Länge nach in mich gleiten.

In diesem Moment sind mir die Studenten, die ich jetzt sogar vor seinem Wagen hören kann, komplett egal. Es ist mir sogar egal, dass sie mein Stöhnen hören könnten. Nur einer von ihnen müsste an dem Griff ziehen und schon würde mich die halbe Universität nackt sehen, aber es ist mir schlichtweg egal.

Genau das ist der Nervenkitzel, den ich in den letzten Jahren so dringend gesucht habe. Ich jage meine Nägel in seine Haut und werfe den Kopf in den Nacken, will mich später genau daran erinnern, wie es sich angefühlt hat, ihn in mir zu haben.

Seine Stöße werden heftiger, unsere Atmung immer schneller. Anschließend hebt er mich hoch, legt mich auf der Sitzbank ab und beugt sich über mich. Seine Augen sehen mich voller Herausforderung an und jetzt weiß ich, wieso ich nicht aufhören kann, an ihn zu denken. Wieso ich mich immer wieder in seiner Nähe wiederfinde. Wieso ich in den letzten zwei Monaten nicht aufhören konnte, mir seine Geschichte auszumalen.

Weil er mich herausfordert. Erst mit seiner Stille und jetzt mit seiner Lautstärke. Und ich genau das will.

»Bitte, ich will dich in mir spüren«, flehe ich ihn an und kann selbst nicht glauben, dass ich solche Worte über meine Lippen kriege. Immer, wenn ich in meinem Leben Sex hatte, dann war es ein langweiliger Akt, bei dem ich froh war, wenn er vorbei war. Hier mit Jace in seinem Wagen wünschte ich, ich könnte die Zeit einfach einfrieren.

Unser Blickkontakt hält noch einen Moment an, bevor er seine Augen schließt und sich in mich schiebt. Ich klammere meine Beine um seine Hüften und genieße jeden Stoß, mit dem er mich weiter nach oben befördert und ich freier werde. Seit Stacys

Verschwinden wollte ich immer nur eines: die Kontrolle zurückgewinnen. Wollte mich nicht mehr fühlen, als wäre ich unter Wasser gefangen, ohne sofort zu ertrinken. Mit jedem Tag ohne sie kommt mehr Wasser in meine Lungen. Das hier ist das erste Mal, dass ich die Kontrolle einfach abgeben kann, ohne mich dabei schuldig zu fühlen. Das erste Mal seit Langem geht es nicht nur um sie, sondern nur um mich.

Ich presse mich dicht an seinen Körper, und als seine Spitze über meinen Kitzler fährt und er wieder in mich eindringt, steigt die Temperatur in diesem Wagen drastisch an. Jace packt meine Knie, schiebt sie schmerzhaft weit auseinander, um sich tiefer in mich zu schieben. Nach zwei weiteren Stößen durchzuckt mich zum zweiten Mal in kürzester Zeit ein Orgasmus, der meine ganze Welt erschüttert.

***

»Daran könnte ich mich gewöhnen.« Jace liegt auf der Rückbank, ich auf ihm. Unsere nackten Körper kleben vom Schweiß aneinander und selbst jetzt, wo der Moment der Ekstase vorbei ist, sind mir die Studenten da draußen egal. Die ganze Welt geht mir ziemlich weit am Arsch vorbei. Wäre Pete nicht mit einer Erkältung zu Hause in seinem Bett, sondern hier … er würde mich eindeutig für verrückt erklären. Entweder das, oder er würde mir ein High Five geben.

»Woran? Dass dir eine Frau wie ein Köter hinterherrennt oder dass du Sex auf dem Uniparkplatz hast?« Ich schiele zu ihm hoch und versuche, zu erkennen, ob er das hier schon öfter mit Studentinnen getan hat. Aber da er nie mit jemandem redet, stelle ich mir ein solches Arrangement ziemlich kompliziert vor. Er wickelt eine meiner Strähnen um seine Finger und starrt an die Decke des Wagens. Mein Körper ist schlapp und doch habe ich mich nie besser gefühlt. Es ist, als wäre ich das erste Mal seit Jahren wirklich wach.

»Such's dir aus.« Er grinst mich an und auch wenn es sexy aussieht, erkenne ich die Gefahr dahinter. Es erinnert mich an das Lächeln seines Bruders, der mir immer noch nachts den Schlaf raubt. Paige kennt die beiden besser als sonst jemand auf der Welt und doch habe ich auf ihre Warnung geschissen und bin ihnen direkt in die Arme gerannt.

»Als du weg warst, war ich in eurem Club.«

»Und? Hast du gefunden, was du gesucht hast?«

Ich schiebe mein Knie zwischen seine Beine und muss den Blick von seinem nackten Körper abwenden, damit ich nicht schon wieder auf die Idee komme, mich auf ihn zu setzen. Wenn mir eines klar ist, dann, dass ich mich auf keinen Fall zu sehr in dieses Abenteuer hineinfallen lassen sollte. Er hat nämlich recht: Wir sind uns beide keine Rechenschaft schuldig. Das hier ist keine Beziehung und ich wäre naiv, wenn ich denken würde, dass sich eine daraus entwickeln könnte. Meine

Finger fahren über die Buchstaben seines Tattoos und ich frage mich, wieso ihm und seinem Bruder der Tod so viel bedeuten muss, dass sie immer wieder von ihm reden. Bis jetzt kam es mir nicht so vor, als wäre das Verhältnis zwischen ihnen sonderlich gut gewesen.

»Die Frage ist eher, wer mich gefunden hat …« Sofort ist er in Alarmbereitschaft. »Was hat er jetzt wieder angestellt?« Dass er direkt weiß, von wem ich rede, lässt mich grinsen. Und gleichzeitig frage ich mich, was sein Bruder schon getan hat, damit er in diese Panik verfällt.

»Er hat mir nur wieder gedroht. Aber in meinem Wohnheim hat er gesagt, dass er nicht zulassen wird, dass du dich WIEDER ablenken lässt. Was meint er damit?« Meine Finger fahren kleine Unendlichkeitszeichen über seine Brust, und ich schmiege mich enger an ihn. Als ich mein Ohr an ihn presse, kann ich seinen ruhigen Herzschlag hören. Während seiner ganz gleichmäßig ist, poltert meines wild durch meine Brust.

»Du bist immer noch viel zu neugierig, weißt du das?« Er klingt gedankenversunken und ich frage mich, welche Knöpfe ich bei ihm gedrückt habe. Langsam rutsche ich ein Stück dichter nach oben und sehe ihn an. Seine Haare hängen ihm wüst in die Stirn und das Braun seiner Augen wirkt unendlich tief.

»Und du viel zu verschlossen. Wirst du mir je irgendetwas anvertrauen?« Hoffnung war immer eine

Bitch, die ich zu meinen engsten Feinden gezählt habe. An jedem Tag seit Stacys Verschwinden hat sie mich enttäuscht. Jedes Mal, wenn die Polizei uns anrief und wieder sagte, dass es keine neuen Spuren gibt. Und doch erwische ich mich immer stets dabei, wie ich mich doch an sie klammere. Jace' Augen sehen mich an und ich wünschte, ich könnte besser in ihnen lesen. »Glaub mir, meine Schatten willst du nicht kennen, Evelyn.«

Kapitel 14

Ich stehe im Türrahmen zu Dads ehemaligem Büro und sehe mir die leeren Schränke darin an. Die meisten Unterlagen habe ich verschwinden lassen, weil sie mich daran erinnert haben, was für ein Monster er war. Weil sie mich im Handumdrehen in seine Fußstapfen treten lassen würden, wenn ich mich nicht davon fernhalte. Das Einzige, was in diesem Raum noch an ihn erinnert, sind die letzten Flaschen seines Alkoholvorrates und die beiden Plätze, an denen er seine freie Zeit verbracht hat, wenn er nicht im Club war.

Sein Schreibtisch und das Sofa.

Wieso ich es noch nicht aus diesem Haus geschmissen und verbrannt habe, nachdem es von seinem Blut durchtränkt war? Weil es mich immer wieder daran erinnert, wie ich nicht werden will. Mein einziges Ziel im Leben ist es noch, anders zu sein als er. Kein Feigling zu werden, der sich vor seinem eigenen

Sohn die Birne wegpustet, anstatt für ihn und seinen Bruder zu kämpfen. Also habe ich das braune Sofa und die beigen Kissen reinigen lassen, damit ich mein Ziel nie aus den Augen verlieren kann. Und weil ich weiß, dass Mom ihre Kissen geliebt hat.

»Gott, Reed! Du bist wirklich unmöglich!« Ein Kichern ertönt im Flur, und als ich mich umdrehe, stehen mein Bruder und Paige auf der Treppe. Er trägt nur seine Shorts, sie ein dünnes Nachthemd, durch das man ihre Titten durchblitzen sieht. Manchmal frage ich mich, ob sie nicht mehr teilen als nur das Bett in einigen Nächten. In letzter Zeit sind sie ständig zusammen, was meinen Bruder aber nicht daran hindert, weiterhin andere Frauen zu vögeln. Dass Paige kein unbeschriebenes Blatt ist, weiß jeder, aber in letzter Zeit hat sich ihr Blick in seiner Gegenwart verändert. Wenn ich nicht wüsste, dass sie auf ernste Beziehungen scheißt, würde ich behaupten, dass sie mehr will.

»Ich wusste nicht, dass du heute hier bist. Solltest du nicht im Club sein?« Reed klatscht Paige auf den Hintern, springt die Treppe herunter und bedient sich an Dads Bar in seinem Büro. Er öffnet eine Flasche Scotch und nimmt einen Schluck. Paige streift im Vorbeigehen meinen Arm, was mich sofort zusammenzucken lässt. Unerwartete Berührungen sind das Letzte, was ich gebrauchen kann, selbst dann nicht, wenn sie von meiner *Schwester* kommen.

»Kommt. Lasst uns im Wohnzimmer weiterreden.« Sie weiß, dass ich es hasse, wenn sich Reed in seinem Büro verhält, als wäre nichts passiert. Früher dachte ich tatsächlich, dass ihm Dads Tod etwas ausgemacht hat, aber mittlerweile bin ich mir da nicht mehr so sicher. Ohne ihr zu antworten, lasse ich meinen Bruder hier drin zurück und gehe in den Wohnbereich.

Eigentlich hätten wir dieses Haus längst verkaufen sollen und trotzdem hocken wir hier immer noch auf diesen Erinnerungen wie auf einem Thron. Ein Thron aus Schmerzen, Blut und viel zu vielen Tränen von uns und all den Unschuldigen, die mein Vater in den Abgrund gestürzt hat.

»Was ist los, Bruderherz? Wieso so still heute?«, zieht Reed mich auf, und wenn es mir nicht so wichtig wäre, alles unter Kontrolle zu behalten, würde ich ihm die Flasche aus der Hand schlagen und sie gegen seinen Schädel donnern. Vielleicht würde er dann kapieren, dass sein Verhalten Konsequenzen hat. Dass die Zeiten, in denen er machen kann, was er will, ein Ende nehmen müssen.

»Hey.« Es ist Paige, die mich von hinten umarmt und versucht, mich irgendwie zum Reden zu bringen. Sie hat mich so oft davon abgehalten, ihm den Hals umdrehen zu wollen, dass ich aufgehört habe, ihre Mühen zu zählen. Ihre albernen Versuche, unser Verhältnis zu normalisieren, sind alle zum Scheitern verurteilt.

»Du hast ihr schon wieder gedroht.« Meine Stimme ist eiskalt und ich spüre, wie sich die Kälte durch meinen Körper bahnt. Es sollte mir, verdammt noch mal, egal sein, was Reed mit Eve macht und doch kann ich meine Wut kaum in mir halten, seit sie mir von ihrem Treffen im Club erzählt hat. Paige seufzt.

»Ehrlich, Reed? Schon wieder? Ich dachte, du wärst mittlerweile darüber hinweg, dass dein Bruder ein Auge auf sie geworfen hat. Lass ihm doch seinen Spaß! Außerdem ist Evelyn wirklich in Ordnung. Das wüsstest du, wenn du dir die Mühe machen würdest, sie kennenzulernen.« Mein Instinkt will ihr widersprechen, aber ich kann nur die Spiegelung meines Bruders in der Fensterscheibe anstarren. Er lehnt lässig gegen den Türrahmen und rollt theatralisch mit den Augen. Der Scotch baumelt in seiner Hand.

»Na und? Sie kommt in den Club, ohne den Code zu haben. Die Kleine hat es verdient, dass man sie in ihre Schranken weist. Wozu sind diese albernen Regeln da, wenn es keine Konsequenzen gibt? Außerdem hat Jace den Deal mit Vincent ihretwegen versaut.«

Ich stoße Paige von mir weg und stehe Sekunden später vor ihm. Wir sind auf einer Augenhöhe miteinander und doch hatte ich in meinem Leben immer das Gefühl, dass er auf mich hinabsieht. Er hat mir seit einigen Jahren das Gefühl gegeben, der Schwache zu sein, dabei hat er vergessen, dass ich in so vielen Situationen für ihn stark war. Dass er es früher war, der nachts nicht schlafen konnte und meine Nähe brauchte, um sich sicher zu fühlen. Manchmal frage ich mich, ob er sich überhaupt noch an die Zeiten erinnert, in denen er mich brauchte, oder ob er alles einfach in die Dunkelheit geschoben hat, um sich nicht mehr damit befassen zu müssen. Er hat einfach die Rollen getauscht.

»Lass. Sie. In. Ruhe.«

»Sonst was?«, blafft er mich an und nimmt provokant einen weiteren Schluck. »Genau das meine ich, Jace. Sie wackelt mit ihren winzigen Titten und du siehst nicht mehr klar. Willst du einen Tipp von mir? Fick sie und dann vergiss sie. Das ist das Einzige, was Sinn ergeben würde.«

Blanke Wut flackert in seinen Augen, die ich einfach nicht kapiere. Während er sich jede Nacht durch ein anderes Bett vögelt, habe ich mich darum gekümmert, dass der Laden nicht gegen die Wand brettert. Gleichzeitig muss ich daran denken, wie es sich heute angefühlt hat, in ihr zu sein. Vielleicht sollte ich ihm sagen, dass ich sie längst gefickt habe. Vielleicht … sollte ich aber auch darauf scheißen, was er von mir verlangt.

»Ich checke dein Problem nicht.«

»Mein Problem ist ganz einfach: dass du jedes Mal, wenn irgendeine Hure ins Spiel kommt, den Verstand verlierst.« Das Knacken, als meine Faust sein Gesicht trifft, ist ohrenbetäubend und befriedigend zugleich.

Reed packt sich an die Nase, aus der jetzt Blut strömt, und sieht mich an, als würde er mich erdrosseln wollen. Im nächsten Moment hat er sich auf mich gestürzt, sodass ich nach hinten kippe. Reed donnert mir seine Faust ins Gesicht und ich spüre, wie meine Unterlippe aufplatzt wie ein rohes Ei. Das zweite Mal innerhalb weniger Tage. Früher haben uns diese Prügeleien tatsächlich Spaß gemacht, heute ist es nur noch ein unsinniges Machtverhalten, das niemandem von uns etwas bringt. Ich warte auf den Tag, an dem einer die Kontrolle verliert.

»Das Einzige, was unser Vater uns hinterlassen hat, ist der Laden. Und jetzt sieh uns an«, spucke ich ihm ins Gesicht, wobei mein Blut überall hin spritzt. Paige sagt nichts, weil sie weiß, dass sie lieber nicht dazwischengehen sollte.

»Scheiß auf ihn. Denkst du, ich will den Laden führen, weil ich ihn stolz machen will?«, höhnt er. »Ich will den Laden groß machen, weil ich will, dass alle Welt sieht, was für ein Schlappschwanz er war. Dass er verdient hat, was ihm passiert ist. Und dass ich besser bin, als er es jemals war. Keine Ahnung, wieso du immer noch glaubst, dass wir ihm etwas schuldig sind, aber ich schulde diesem Menschen gar nichts. Er hat sich den Schädel weggepustet? Mir egal. Wenn ich die Zeit zurückdrehen könnte, würde ich den Abzug selbst drücken.« Jede Zelle meines Körpers steht unter Strom, während er immer noch den Kragen meines Shirts packt. In seinen Augen liegt so viel Zorn, dass ich mich frage, wie ein Mensch damit einen einzigen Tag überleben kann. Andere wären längst an sich selbst zerbrochen. Er zerbricht lieber Unschuldige.

»Du weißt nicht, wozu er mich gezwungen hat. Also fick dich mit deinem Loyalitätsgelaber.« Er lässt von mir ab, steht auf und stapft zur Tür, während ich mich aufsetze und ihm nachsehe. Meine Unterlippe pocht und ich spüre, wie mir schwindelig wird.

»Sag es mir.«

Reed hält inne und dreht sich zu mir um. Das Blut hat eine rote Spur auf seinem Kinn hinterlassen und einige Tropfen kleben jetzt an seiner nackten Brust. Der Abend kann auf zwei Weisen enden: Entweder, er verschwindet und prügelt einem Unschuldigen die Seele aus dem Leib, oder er lässt seine Wut an einer Frau im Bett aus. Ich kann nur hoffen, dass es nicht Paige trifft.

»Sag mir, was er getan hat.« Natürlich weiß ich, dass unser Vater ein Arschloch war, dem sein Geschäft wichtiger war als seine Familie. Ich weiß, dass er unsere Mutter in die Klapse befördert hat und dass er uns in viel zu jungen Jahren viel zu falsche Dinge gezeigt hat. Und doch kann ich nichts daran ändern, dass ich mich ihm verpflichtet fühle.

Selbst im Tod hat er mich noch im Griff.

Reed sagt nichts, stattdessen führt er seine Finger an seinen Mund, zieht ihn mit einem imaginären

Reißverschluss zu und geht. Ich sehe zu Paige, die neben mir auf die Knie fällt und sich meine Wunde genauer ansieht. »Es geht schon«, weise ich sie ab, aber in ihrem Blick kann ich ganz offen lesen. Sie weiß, dass wir dabei sind, uns selbst zu ruinieren. Die Frage ist nur, wer letztendlich am Boden liegt und wer wieder aufsteht.

**

Vergangenheit

»Mommy, was ist da draußen los?« Reed kauert auf seinem Bett und ich sitze neben ihm, während unsere Mama wie ein gehetztes Tier auf und ab läuft. Draußen zerbricht wieder etwas. Vermutlich eine von den Vasen, die sie so liebt, weil sie sie von ihrer Mutter geerbt hat. Dad weiß, wie er sie traurig machen kann. Und das ist sie mittlerweile fast jeden Tag. So wie wir. Im Raum ist es dunkel, das einzige Licht kommt von den Laternen draußen und durch den Türschlitz. Er ist da draußen, direkt vor unserem Zimmer. Ich kann seine Schritte hören. Höre, wie wütend er ist. Aber auf wen? Ich erinnere mich nicht daran, etwas falsch gemacht zu haben.

»Nichts, mein Schatz. Euer Vater hat nur wieder Streit mit einem Kollegen.« Sie lügt. Jedes Mal, wenn sie uns beim Sprechen mit ihren Blicken ausweicht und ihre Finger zittern, lügt sie uns an. Als ich einmal unerlaubt in Dads Büro war und sie mich dabei erwischt hat, habe ich sie gefragt, ob ich jetzt Ärger

184

bekommen würde. Ob er ausrasten würde, wenn er erfährt, dass ich die Regeln gebrochen habe.

Sie sagte Nein.

Und sie sah mich nicht an und ihre Finger zitterten dabei.

Die Realität sah anders aus. Dreizehn Schläge habe ich an diesem Abend von ihm bekommen, weil ich in seinem Arbeitszimmer war, obwohl es uns verboten wurde. Dabei war es sein Fehler, weil er die Tür nicht richtig gesichert hatte. Reed bekommt kaum noch Luft, so doll weint er, während ich jede meiner Tränen in mir behalte. Einer muss stark sein. Für uns drei.

»Alles wird wieder gut, okay?« Sie geht zur Tür und presst ihr Ohr an das Holz. Es ist ruhig draußen geworden. Man kann den Wind vor dem Fenster hören und wie er die Äste des Baumes gegen die Scheibe schlägt. Gerade, als ich mich entspannen will, wird die Tür aufgerissen.

Unser Vater steht im Türrahmen, sein Hemd halb geöffnet, die Krawatte hängt lieblos an seinem Hals. Er packt Mama an der Hand und zerrt sie zu sich. Reed presst sich an mich und vergräbt sein Gesicht an meiner Brust, aber wir wissen beide, dass es nichts bringt, wegzusehen. Er würde es nicht zulassen. Weil es von Schwäche zeugt, wegzusehen, und ein Black keine Schwäche zeigen darf. Nicht in diesem Haus und erst recht nicht draußen in der Öffentlichkeit. Wir würden Schande über seinen Ruf bringen. Würden alles, was er aufgebaut hat, ruinieren.

»Sieh hin, Reed!« Seine Stimme ist erdrückend, so als würde er ein Kissen nehmen und gegen unsere Gesichter pressen, damit

wir keine Luft mehr bekommen. So lange, bis wir tun, was er von uns verlangt.

»Sieh, verdammt noch mal, hin!« Ich greife nach Reeds Hand und drücke sie an mich, damit er weiß, dass ich da bin. Er ist nicht allein. Langsam hebt er den Kopf und gemeinsam starren wir unsere Eltern an. Mom, die wimmernd vor ihm steht und er, der jetzt seine Faust in ihr Gesicht donnert. Sie erträgt den Schmerz stumm, wie jedes Mal, wenn er sie schlägt. Sie hat schon vor langer Zeit aufgehört, zu schreien. Wozu schreien, wenn ohnehin niemand zuhört? Die einzigen Menschen, die sie hören können, sind wir. Und wir sind viel zu machtlos, um etwas dagegen zu tun.

»Das passiert, wenn man euren Vater anlügt.« Und noch einmal jagt seine Faust in ihr Gesicht, wobei mein Körper zu einer Statue erstarrt. In den nächsten Tagen wird sie das Haus nicht verlassen können, damit niemand sieht, wie blau ihr Auge ist. Irgendwann glauben die Leute nicht mehr an Unfälle.

Ich spüre, wie die Matratze unter mir nass wird. Ich sehe zu Reed herüber, der beschämt den Blick senkt, aber es ist mir egal, dass ich gerade in seinem Urin sitze.

Er hat Angst und ich bin alles, was er hat. So wie er alles ist, was ich habe. Mama ist zwar noch bei uns, aber sie ist nicht wirklich hier. Wenn sie am Fenster in der Küche steht und verloren in den Regen sieht, weiß ich, dass sie schon gegangen ist. Sie hat uns verlassen.

»Merkt euch eines, Jungs: Frauen, die euch nicht gehorchen, sind nichts als Huren. Und Huren muss man in ihre Schranken weisen.« Mit diesen Worten schubst er unsere Mutter aus dem

Kinderzimmer in den Flur, wo sie über die zerbrochenen Vasen fällt und stürzt.

Instinktiv will ich aufspringen und ihr helfen, weil die Scherben wehtun müssen, aber ihr Blick ist auf mich gerichtet und ich weiß, was sie mir sagen will: dass ich hier bei Reed bleiben soll. Dass sie alleine klarkommt. In dieser Nacht habe ich ihr geglaubt, obwohl ihre Finger gezittert haben.

Kapitel 15

Wunderschön. Es ist das erste Wort, das mir jedes Mal einfällt, wenn ich den Ordner mit ihren Bildern auf meinem Handy öffne. Meine Schwester sah immer aus wie ich, nur in einer erwachseneren, unnahbaren Version. Ihre Augen hatten dieselbe Form, ihre Iriden denselben Farbton und wenn sie gelächelt hat, ist dieses Grübchen auf ihrer Wange entstanden, so wie bei mir.

Meine Finger fahren über das Foto von uns an ihrem Abschlussball. Sie trägt ein blaues Kleid, das sie wie eine Prinzessin aussehen lässt, und ich das weinrote, welches sie extra für mich ausgesucht hat. Alle anderen Mädchen in ihrem Jahrgang wollten nicht, dass ihnen eine Begleitung die Show stiehlt, aber Stacy war anders. Sie wollte, dass die Leute *mich* sehen. Es war ihr egal, dass ihre Mitschüler mich ansahen und nicht sie. Sie hat mir sogar etwas von ihrem ersparten Geld abgegeben, damit ich mir mein Kleid kaufen konnte.

In manchen Momenten lasse ich die Tränen zu. Lasse zu, sie zu vermissen und mir vorzustellen, dass sie einfach eines Tages durch die Tür bei meinen Eltern kommt und uns um Verzeihung bittet, weil sie ohne ein Wort gegangen ist. Dass sie eine irre Selbstfindungsphase und nicht den Arsch in der Hose hatte, meinen Eltern die Stirn zu bieten. Flucht war ihre einzige Chance, aus dem Kleinstadtleben rauszukommen und die Welt zu sehen. Diesen Film habe ich in meinem Kopf so unzählige Male durchgespielt, dass ich ihn fast geglaubt hätte.

Mein Blick wandert auf das heutige Datum, welches mich auf dem Kalender über Petes Bett höhnend angrinst. Es erinnert mich ständig daran, dass ein weiterer Tag vergangen ist, der die Erinnerungen an sie verblassen lässt. Alles, was mir jetzt noch geblieben ist, ist der Ordner mit unseren Fotos. Ich habe ihn nach ihrem Verschwinden erstellt, damit ich alle Bilder schneller bei mir habe, wenn ich sie vermisse. Ein Stich durchzuckt meinen Körper, weil ich ihn schon viel zu lange nicht mehr geöffnet habe.

Ich schiebe mich tiefer in die Kissen auf meinem Bett, rolle mich wie ein Embryo zusammen und ziehe mit dem Zeigefinger ihre Silhouette auf dem nächsten Bild nach. Wir waren gemeinsam mit ihren Freunden auf einer mittelklassigen Beachparty. Die Sonne ging schon wieder auf und die meisten Leute waren längst verschwunden, während wir uns mit dem billigen Fusel an den Strand gesetzt und ein Feuer gemacht haben. Stacy war es egal, dass ich ihre kleine, nervige Schwester war. Sie hat mich immer an allem teilhaben lassen. Ich schließe die Augen, wünsche mich in diese Nacht zurück und kann sie vor mir sehen. Spüre den Wind auf meiner Haut, die ersten Sonnenstrahlen des Tages und den Geruch nach Feuerholz, der mich heute immer noch begleitet, wenn Jace in meiner Nähe ist. Vielleicht kann ich deshalb nicht aufhören, seine Nähe zu suchen. Weil sein Duft mich an meine Schwester erinnert.

Das Vibrieren meines Handys reißt mich kraftvoll aus der Vergangenheit zurück in die Gegenwart. *Mom* blinkt drohend auf, und auch wenn ich gerade nicht in der Stimmung bin, mit ihr zu reden, nehme ich ab. Weil ich trotz allem immer noch die brave Tochter bin, die sich im Griff hat, wenn es um ihre Eltern geht.

»Evelyn, Schatz?« Ihr Schluchzen ist lauter als sonst und sofort sitze ich aufrecht im Bett. Meine Knie presse ich aneinander und mit der freien Hand kralle ich mich in das Laken. Jedes Mal, wenn ein Gespräch so beginnt, habe ich Angst davor, was sie zu sagen hat. Ob die Polizisten endlich eine Spur haben … Neben dem Film, an den ich glauben will, ist da noch ein zweiter. Einer, der deutlich weniger mit einem Happy End zu tun hat.

»Was ist passiert?« So dünn war meine Stimme schon lange nicht mehr. Fast, als hätte sie gar keine Kraft mehr. Als wäre sie einfach nur durchsichtig. Farblos. Nicht wirklich existent.

»Nichts … nichts, mein Schatz. Es ist nur … ich war gerade in Stacys Zimmer.« Die Luft in meinen Lungen schmerzt, jedes Mal, wenn ich sie einatme. Wie Gift wandert der Sauerstoff durch meine Adern, benetzt jeden Winkel in mir, um sich dann in mir festzusetzen. Meine Eltern meiden es, in ihr altes Zimmer zu gehen, seit sie weg ist.

Schließlich haben sie nie den Mut gehabt, es seit ihrem Verschwinden auch nur anzurühren. Auf ihrem Schminktisch liegt immer noch der Pinsel, mit dem sie sich an diesem Abend geschminkt hat. Auf dem Bett sitzt ihr alter Teddybär und ihre Fingerabdrücke sind immer noch auf dem Spiegel ihres Kleiderschrankes zu sehen. Aber einmal im Monat geht Mom hinein, um nach dem Rechten zu sehen.

»Ihr solltet den Raum für etwas anderes nutzen, Mom.« Es ist nicht das erste Mal, dass ich in Erwägung ziehe, selbst hinzufahren und die Möbel auszuräumen. Und doch habe ich immer zugelassen, dass sie diese vier Wände zu einem Museum umfunktioniert haben, das niemand betreten darf. Immer, wenn ich auch nur in dessen Nähe kam, haben sie mich davon weggerissen. Irgendwann hatten sie es versperrt und den Schlüssel versteckt. Ich wusste zwar immer, wo sie ihn aufbewahrt haben, aber ich war froh, dass er nicht mehr in der Tür steckte und mich dazu verleitete, hereinzugehen.

»Wie kannst du so etwas sagen, Evelyn?«, speit meine Mutter und sofort ist das Mitleid verschwunden und wird durch Wut ersetzt. Ich erinnere mich an all die Sachen, die sie mir geraubt haben, weil sie mich schützen wollten. Weil sie mich zu einer verdammten Wachsfigur in ihrem Kabinett gemacht haben.

»Wieso, Mom? Es ist jetzt drei Jahre her. Drei. Jahre!« Wie die scharfe Klinge eines Messers ratschen meine Worte durch die Leitung und verletzen sie. Ich spüre, wie es passiert. Spüre, wie ich die Wunden noch klaffender mache. Nicht nur ihre, sondern auch meine eigenen.

»Die Polizei hat uns schon vor zwei Jahren gesagt, dass wir keine Hoffnung haben dürfen. Und weißt du was? Ich bin es leid, trotzdem an ihr festzuhalten. Stacy ist weg und ich will nicht mehr unter Wasser sein! Denn genau so fühlt es sich an – als würde ich jeden Tag aufs Neue ertrinken.« Wo plötzlich all die Worte herkommen, weiß ich selbst nicht.

Die letzten Wochen haben mich verändert und ich weiß nicht, ob zum Guten oder Schlechten. Das Schluchzen meiner Mutter wird lauter, aber das schlechte Gewissen in mir bleibt aus. Es ist das erste Mal, dass ich mich traue, zu sagen, was ich denke, anstatt daran festzuhalten, was man von mir hören will.

Es ist so still im Raum, dass ich eine Nadel fallen hören könnte. Umso lauter ist das Weinen meiner Mutter, der ich gerade das erste Mal die Wahrheit gesagt habe. Das erste Mal höre ich auf, ihr zu sagen, dass alles wieder gut wird, weil es sinnlos ist. Gut ist es schon viel zu lange nicht mehr.

»Sie ist nicht weg«, wimmert sie. »Sie kann nicht weg sein, Eve. Ich weiß, was die Polizisten gesagt haben, aber ich weiß auch, dass mein Glauben stärker ist.«

»Dein Glauben ist nur der Versuch, nicht von der Wahrheit verschluckt zu werden.«

Sie sagt nichts mehr. Während ich hier auf meinem Bett sitze und das Datum anstarre, ist es am anderen Ende der Leitung plötzlich ganz still. Und je länger ich in der Stille sitze, desto lauter werden meine Gedanken. Desto lauter wird das schlechte Gewissen, das sich langsam zurück in meinen Körper bahnt, weil es mich all die Jahre begleitet hat wie mein Atem. Einige Dinge kann man nicht so leicht loswerden, wie man es gern würde.

»Hör zu, Mom -«

»Nicht. Du hast alles gesagt.« Dann ist die Leitung unterbrochen. Ich starre auf mein Handy, sehe das letzte Bild, das ich vor dem Anruf geöffnet hatte, und will nur noch eins: raus. Raus aus diesem kleinen Zimmer, das immer enger zu werden scheint.

Weg von den Dingen in diesem Raum, die mich jeden Tag an sie erinnern. Weg von allem. Ich schließe den Ordner mit Stacys Bildern, scrolle durch meine Kontakte, um nach einer Ablenkung zu suchen, und bleibe an seinem Namen hängen … immer, wenn er bei mir ist, denke ich an nichts anderes. Immer, wenn ich bei ihm bin, bekomme ich wieder Luft. Ich klicke auf seinen Namen und beginne, zu schreiben.

Ich will heute Nacht Spaß haben.

Und mit Spaß meine ich Ablenkung. Nervenkitzel. Abenteuer. Ich will mich wieder fühlen wie mit Jace im Nirgendwo. Als ich auf den Gleisen lag und an nichts anderes denken konnte, als an die Lust in mir und den Zug, der mich beinah getötet hätte.

Der Wagon, der mich und Stacy wieder hätte zusammenbringen können. In diesem Moment habe ich begriffen, dass ich in den letzten drei Jahren zwar funktioniert, aber nicht wirklich gelebt habe. Es dauert keine zehn Sekunden, bis er mir antwortet. *Komm heute Abend ins* Blacklight. *Ich schicke dir den Code.*

***

Am Abend braucht es für mich nur eine halbe Stunde und vier Drinks, bis ich ziemlich angetrunken bin. Jace hat mir den Code für die heutige Party im Club geschickt, aber bis jetzt hat er sich nicht hier blicken lassen. Weil ich keine Lust hatte, mich aufzubrezeln, trage ich nur eine schwarze Leggings und meinen roten Sweater. Pete hat das zweite Date mit seinem Tinder-Freund und so blieb mir nichts anderes übrig, als allein herzukommen. Es ist das erste Mal, dass ich hier bin, ohne mich irgendwie reingemogelt zu haben und zum ersten Mal fühle ich mich hier auch wirklich willkommen. Wie ein Teil des Puzzles.Die Maske fühlt sich mit jedem Besuch mehr wie mein eigenes Gesicht an. Wie meine eigene Anonymität, mit der ich tun und lassen kann, was ich will.

Der fünfte Drink steht vor mir auf dem Tresen, ich führe den Strohhalm durch die Maske an meine Lippen und lasse den Alkohol weiter seinen Job machen. Seit dem Telefonat mit meiner Mutter kann ich nicht aufhören, an meine Schwester zu denken, und ich bin es leid, mein Leben davon bestimmen zu lassen.

Für diesen einen Abend will ich ohne schlechtes Gewissen an etwas anderes denken als an Stacy oder die Tränen meiner Mutter. Ihre Verzweiflung hat mich jedes Mal angesteckt wie ein Virus, aber ich bin es leid, ständig diese Krankheit in mir zu tragen.

Zumindest fühlt es sich genau so an: wie eine Infektion, die seit drei Jahren fröhlich durch meinen Körper wandert und jede meiner Zellen benetzt. Wenn ich Spaß habe, plagen mich Schuldgefühle. Wenn es mir schlecht geht, habe ich versucht, für meine Eltern die Starke zu sein und somit alles verdrängt. Ganz egal, auf welche Art und Weise ich weitermachen wollte, am Ende bin ich immer gescheitert.

Mein Blick schweift über die Nischen, und als ich dieses Mal die Pärchen darin beim Sex sehe, entspannt es mich auf seltsame Weise. Ich sehe nackte Haut, sehe den leichten Schweißfilm unter dem Schwarzlicht auf ihren Körpern und die Lust auf ihren Gesichtern, die ich zum ersten Mal wirklich ästhetisch finde. In Sekundenschnelle wird es zwischen meinen Schenkeln warm, beinahe heiß. Ich lege den Kopf schief, beobachte die Menschen, die sich voll und ganz auf den Akt fokussieren und spüre, wie mir der Alkohol weiter zu Kopf steigt. Selten habe ich mich so frei gefühlt und noch nie kam mir der Gedanke, selbst in dieser Nische zu sein, so verlockend vor wie jetzt.

Die Tanzfläche ist komplett leer, obwohl die Musik wahnsinnig gut ist, also stoße ich mich von der Bar ab, taumle etwas betrunken zur Mitte der ovalen Fläche und beginne, meinen Körper zur Musik zu bewegen. Weil es eine Verschwendung wäre, den Abend nur an der Bar zu verbringen.

Es dauert nicht lange, bis ich unter dem Licht der Schwarzlichtlampen zu schwitzen beginne, meinen Sweater öffne, ihn ausziehe und um mein Becken binde. Darunter trage ich nur ein schwarzes Top. Sofort fühle ich mich erfrischt.

Das Lied kommt zum Ende und wird von einem düsteren abgelöst, das ich noch nie gehört habe. Würde ich meine Augen schließen, hätte ich das Gefühl, mitten in der Hölle zu stehen und zu tanzen, so intensiv sind die Beats. Ich drehe mich langsam im Kreis, interessiere mich einen Scheiß dafür, dass mich jeder anstarrt und genieße die Anonymität immer mehr.

In diesen vier Wänden interessiert sich keiner für deine Probleme, immerhin hat jeder von uns zu Hause genug davon. Niemand kümmert sich hier um unbezahlte Stromrechnungen, geschweige denn die Uni. Alles, was hier zählt, ist der Spaß und die Freiheit, tun und lassen zu können, was man will. Nicht, was von einem da draußen verlangt wird.

Eine Weile gebe ich mich noch dem Sound der Musik hin, bevor ich von jemandem gepackt und von der Tanzfläche gezerrt werde. Nicht einmal fünf Sekunden braucht es, bis ihn sein Duft verrät. Jace trägt seine Maske, die mich mit der roten Farbe immer noch an frisches Blut erinnert, und zieht mich in den hinteren Bereich. Sobald wir seinen Raum am Ende des Ganges erreicht haben, schlägt mein Herz schneller, weil wir jetzt allein sind.

Seit unserem ersten Mal auf der Rückbank seines Wagens habe ich ihn nicht mehr gesehen, und jetzt zu spüren, wie meine Gefühle brennen, macht mir Angst. Ich sollte mich nicht so gut fühlen, weil er wieder in meiner Nähe ist. Vor allem nicht nach einem Tag wie diesem. So habe ich mir immer einen Drogenkick vorgestellt. In dem Moment, in dem man sich der Sucht hingibt, verliert alles andere an Bedeutung.

Jace setzt seine Maske ab, und als er meine ebenfalls abnimmt, wird mein Mund ganz trocken. Er feuert beide auf den Boden, und ehe ich überhaupt etwas sagen kann, liegen unsere Lippen aufeinander. Mit

Wucht presst er mich gegen die kühle Wand, während ich mich in seiner Lederjacke festkralle und mein Becken gegen ihn schiebe. Allein anhand des Kusses spüre ich, dass er es ist und ich nicht wieder in die Zwillingsfalle getappt bin. Meine Erinnerungen wissen ganz genau, wer vor mir steht. Als hätte sich mein Körper gemerkt, wie sich seine Berührungen anfühlen.

»Das hat mir gefehlt«, knurrt er dicht an meinem Mund und wieder reagiert mein Körper heftiger, als er sollte. Ich sollte seine Worte einfach annehmen, wie sie sind, stattdessen interpretiere ich sofort etwas hinein.

Er hat das hier vermisst.

Nur den Körperkontakt oder vielleicht sogar mich?

Weil ich nichts zerdenken will, drücke ich mich wieder dichter an ihn heran und sauge seinen Atem ein. Mittlerweile ist mein Slip komplett nass und ich bin mir sicher, dass mir an diesem Abend auch eine Minute reichen würde, um für ihn zu kommen. Jace legt seine Hände an meine Hüften und drückt zu. Der Druck seiner Handflächen beflügelt mich, und als er den Knoten meines Sweaters öffnet, den ich um meine Hüften gebunden habe, fällt er zu Boden.

»Wieso wolltest du heute Ablenkung?«, fragt er mich schließlich und ich würde ihm am liebsten etwas in den Mund stecken, damit er mit seinem Gerede nicht alles kaputtmacht. Ziel dieses Abends war es, nicht nachdenken zu müssen. Nicht über Stacy, nicht über meine Eltern und erst recht nicht darüber, was gerade in meinem Inneren passiert. Dass ich vielleicht gerade dabei bin, mich in einen Kerl zu verlieben, der eindeutig soziale Probleme hat, die ich niemals verstehen werde. Ein Typ, der einen kranken Psychopathen als Bruder hat und Dinge mit mir angestellt hat, die ich sonst nicht mal zu träumen gewagt habe. Jedes vernünftige Mädchen wüsste, dass Männer wie er nichts Gutes bedeuten.

»Nicht.« Ich unterbreche ihn und lege ihm meinen Finger vor die Lippen. Jace' Augen sind dunkel auf mich gerichtet und das einzige Licht in diesem Raum kommt von der indirekten Deckenbeleuchtung, die das gesamte Zimmer in ein tiefes Rot taucht.

»Nicht reden.« Er sieht mich noch einen Moment zögernd an, lässt aber jeglichen Protest fallen, hebt mich hoch und trägt mich zur Couch. Der samtene Stoff schmiegt sich an meinen Körper, als er mich auf ihr ablegt und sich über mich beugt.

Meine Finger wandern unter der Jacke zu seinen breiten Schultern und dann streife ich sie ihm vom Körper. Achtlos wirft er sie wie die Masken und meine Jacke zu Boden.

»Ich sagte, ich will Spaß. Also lass uns Spaß haben.« So wie auf den Schienen. So wie auf der Rücksitzbank seines Autos. In diesen Augenblicken konnte ich an nichts anderes denken als an die Lust, die mich komplett für sich eingenommen hat. Man bekommt hier von der lauten Musik im Club nichts mit, stattdessen ist sein tiefer Atem alles, was ich höre. Neben meinem, der immer flacher wird, je länger er mich so ansieht. Jace fährt mit den Händen zum Saumen meines Tops und zieht es mir aus. Da ich keinen BH trage, liege ich nur noch in den dünnen Leggings vor ihm und wünschte, er würde mich schneller ausziehen. Um ihm zu helfen, hebe ich mein Becken an, damit er mir diese mitsamt Slip abstreifen kann.

Ich ziehe mir die Chucks von den Füßen und liege komplett nackt auf diesem Sofa. Unter normalen Umständen würde ich mich fragen, wie viele Frauen schon so schutzlos auf dieser Couch vor ihm lagen, aber im Moment ist es mir egal. Es ist mir egal, wenn ich heute nur eine Nummer für ihn bin, denn genau das ist er für mich. Eine Ablenkung. Mein Adrenalin. Meine Bestätigung. Meine Droge.

Der Alkohol in meiner Blutbahn sorgt dafür, dass nichts anderes mehr zählt. Jace sieht mich einen Moment an, und als er seine Hand zwischen meine Beine schiebt, stöhne ich laut auf. *Vielleicht würden auch dreißig Sekunden reichen.*

Ja, heute würde mich der Zug niemals kriegen. Ich winde mich auf dem Sofa, weil ich will, dass er mich erlöst, aber er sieht mich nur interessiert an, während seine Finger über meinen Venushügel streicheln. Anscheinend wartet er noch darauf, dass ich etwas sage oder ihn beleidige, so wie die meiste Zeit, wenn wir zusammen sind. Aber nicht heute.

»Was ist?«, frage ich ihn atemlos. Jace' Augen fahren meinen nackten Körper entlang und ich sehe, dass seine Atmung nicht mehr so tief und ruhig ist wie eben noch. Sie ist meiner jetzt ähnlich.

»Ich will dich schmecken.« Als würde er auf meine Erlaubnis warten, sieht er mich regungslos an, bis ich nicke und ihn herunterdrücke.

Meine Füße auf dem nackten Boden abgestützt, spreize ich meine Beine und sehe ihm zu, wie er sich vor das Sofa kniet und sich zwischen sie schiebt. Als seine Zunge über meinen Kitzler streift, werfe ich den Kopf in den Nacken und sehe Sterne vor meinen Augen hin und her tanzen.

Mein Kopf fühlt sich an wie ein Himmel an Silvester. Voller bunter Farben, voller Explosionen. Voller Rauch, der die Stadt benetzt. Ich kralle mich in den Stoff des Sofas, und als die Tür zum Zimmer geöffnet wird, reiße ich die Augen auf. Ich sitze ausgeliefert und nackt auf der Couch, während Reed jetzt vor uns steht und uns beobachtet. Meine Atmung rasselt, Jace hat seine komplett angehalten.

»Verpiss dich, Reed.« Er will aufstehen und seinen Bruder eigenhändig rauswerfen, als ich ihn an den Schultern packe und zurück gegen meine Mitte schiebe. Meine Wangen glühen, und als ich Jace' Ebenbild sehe, der uns mit einem Brennen in den Augen ansieht, vergesse ich jeglichen Sinn für Vernunft.

»Ich will Spaß haben«, sage ich leise. »Lass ihn hierbleiben.« Was zur Hölle in mich gefahren ist, kann ich nicht erklären. Vielleicht ist es der Alkohol. Vielleicht die rebellische Phase in mir, die nachholen will, was ich in den letzten Jahren verpasst habe. Vielleicht die Sucht nach Abenteuern. Reed grinst breit, und als er seinen Gürtel öffnet und auf uns zukommt, stoppe ich ihn, bevor er auf falsche Gedanken kommt.

»Ich sagte nicht, dass du mitmachen sollst. Aber ich will, dass du bleibst. Du sollst zusehen.« Ich kann seinen Bruder nach wie vor nicht ausstehen, aber der Gedanke, dass ich es dieses Mal bin, die beim Sex beobachtet wird, macht mich an. Jace sieht mich ohne Regung in seinem Gesicht an. Ein Teil in mir hatte gehofft, dass er eifersüchtig sein würde, aber sie bleibt aus.

»Bist du dir sicher?«

»Ja.« So schnell kam selten eine Antwort über meine Lippen. Reed grinst gefällig, setzt sich auf den ebenfalls samtbezogenen Sessel neben uns und sieht zu, wie sein Bruder erneut mit seiner Zunge über meine Mitte fährt.

Ich starre an die rote Decke, spüre Reeds Blicke auf mir wie Messerstiche und fühle, dass die Lust in meinem Körper ein neues Level erreicht.

Jeder Zentimeter meiner Haut fühlt sich an, als würde er in Flammen stehen. Die Luft im Raum wird immer dünner, während meine Sicht immer verschwommener wird. Jace schiebt seine Zunge in mich, und als ich zu seinem Bruder sehe, der jetzt seinen Schwanz in der Hand hält und langsam auf und ab fährt, treibt es mich noch weiter an. Ich packe Jace erneut bei den Schultern, ziehe ihn hoch und flüstere ihm ins Ohr, was ich will. Sage ihm, was für ein Film in meinem Kopf läuft.

»Fick mich.« Meine Stimme ist leise, aber doch so selbstsicher, dass er nichts hinterfragt. Reed wirft seinem Bruder ein Gummi zu, und als Jace sich seiner Jeans entledigt und sich das Kondom übergestreift hat, werde ich plötzlich doch nervös.

Bis jetzt hatte ich nie Sex vor den Augen eines anderen Menschen, und Reeds Blicke werden immer intensiver. Ich sehe ihn an und nehme seine Anspannung wahr. Er will an der Stelle seines Bruders sein, das weiß ich. Und doch will ich nur ihn. Im nächsten Augenblick packt Jace meinen Hintern, zerrt mich hoch und dreht mich um, sodass ich auf dem Sofa vor ihm knie. Seine Hände umfassen meinen Arsch und dann schiebt er sich in mich. Erst langsam, dann immer schneller.

Sein Knurren gepaart mit dem Stöhnen seines Bruders sorgen dafür, dass das Feuerwerk in meinem Kopf noch heftiger wird. Sein Körper klatscht laut gegen meinen, während ich meine Hände auf die Couch presse und seinen Bruder ansehe.

Auch wenn er ein Arsch ist, sieht er genauso attraktiv aus und es gefällt mir, dass ich ihn gerade in der Hand habe. Zu wissen, dass er mich will, ich ihn aber auf Abstand halte, gibt mir das Gefühl von Macht. Und Macht habe ich in meinem Leben noch nie verspürt. Jace schiebt sich wie in Trance in mich, während ich immer höher gleite.

Während ich mir immer bewusster werde, was hier passiert, und es auch noch genieße. Er beugt sich über mich, fährt mit den Fingern über meine Brustwarzen und ich stöhne laut auf. Das Nächste, was ich spüre, ist, dass sich jemand vor mich schiebt. Reed hat den Sessel verlassen, stattdessen kniet er jetzt neben mir, während sich sein Bruder in mich stößt.

»Lass uns das Kriegsbeil begraben, Virgin.« Auch wenn mich seine arrogante Art bis jetzt immer angewidert hat, lasse ich es zu, dass er meine Haare zusammennimmt und meinen Kopf in den Nacken drückt. Sein Schwanz hält er in der anderen Hand. Ich spüre, dass ich mich wehren sollte, weil ich das hier ganz sicher morgen bereuen werde, aber im Moment ist die Rebellion stärker.

Ich will Abenteuer.

Ich will Spaß.

Also scheiß auf die Vernunft.

Ich beuge mich herunter und führe Reeds Schwanz an meine Lippen. Als mein Mund seine Spitze berührt, gibt er ein tiefes Raunen von sich, während Jace seine

Hände wieder an meine Hüften legt und unsere Körper miteinander verbindet. Meine Zunge fährt über seine Eichel, und als er sich gänzlich bis in meinen Rachen schiebt, erzittert mein ganzer Körper.

»So warm.« Er sieht mich herausfordernd an, während er meinen Kopf gegen seinen Schwanz drückt. Ich kralle mich mit der linken Hand an der Lehne fest, während die rechte kratzend über Reeds Bauch wandert und dort Spuren hinterlässt, die er morgen noch auf sich tragen wird. Er hat wie Jace ein Sixpack, von dem die meisten Männer nur träumen können. Jeder Muskel an ihm sitzt perfekt. Ich fahre mit der Zunge über die Adern an seinem Schwanz, während ich seinen Bruder in mir spüre und noch mehr will.

Und als beide gleichzeitig kommen, durchzuckt mich der Orgasmus wie ein Hurrikan. Jace pulsiert in mir, während das warme Sperma seines Bruders in meinen Mund fließt. Mein Körper zittert stärker als je zuvor, und als ich die beiden Männer ansehe, mit denen ich gerade die aufregendste Erfahrung meines Lebens gemacht habe, sind meine Gedanken endlich still. Zum ersten Mal an diesem Tag ist da nur friedliche Stille, die mir niemand mehr nehmen kann.

***

Als ich meine Augen öffne, weiß ich kaum, wo ich bin. Über mir liegt eine schwarze Decke, darunter bin ich splitterfasernackt. Ich sehe mich in diesem Raum um, der bei Tag so anders aussieht als nachts. So unschuldig. Rein. Die Erinnerungen an die Nacht kehren zurück und mir wird schwindelig. Ich erinnere mich daran, wie Jace es mir auf dem Sofa mit der Zunge besorgt hat. Daran, wie sein Bruder dazukam und ich ihn bat, zu bleiben. Erinnere mich an das Gefühl, frei gewesen zu sein. Sie beide zu spüren und zu wissen, dass ich im Moment das Einzige bin, was sie wollen. Zum ersten Mal war ich in der Lage, mich nur für mich zu entscheiden.

Schielend sehe ich neben mich, und als ich einen der Brüder - lediglich in Jeans bekleidet - auf dem Sessel entdecke, setze ich mich panisch auf. Prüfend sehe ich an seinem Oberkörper hinab und die fehlenden Kratzspuren auf seinem Bauch lassen mich die angestaute Luft ausatmen. Außerdem beruhigt mich sein Tattoo. Es ist Jace.

»Wo ist ...«

»... mein Bruder? Gegangen. Er hält es nie bis zum nächsten Morgen aus.« Ein Grinsen liegt auf seinem Gesicht, das mich wieder entspannen lässt. Wäre Reed an seiner Stelle bei mir, wäre an Entspannung nicht zu denken. Betrunken kam mir die Idee, ihn dabeihaben zu wollen, grandios vor. Aber ich will garantiert nicht den Morgen mit ihm verbringen, geschweige denn eine andere Tageszeit.

»Bereust du es?« Jace steht auf, setzt sich neben mich und zieht mich an sich. Sein Körper ist kühl und duftet frisch. Vermutlich war er schon duschen, während ich noch meinen Rausch ausgeschlafen habe. Das Pochen in meinen Schläfen ist die Strafe für die zahlreichen Drinks, mit denen ich Stacy verdrängen wollte. »Irgendwie nicht«, sage ich ehrlich. Vermutlich sollte ich es bereuen, aber die Erfahrung hat mich ein Stück näher zu mir selbst gebracht.

»Willst du es wiederholen?« Seine Frage klingt angespannt, und als ich ihn ansehe, klopft mein Herz wieder so wild in meiner Brust. Auch wenn ich seinem Bruder letzte Nacht so nah war wie sonst keinem, will ich jetzt nur noch seine Nähe spüren.

»Lieber nicht«, antworte ich ehrlich und spüre, wie die Anspannung lawinenartig von ihm abfällt. »Du wirkst erleichtert«, stelle ich grinsend fest. »Bist du etwa eifersüchtig?«

Der Gedanke, er könnte wirklich Besitzansprüche haben, gefällt mir. Nicht, weil ich von jemandem besessen werden will, aber weil er mir zeigt, dass die Gefühle in mir nicht einseitig sind. Dass er ebenfalls spürt, was da zwischen uns entsteht. Momentan weiß ich noch nicht genau, was es ist, aber ich weiß, dass es mir gefällt und dass es mir hilft, befreiter zu atmen.

»Vielleicht.« Seine knappe Antwort verbreitert mein Lächeln nur. Ich schiebe die Decke von meinem Körper, steige auf seinen Schoß und presse mich gegen ihn. »Keine Sorge. Ich finde deinen Bruder immer noch schrecklich. Daran wird sich auch nichts mehr ändern. Aber du kannst es mir nicht verübeln: Er ist heiß!«

Sein Mundwinkel zuckt, genau wie meine Mitte, weil ich die Beule unter seiner Jeans spüren kann. Es hat mich nie gestört, mich nackt zu zeigen, aber das hier ist etwas anderes. Vor ihm fühlt es sich sogar richtig gut an, nichts zu tragen. Vor ihm zeige ich mich gern so schutzlos. Seine Finger fahren über meine Rippen.

»Gut.«

Ich werfe einen Blick auf die Uhr über dem Sofa und stelle erschrocken fest, dass es fast Mittag ist. »Mist. Ich müsste längst in der Uni sein. Und du übrigens auch.« In der letzten Nacht fühlte es sich nicht an, als wäre ich eine lahme Studentin. Viel eher fühlte ich mich wie eine verdammte Göttin, die tun und lassen kann, was sie will. Jace küsst meinen Hals und schiebt mich noch dichter gegen seine Erektion. Sofort ist die Panik über meinen versäumten Kurs in Vergessenheit geraten.

»Scheiß auf die Uni. Ich hab dich wieder für mich allein, lass es mich genießen.« Und mit diesen Worten öffnet er den Reißverschluss seiner Jeans und zeigt mir, dass er recht hat: Die Uni kann definitiv warten.

***

»Wo warst du, Fräulein?« Pete wartet auf mich und sieht dabei aus wie ein autoritäres Elternteil. Die Fäuste in die Hüften gestemmt und der Blick mahnend auf mir. Er sieht an mir hinab und ich bin mir sicher, dass ich aussehe wie eine wandelnde Leiche, weil ich noch keine Dusche hatte. Ich schiele in den Spiegel und bekomme die Bestätigung. Meine Mascara hängt überall, nur nicht da, wo sie sein sollte. Meine Haare sehen aus wie ein Vogelnest und meine Augen sind vom Alkohol gerötet.

»Du hattest Sex«, stellt er erschrocken fest. Wieso zur Hölle hat er diesen Sex-Radar? Ich zucke mit den Schultern, werfe meine Tasche auf den Schreibtisch und lasse mich vorwärts aufs Bett fallen wie ein nasser Sack. Gib mir zehn ruhige Sekunden und ich schlafe sofort wieder ein.

»Und nicht einfach nur Sex, sondern verdammt versauten!« Mein Mitbewohner klatscht auf meinen Arsch und ich quieke laut auf.

»Hey, jetzt lass mich einfach schlafen, okay? Die Nacht war hart.« In vielerlei Hinsicht. Das Grinsen auf meinen Lippen verrät mich, ohne dass ich es verhindern kann. Pete schüttelt den Kopf und schnalzt mit der Zunge. Er liebt es, mich aufzuziehen, so wie ich es liebe, dasselbe mit ihm zu machen, wenn er von einem Date heimkommt.

»Willst du mir nicht wenigstens sagen, wie es war?«
Er schiebt mich dichter an die Wand, um sich auf meine
Matratze zu setzen. Ich drehe mich auf den Rücken und
sehe ihn mit erhitzten Wangen an. Ja, ich bin mir sicher,
dass mein Gesicht wie ein rotes Bengalo leuchtet.
Langsam schiebe ich meinen Kopf auf seinen Schoß
und sehe zu ihm auf.

»Unbeschreiblich«, antworte ich und spüre, wie
mich die Erinnerungen an die Nacht erneut schwach
machen. Pete klatscht in die Hände und scheint genau
zu wissen, was in mir vorgeht. Dabei weiß ich selbst
nicht einmal, was da gerade in mir passiert. Was dieses
Kribbeln in meinem Bauch zu bedeuten hat, das mich
auf dem Heimweg fast verrückt gemacht hat.

»Du bist verliebt, Evelyn!« Seine Worte treffen mich
wie ein Schlag ins Gesicht. Das Kribbeln, die Röte in
meinen Wangen … Pete hat recht. Ja, ich verliebe mich
gerade … und ich habe keine Ahnung, ob es meine
Rettung oder mein Untergang sein wird.

Kapitel 16

Jace

»Moooment!« Paige schwingt ihren Hintern auf den Tresen in unserer Küche. In der linken Hand hält sie ihr Handy, in der rechten eine Kippe, die schon zur Hälfte heruntergebrannt ist. Reed steht hinter ihr und befummelt sie, aber sie wimmelt ihn genervt ab. Ein Bild, das sich mir noch nicht oft gezeigt hat. Sonst bekommt Reed immer, was er will.

»Ihr hattet einen verdammten Dreier mit Eve?« Ihre Stimme war nie so spitz wie in diesem Augenblick. Ich antworte nicht, stattdessen sehe ich sie nur an und frage mich, was ihr wohl gerade durch den Kopf geht. Mein Bruder zieht sie wieder an sich und dieses Mal lässt sie es zu, auch wenn ihr Körper sich bei seiner Berührung anspannt. Der Wasserhahn tropft im Hintergrund und jedes Mal, wenn einer der Tropfen die Spüle trifft, macht es mich wahnsinnig.

»Und wie wir den hatten«, säuselt Reed in ihr Ohr, greift ihr Handgelenk, führt ihre Finger zu seinem Mund und klaut ihr mit den Lippen die Zigarette. Orange glüht ihr Ende, als er den Rauch inhaliert und die Asche auf die Marmorplatte fällt.

Da wir seit Dads Tod keine Putzfrau mehr haben, wird einer von uns dafür verantwortlich sein, dieses Chaos hier später zu beseitigen. Ich wette, dass die Scheiße an mir hängen bleibt.

»Und ich war nicht einmal eingeladen.« Paige schiebt schmollend ihre Unterlippe nach vorn, und auch wenn sie ihre Empörung nur zu spielen scheint, schimmert etwas in ihren Augen, das ich nicht deuten kann. Bis jetzt ging ich immer davon aus, dass sie die Beziehung zu Reed genauso sieht wie er: nämlich rein sexuell. Doch in den letzten Wochen hat sich ihr Blick verändert, jedes Mal, wenn er den Raum betreten hat und ich kann nur hoffen, dass ich mich täusche.

Solange die beiden lediglich miteinander gefickt haben, war es mir egal. Aber wenn Gefühle im Spiel sind, kann sie auch verletzt werden, und das ist das Letzte, was ich will. Immerhin kenne ich meinen Bruder besser als jeder andere Mensch auf der Welt, und wenn er in einer Sache gut ist, dann in dieser: Herzen brechen und Leben ruinieren.

»Sorry, Baby. Aber wer hätte schon damit rechnen können, dass Virgin in Wirklichkeit so versaut ist?« Instinktiv will ich sie verteidigen und alle Worte über sie aus seinem Körper prügeln, aber ich weiß, dass ich kein Recht dazu habe. Evelyn ist eine erwachsene Frau und sie wollte, dass er bleibt. Das war ihre Entscheidung, nicht meine.

Wenn es nach mir gegangen wäre, hätte ich Reed sofort herausgeworfen, noch bevor er sich an ihrem Anblick aufgeilen konnte. Als ich heute Morgen mit ihr in meinem Arm wach geworden bin, war die erste Frage, die ich mir gestellt habe, wie ich das zulassen konnte. Doch dann war mir klar, dass ich kein Recht dazu habe, über sie zu bestimmen.

»War es denn wenigstens gut?«, hakt Paige forsch nach. Reed kommt um den Tresen herum, schiebt sich zwischen ihre Beine, drückt die Kippe auf der Marmorplatte neben ihr aus und küsst sie. Keuchend löst sie sich von ihm.

»Nun sagt schon!« Über seine Schulter hinweg treffen sich unsere Blicke und mein Verdacht wird immer lauter. Scheiße. Sie ist verletzt und ich hätte es verhindern können. Stattdessen habe ich zugelassen, dass er Evelyn seinen Schwanz in den Rachen schiebt.

»Ich meine, wenn ihr mich schon ausschließt, könnt ihr auch ein paar Details rausrücken, oder nicht?« Ihre Mundwinkel zucken, aber ihre Augen sprechen ihre eigene Sprache. Sie ist eifersüchtig und ich Vollidiot habe es überhaupt erst so weit kommen lassen.

»Sorry, Paige. Aber ich muss noch mal in den Club.« Aus der Affäre ziehen ist immer die leichteste Option, und im Augenblick erscheint sie mir als die einzig richtige. Sollte Paige eifersüchtig sein, ist es eine Sache, die sie mit ihm allein klären sollte.

Wir können uns immer noch unterhalten, wenn sie mit ihm fertig ist. Ich werfe ihr im Vorbeigehen ein aufmunterndes Lächeln zu, während Reed sich an ihrem Hals zu schaffen macht.

»Letzte Nacht war mir eine Ehre, Bruderherz«, ruft er mir hinterher und ich antworte so schnell, dass ich gar keine Zeit habe, über meine Worte nachzudenken.

»Vor allem war es eins: eine Ausnahme.« Denn auch, wenn mich der Gedanke an gestern Nacht immer noch hart werden lässt, kann ich nicht leugnen, dass ich mich wie Paige fühle. Eifersucht ist ein echtes Scheißgefühl. »Sie hasst dich nämlich immer noch«, setze ich hinterher. »Hmmm …« Reeds Augen haften an mir, während seine Zunge über ihren Hals hinab zu ihren Titten wandert. »Gut so. Hass ist mein größter Antrieb.«

Kapitel 17

Evelyn

»Das hier ist also deine Bleibe?« Paige wirkt völlig fehl am Platz mit ihren Designerklamotten und dem schicken Make-up hier in meinem Wohnheimzimmer, das im ganzen Monat so viel kostet wie ihr heutiges Outfit. Ich bin mir sogar sicher, dass allein ihre Louis Vuitton Pumps so teuer sind wie alle Möbel in diesem winzigen Raum.

»Gemütlich!« Sie wirft sich auf mein Bett, bereut es aber sofort, als sie bemerkt, dass ich mir nicht gerade die beste Matratze leisten konnte.

Beim Gedanken daran, wie Pete und ich dieses Monster von dem Geschäft hier reingetragen haben, muss ich lächeln. Es war brütend heiß draußen, und als wir im Wohnheim ankamen, wurden wir gefragt, wo die Poolparty stattfindet. Wir waren nass geschwitzt bis auf unsere Unterwäsche.

»Okay, ich nehme alles zurück, dieses Teil hier ist härter als eine Pritsche im Knast. Autsch!« Lachend reibt sie sich den Rücken, während ich uns ein Wasser eingieße und mich neben sie setze. Pete ist wieder mit seinem Date unterwegs und langsam glaube ich, dass es wirklich etwas Ernstes werden könnte.

»Nicht jeder kann sich in einer reichen Familie einnisten«, necke ich sie und nippe an meinem Glas. Seit meiner Nacht mit Reed und Jace sind einige Tage vergangen und irgendwie fühle ich mich mies, weil ich ihr noch nichts davon erzählt habe. Nicht, dass ich irgendjemandem Rechenschaft schuldig bin, aber Paige ist schließlich so was wie ihre Schwester und sollte es wissen. Und am besten von mir. Vor allem wegen der Sache, die zwischen ihr und Reed läuft.

»Wohl wahr.« Ihr Blick wandert über unsere Einrichtung und ich weiß ganz genau, dass ihr etwas auf der Zunge liegt. Als sich unsere Blicke treffen, warte ich ab, bis sie mit der Sprache rausrückt, aber sie presst ihre Lippen so fest zusammen, dass sie weiß anlaufen. Vermutlich kippt sie gleich um, weil sie keine Luft mehr holt.

»Der Elefant in diesem Raum erdrückt uns fast«, versuche ich, die Stimmung zu kippen, und dann setzt sie sich auf und atmet tief durch.

»Ich hab von deinem kleinen Abenteuer im Club gehört.« Wie lange es wohl dauert, bis ich feuerrot anlaufe? Ihrem Blick nach zu urteilen, weniger als ein paar Sekunden. Die Hitze folgt ziemlich schnell und so fühle ich mich, als hätte ich vierzig Grad Fieber.

»Reed konnte seine Klappe nicht halten.« Sie zuckt mit den Schultern und fährt mit ihrem Zeigefinger über den Rand des Glases, während sie meinen Blicken ausweicht. Für eine Frau, die sonst vor Offenheit nur so strotzt, wirkt sie ziemlich schüchtern. Oder … eifersüchtig.

»Das war nichts. Jedenfalls nichts Ernstes.« Wenn ich ehrlich bin, weiß ich immer noch nicht, ob ich es bereue oder nicht.

Ich meine – Reed ist der allerletzte Mensch, den ich sonst an mich heranlassen würde, aber an diesem Abend war es das, was ich wollte. An diesem Abend wollte ich etwas tun, was niemand von mir erwarten würde – am allerwenigsten ich selbst. Es hat mir bewiesen, dass ich anders sein kann, wenn ich es will.

»Ich bin trotzdem enttäuscht. Nicht nur, weil ich nicht eingeladen war, sondern auch, weil du es mir nicht erzählt hast. Irgendwie dachte ich, dass wir uns mittlerweile so nah stehen würden, dass du mir erzählst, wenn du es mit meiner ganzen Familie treibst. Immerhin sind sie alles, was ich noch habe.«

»Das wollte ich noch. Aber in den letzten Tagen war die Uni so stressig und ich wollte es dir persönlich erzählen und nicht am Handy.« Um Ausreden bin ich eindeutig nicht verlegen.

»Hör mal, ich hab selbst keine Ahnung, was an diesem Abend mit mir los war. Meine Mutter hat mich auf meine Schwester angesprochen und ich wollte nur noch weg und mich ablenken. Und als Reed dann hereingeplatzt ist, während Jace und ich … mein Gott, ich hasse seinen Bruder eigentlich! Wenn ich jetzt darüber nachdenke, bekomme ich Herpes. Und zwar ganz üblen, so einen, der sich bis in andere Körperregionen ausbreitet und einen nachts vor Juckreiz nicht einschlafen lässt.«

»So übel ist er gar nicht«, platzt es aus ihr heraus und sofort werde ich hellhörig. Ich weiß genau, was es bedeutet, wenn eine Frau so für einen Arsch wie Reed einsteht. Wäre das zwischen ihnen rein sexuell, wäre es ihr egal, wie ich über ihn denke. Aber das ist es nicht und das lässt alle Alarmglocken in mir läuten.

»Ich meine, er war mal anders. Früher«, setzt sie noch kleinlaut hinterher. Ihre schönen Augen funkeln unter dem Licht in meinem Zimmer und wieder einmal haut mich ihre Schönheit um.

Sie hat dieses Modelgesicht, das man sonst nur auf fetten Anzeigetafeln in New York sieht. Dieses Gesicht, das keine einzige Bearbeitung am PC bräuchte, um perfekt zu sein, weil es nichts gibt, das man ändern müsste.

Ihre Nase hat die perfekte Form, ihre Lippen sind rosig und weich, und ihre Augenfarbe ist eine ziemlich spezielle Mischung aus Grün und Grau.

»Wie war er denn früher? Momentan benimmt er sich die meiste Zeit wie ein sadistisches Arschloch, das andere Menschen für seinen Spaß benutzt.« Nur an diesem einen Abend war ich diejenige, die andere Menschen für sich benutzt hat. Paige legt den Kopf in den Nacken und seufzt laut auf.

»Er war schon immer impulsiv. Mehr als Jace. Er war immer der Laute, der, der schnell explodiert ist. Aber er war auch loyal und hat mich und seinen Bruder bis aufs Blut beschützt, wenn es hart auf hart kam. Das alles tut er immer noch, aber jetzt muss man aufpassen, dass er sich nicht in seiner Wut verliert und irgendetwas echt Dummes macht. Und mit *Dummes* meine ich wirklich, wirklich üblen Scheiß.« Ich schiebe mich dichter an Paige heran und analysiere, was ich sehe. Das Ergebnis ist mehr als eindeutig: Sie empfindet mehr für Reed als ihre nicht-geschwisterliche/geschwisterliche Liebe.

»Und seit wann bist du in ihn verliebt?« Meine forsche Frage lässt den Elefanten im Raum in Sekundenschnelle auf das Dreifache ansteigen und schließlich laut explodieren. Ich schüttle mir die imaginären Innereien vom Körper, die jetzt das ganze Zimmer dekorieren. Paige sieht mich an, aber von der sonst so selbstbewussten Frau fehlt jede Spur. Im Flur hört man die Studenten in ihre Zimmer schwärmen. Türen werden aufgerissen und geschlossen, während mich die Wände in meinem Raum beinahe erdrücken.

»Bin ich nicht«, blockt sie ab. »Zumindest glaube ich das. Klar, als ich von eurer Nacht erfahren habe, war ich eifersüchtig. Aber das ist normal, wenn man fast jede Nacht sein Bett mit ein und derselben Person teilt, oder? Ich meine, wenn es mir nichts ausmachen würde, dann wäre ich echt schräg.« So viele Worte liegen auf meiner Zunge, aber ich kriege kaum eines davon über meine Lippen.

Vermutlich, weil mich das schlechte Gewissen plagt. War die Nacht mit den Brüdern bis jetzt nur eine Ablenkung für mich, zieht sie jetzt Konsequenzen mit sich, die ich vorher nicht mal in Erwägung gezogen habe. Das Letzte, was ich wollte, war, meine Freundschaft zu Paige zu gefährden. Immerhin ist sie die einzige Freundin, die ich hier habe.

»Reed hasst dich nicht«, setzt sie schließlich noch hinterher. »Er tut immer nur so, dabei bin ich mir sicher, dass er gar nicht in der Lage ist, jemanden außer sich selbst zu hassen. Klar, er mag dich vielleicht nicht sonderlich, aber dieses ganze Gehabe? Alles nur Bullshit, wenn du mich fragst.«

»Wieso sind sie so?« Das hier ist meine Chance, endlich zu erfahren, was sie so hat werden lassen. Immer, wenn ich Jace auf etwas Privates angesprochen habe, hat er mich gegen die Wand rennen lassen. Jedes Mal meinte er nur, dass es keine Rolle spielt. Nur, dass er sich irrt und es für mich von Bedeutung ist.

»Ihr Vater war der Gründer des Clubs. Jace und Reed wurden schon ziemlich früh in seine Geschäfte eingebunden und glaub mir, dabei ging es nicht um den langweiligen Steuerkram. Es ging um Dinge, die kein Teenager ihres Alters sehen sollte. Ich meine, du kennst den Club und weißt, was da abgeht. Als ihr Vater noch lebte, war der Laden viel heftiger. Erst als er starb und sie in seine Fußstapfen getreten sind, klebte kein frisches Blut mehr an den Wänden. Aber die Flecken sind eben hartnäckig.« Sofort schnürt sich meine Kehle beim Gedanken daran zu, was im Club alles passiert ist. Was die Brüder mit ansehen mussten. Was sie gebrochen hat.

»Was ist mit ihrer Mutter? Bis jetzt hat nie einer über sie geredet.« Paige leert ihr Glas und ich weiß, dass sie lieber etwas Hochprozentiges hätte. Sie stellt es neben meinem Bett ab und deutet mit kreisendem Finger auf ihre Schläfe.

»Ist verrückt geworden. Ihr Mann war ein verdammter Tyrann und hat alles an ihr ausgelassen. Ich weiß nicht alles, was damals bei den Blacks ablief, aber ich weiß, dass die beiden Dinge mit ansehen mussten, die sie nie losgelassen haben. Andere wären an ihrer Stelle ebenfalls verrückt geworden, aber solange sie einander hatten, gaben sie sich Halt. Die Mutter sitzt jetzt in der Geschlossenen und will ihre Söhne nicht mehr sehen, weil sie denkt, dass sie ihr schaden wollen. Immer, wenn sie sie besuchen wollten,

221

hat sie wie am Spieß geschrien. Seit einigen Monaten besuchen sie ihre Mutter deshalb nicht mehr.«

Mich überkommt Mitleid, selbst für Reed. Auch wenn meine letzten Jahre von Dunkelheit geprägt waren, haben mir meine Eltern immer ihre Liebe gezeigt. Wenn auch zu viel. So viel, dass sie mich wie eine Prinzessin im Turm eingesperrt haben.

»Aber die Jungs killen mich, wenn ich zu viel erzähle. Sie reden nicht über ihre Familienangelegenheiten, falls du das noch nicht bemerkt hast.« Paige stemmt sich hoch und hat wieder eine Maske aufgesetzt, hinter der man nichts von alldem sehen kann. »Was meinst du? Wollen wir essen gehen? Ich bin nämlich wirklich am Verhungern.«

***

»Bestellst du für mich mit? Ich nehme den größten Burger, den dieser Laden zu bieten hat.« Paige schnappt sich einen Lippenstift aus ihrer Handtasche und steht auf, um sich in Richtung Bad aufzumachen. »Ach ja, und eine fette Portion Pommes noch! Ich sagte ja, ich bin am Verhungern.« Grinsend verschwindet sie hinter der nächsten Ecke, während ich gedankenversunken in die Karte dieses kleinen Restaurants blicke. Es ist gemütlich, die matten Blautöne verleihen dem Raum etwas Atmosphärisches und die Deko im Industrialstil ist ziemlich cool. Eigentlich bin ich nicht hungrig, aber

222

da es mir guttun könnte, ein wenig Zeit mit meiner Freundin zu verbringen, in der sich nicht alles um die Brüder dreht, habe ich zugesagt. Außerdem habe ich keine Lust, im Wohnheim allein meinen Gedanken nachzuhängen.

»Na sieh mal einer an.« Erschrocken fahre ich herum und spanne mich an, als Reed neben mir auftaucht. Zumindest sorgt seine Stimme für einen Schauer auf meiner Haut anstatt für ein Kribbeln in meinem Bauch – er muss es sein. Mein Körper hat aus der Begegnung im Wohnheim gelernt, als er sich für Jace ausgegeben und mich geküsst hat.

»Was willst du hier?«, frage ich ihn desinteressiert und sehe wieder in die Karte, aber die Buchstaben verschwimmen vor meinen Augen, sodass ich kein Gericht entziffern kann. Der letzte Appetit ist mir jetzt auch noch vergangen. Vor allem, seit ich weiß, dass Paige etwas für ihn empfindet und ich seinen …

»Woran denkst du?« Er reißt mir die Karte aus der Hand, damit ich ihn ansehe. Reed trägt ein schwarzes Hemd, unter dem seine breiten Schultern bedrohlich aussehen. »Lass mich raten: an meinen Schwanz, der sich gegen deinen Rachen drückt, oder?« Gefällig atmet er ein und scheint das hier auch noch zu genießen. Offensichtlich hat er die schlechten Seiten von seinem Vater abbekommen, wobei Jace die Besseren erwischt hat.

»Viel eher denke ich daran, wie viele andere Sachen ich im Moment lieber in meinem Mund hätte. Gift zum Beispiel. Rattenscheiße. Hm, einfach alles, was man sich so vorstellen kann.« Habe ich bis jetzt zugelassen, dass er mich in die Ecke drängt, bin ich jetzt auf Angriff aus. Ich bin es leid, mich von jemandem herumkommandieren zu lassen, da helfen ihm seine goldenen Augen auch nicht weiter.

Reed zieht die Luft ein und stößt einen arroganten Pfiff aus, den ich ihm gern zurück in seinen Rachen schieben würde. Gemeinsam mit vielen anderen Beleidigungen, die mir noch in der Kehle stecken.

»Sieh mal einer an. Da muss dich einmal ein richtiger Mann rannehmen und schon wird aus dem Mäuschen eine verdammte Raubkatze, die ihre Krallen ausfährt.« Sein Mundwinkel zuckt, was für andere vermutlich sexy aussehen würde, aber mich bringt es zum Brodeln. Seine Arme hat er hinter sich auf der Lehne platziert.

»Dein Bruder ist definitiv mehr Mann als du.« Mit diesen Worten nehme ich die Karte wieder an mich und konzentriere mich auf die Vorspeisen, auch wenn ich sicher keinen Happen herunterbekommen würde, jetzt, wo er genau vor mir sitzt. Was zur Hölle macht er überhaupt hier? Mir nachspionieren? Mich wieder bedrohen, damit ich die Finger von Jace lasse? Und was zur Hölle ist überhaupt sein Problem damit, dass wir miteinander schlafen? Es kann ihm doch egal sein, was sein Bruder in seiner Freizeit macht. Und mit wem.

»Mein Bruder hat es dir angetan, richtig?« Reeds Aura benebelt das gesamte Restaurant und ich fühle mich, als würde ich einer dichten schwarzen Wolke sitzen. Plötzlich ist von der schönen Atmosphäre, die ich so gemocht habe, kaum noch etwas übrig.

»Dumm nur, dass du dir falsche Hoffnungen machst, wenn du denkst, dass das mit euch von Bedeutung für ihn ist. Du wirst nie an *sie* herankommen.« Ich verschlucke mich an seinen Worten und spüre, wie meine Hände zu zittern beginnen. Als ich zu Reed aufsehe, funkeln mich seine Augen bedrohlich an. Er sieht meine bebenden Hände und leckt sich über die Lippen.

»Da habe ich wohl den falschen Nerv getroffen. Du weißt nichts über sie, oder? Wenn du mich fragst, ist Liebe etwas total Überkandideltes, aber mein Bruder scheint noch daran zu glauben. Nur gehört seine Liebe einer anderen. Es ist egal, wie du dich ins Zeug legst mit deinem unschuldigen Blick und diesem neu erweckten Sinn nach Abenteuern.«

Gerade als ich ihn fragen will, wen er damit meint, stößt Paige wieder dazu. Als sie Reed sieht, spannt sie sich sofort an, springt dann aber allzu freudig auf seinen Schoß.

Vermutlich wusste sie, dass er hier sein würde. Reed zieht sie an sich und schiebt ihr seine Zunge in den Hals. Als sie sich schmatzend voneinander lösen, will ich nur noch kotzen und verdrängen, was er gerade gesagt hat. Verdrängen, dass allein der Gedanke, Jace könnte wirklich eine Freundin haben, während er mit mir schläft, ein Messer in meine Brust rammt. »Worüber habt ihr geredet?«, will sie wissen, aber ich kriege kein Wort mehr heraus. Stattdessen schnappe ich meine Tasche, springe auf und winke ab.

»Ich muss los, tut mir leid.«

Ich will einfach nur weg.

***

»Hey.« Keine Ahnung, wie ich in mein Bett gekommen bin und wie lange ich hier schon liege, aber es fühlt sich wie eine Ewigkeit an. Pete setzt sich an mein Bett und streicht mir eine Strähne aus dem Gesicht, die sich durch die Tränen an meine Wangen gelegt hat.

»Was hat der Arsch angestellt, hm? Sag es mir und ich schneide ihm die Eier höchstpersönlich ab. Und das ganz sicher nicht, weil ich sie als Trophäe haben will.« Die Methoden meines besten Freundes bringen mich tatsächlich zum Lachen, auch wenn mir nur zum Heulen zumute ist, seit Reed mir diesen Keim in den Kopf gesetzt hat.

»Eigentlich hat er gar nichts getan.« Zumindest glaube ich das. Wir beide hatten Sex, ja. Aber wir haben nie darüber geredet, was das mit uns bedeutet. Weder bin ich ihm etwas schuldig, noch er mir. »Sieht nicht nach gar nichts aus, wenn du mich fragst.« Seine einfühlsame Stimme entlockt mir ein Schluchzen und dann schiebe ich mich gegen ihn und vergrabe mein Gesicht auf seinem Schoß. Er riecht so vertraut, dass ich mich direkt sicher bei ihm fühle.

Blinzelnd sehe ich zu ihm auf und die Sorge in seinem Blick ist so greifbar, dass es mir leidtut. Gerade jetzt, wo er Glück mit der Liebe zu haben scheint, komme ich mit meinen Problemen um die Ecke. Das hier sollte ganz anders ablaufen. Wir sollten beide glücklich sein und uns unter kitschigen Storys vergraben. »Was auch immer es ist, Süße. Wenn er dich verletzt, hat er dich nicht verdient. Du bist die tollste Frau, die ich kenne. Und wenn er das nicht zu schätzen weiß, dann hat er eindeutige Probleme.«

Kapitel 18

»Ihr wisst ja vermutlich, dass ihr ohne meine Investition niemals expandieren könnt. Ich bin noch bis übermorgen in der Gegend, also solltet ihr euch schnell für einen neuen Termin entscheiden. Noch einmal komme ich nicht in dieses Kaff, um euch den Arsch zu retten.« Seine herablassende Art erinnert mich an unseren Vater, kein Wunder, dass sie so enge Geschäftspartner waren. Und kein Wunder, dass ich ihn schon als kleiner Junge nie leiden konnte, wenn er zu Besuch war und unsere Mutter wie Abschaum behandelt hat. Er war der erste Mensch, bei dem das Wort Abscheu für mich an Bedeutung gewonnen hat.

»Ich rede mit Reed und melde mich dann.«

Im selben Moment, in dem ich auflege, betritt Selbiger mein Büro im Club. »Wer war das?« Er greift in seine Jackentasche und zieht eine Zigarre heraus, die er sich zwischen die Lippen schiebt.

»Vincent. Er ist nur noch bis Dienstag in der Stadt, um uns zu treffen.« Der Ausdruck auf dem Gesicht meines Bruders versetzt mich in Alarmbereitschaft. Immer, wenn er so zufrieden aussieht, hat er kurz zuvor irgendjemandem das Leben ruiniert. Ich hoffe, nicht das von Paige. Bis jetzt hatte ich noch keine Zeit, mit ihr zu reden, aber ich bin mir sicher, dass sie mehr für ihn empfindet, als sie sollte. Mehr, als irgendeine Frau für ihn empfinden sollte. Das, was ich seit ihrem ersten Flirt befürchtet hatte, ist nun eingetreten.

»Perfektes Timing, Bruderherz. Ich habe nämlich gerade dafür gesorgt, dass dir keine Ablenkungen mehr dazwischenkommen. Dank mir später.« Siegessicher zündet er die Zigarre an und in Sekundenschnelle verpestet er den gesamten Raum mit dem Geruch nach Rauch. Wenn es etwas gibt, das mich immer an unseren Vater erinnert, ist es der Zigarrenqualm, den Mom so gehasst hat. Irgendwann habe ich angefangen, ihn ebenfalls zu hassen. Reed hingegen hat ihn benutzt, um sich jeden Tag selbst daran zu erinnern, dass unser Vater den Tod verdient hat.

»Was hast du angestellt?« Mein Kiefer ist angespannt, während er kaum gelassener aussehen könnte. Ging ich bis eben noch davon aus, dass er Paige verletzt hat, weiß ich es jetzt besser. Er muss von Evelyn reden, sie ist die einzige Person auf der Welt, die mich momentan wirklich ablenkt.

»Was hast du getan?« Jetzt packe ich ihn am Kragen seines Hemdes, aber er grinst mich nur an, als wäre das hier eine dämliche Rauferei unter Kindern. Früher haben wir uns geprügelt, um uns zu beweisen, wer der Stärkere ist. Um herauszufinden, wer die Oberhand hat. Um Dad stolz zu machen, wenn man gewonnen hat. Heute geht es schon lange nicht mehr darum. Heute geht es nur noch darum, wie er mir das Leben ruinieren kann. Und jedes Mal bin ich es, der ihm jeden Scheiß verzeiht, weil ich nach Entschuldigungen für sein Verhalten suche.

»Siehst du, wie sie dich in der Hand hat? Klar, der Dreier war geil und ich verstehe, wieso du sie ficken willst, ehrlich. Aber was sollen diese albernen Gefühle dazwischen?« Reeds Augen verengen sich, während er auf eine Antwort wartet.

Das Blut rauscht durch meine Ohren und ich muss mich zusammenreißen, meine Faust bei mir zu behalten und ihm nicht einfach den Kiefer zu brechen. Ich bin diese albernen Machtkämpfe leid. »Niemand hat mich in der Hand. Und jetzt sag mir, was du angestellt hast. Hast du ihr wieder gedroht?«

Sein Lachen ist eiskalt.

Meins nicht mehr vorhanden.

»Musste ich gar nicht. Ich musste ihr nur sagen, dass deine Liebe einer anderen gehört und schon ist sie wie ein verletzter Teenie aus dem Restaurant gerannt. Die Kleine spinnt, Jace. Sei froh, dass du sie los bist. Du hättest mal sehen sollen, wie sie mich angesehen hat. Wie ein getretener Welpe.« Als ich meinem Bruder das nächste Mal ins Gesicht sehe, wird der Drang, ihm eine reinzuhauen, noch größer.

Und doch weiß ich, dass diese sinnlosen Prügeleien zu nichts führen werden. Ich werde ihn niemals von mir stoßen und er wird sich nie ändern. Im Leben gibt es Bindungen, die sind gut oder schlecht. Doch dann gibt es noch die, die einst gut waren und zu Gift wurden. Die zwischen meinem Bruder und mir gehört in die letzte Kategorie.

»Ich wünsche dir, dass du auch mal jemanden findest, der dir etwas bedeutet. Und dann werde ich nicht zögern, es dir wieder wegzunehmen.« Damit lasse ich von ihm ab.

»Mir bedeutet aber niemand etwas. Ich bin nicht dumm, Jace. Gefühle machen uns angreifbar. Schwach. Sie machen uns zu Marionetten – und scheiße, ich werde niemals an irgendeinem beschissenen Seil hängen.«

»Und du klingst wie unser Vater«, spotte ich und erkenne meinen Bruder kaum noch wieder. Es ist, als würde er mit jedem Tag, der vorbeigeht, mehr und mehr zu ihm mutieren. Zu dem, was wir beide am meisten verabscheuen. Jetzt ist er es, der mich am Kragen packt. Mit eiskalter Wut in seinen Augen, die seinen ganzen Körper unter Strom stellt, blickt er mich bohrend an.

»Vergleich. Mich. Nie. Wieder. Mit. Ihm.«

Schon seit dem Selbstmord unseres Vaters reicht eine Anspielung auf ihn, um Reed an die Decke gehen zu lassen. Anfangs dachte ich, dass ihm sein Tod nichts ausmacht, mittlerweile glaube ich, dass er einfach nie damit abgeschlossen hat.

Während ich mich den Dingen gestellt und alles für diese lächerliche Beisetzung geplant habe, zu der nur Leute kamen, um den Schein zu wahren, hat er sich nur volllaufen und einen blasen lassen.

»Dann benimm dich nicht wie er.« Ich stoße Reed von mir weg, gehe zu meinem Schreibtisch und ziehe die erste Schublade auf. An oberster Stelle liegen sie – seiner immer noch unangetastet, meiner schon so oft gelesen, dass die Farbe bereits verblasst ist. Ich nehme den Umschlag mit seinem Namen heraus und werfe ihn ihm vor die Füße. »Du wolltest ihn nie lesen, aber ich glaube, dass du nur damit abschließen kannst, wenn du weißt, was er dir noch sagen wollte, bevor er den Abzug gedrückt hat.«

Reed starrt den Umschlag vor seinen Füßen an wie eine verrottende Leiche, regt sich aber kein bisschen. Eine Weile warte ich noch, bis er ihn aufhebt, aber als nichts dergleichen passiert, gebe ich den Kampf auf.

Ohne noch etwas zu sagen, gehe ich aus dem Büro und lasse Reed allein zurück. Allein mit den letzten Worten unseres Vaters, bevor er sich die Birne vor meinen Augen weggepustet hat.

Ich nehme mein Handy heraus und wähle Eves Nummer in der Hoffnung, dass Reed nur geblufft hat. Eine Hoffnung, die stirbt, als sie mich Sekunden später wegdrückt.

Kapitel 19

Evelyn

»Er klopft jetzt schon seit einer halben Stunde an, Süße. Soll ich die Cops rufen oder ihm selbst den Arsch aufreißen?« Ohne zu zögern, schüttle ich den Kopf. Auch wenn ich ihn gerade nicht sehen will, muss ich ihm nicht gleich die Bullen auf den Hals hetzen. Vor allem nicht, da ich weiß, was in seinem Club abgeht. Ich kann mir kaum vorstellen, dass die zahlreichen Lines, die auf den Bartischen gezogen werden, legal sind. Und wenn Jace und Reed hochgenommen werden, würde ich Paige ihre ganze Familie nehmen, nur, weil ich verletzt bin. Weil ich zu unvorsichtig mit meinen Gefühlen war.

»Was soll ich sonst tun? Rausgehen, ihm etwas ins Maul stopfen und die Treppe herunterschubsen? Glaub mir, ich sehe vielleicht nicht stark aus, aber ich kann es sein.« Wieder verneine ich. Erneut klopft es an der Tür, dieses Mal noch lauter als die fünfzig Male zuvor. Ja, ich habe mitgezählt, so verzweifelt fühle ich mich. Pete verdreht die Augen, als Klopfen Nummer einundfünfzig ertönt. »Eve, ich weiß, dass du da bist. Mach die Tür auf.« Pete antwortet an meiner Stelle. »Weißt du, was ich weiß? Dass du ein Arschloch bist. Also verpiss dich endlich.« Ein Lachen dröhnt durch die Tür, das nicht unbedingt freundlich klingt.

»Ich gehe nicht weg, ehe diese Tür auf ist. Und wenn ich sie eintreten mu-«

»Lass ihn rein«, platzt es aus mir heraus. Mein bester Freund sieht mich mit hochgezogenen Brauen an, aber mein Entschluss steht fest. Das Letzte, was ich will, ist eine eingetretene Tür, immerhin ist sie das Einzige, was mich vor den verrückten Studenten da draußen bewahrt und mir meinen sicheren Kokon schafft.

»Sicher?«

Mein Nicken kommt zögernd, ist aber ernst gemeint. Pete pustet die angestaute Luft aus, geht zur Tür und öffnet sie.

Als ich Jace sehe, dessen Blicke mich direkt treffen, sticht es in meiner Brust. Fast, als würde Reed vor mir stehen und das Messer ganz langsam herumdrehen, das er mir vorhin im Restaurant verpasst hat.

»Wenn sie will, dass du gehst, gehst du. Verstanden?« Es ist süß, wie Pete mich beschützen will und mir wird ganz warm ums Herz. Jace antwortet nicht, stattdessen schiebt er sich an ihm vorbei und kommt auf mich zu. Mein Mitbewohner folgt ihm mit

235

seinen Argusaugen, aber ich gebe ihm zu verstehen, dass ich allein klarkomme. Ganz sicher will ich nicht vor ihm über diese ganze Scheiße reden.

»Wenn etwas ist: Ich bin in der Küche.« Pete schnappt sich sein Handy, hält es demonstrativ als Zeichen für mich in die Höhe, und verschwindet dann. Sobald wir allein im Raum sind, erstickt es mich fast. Jace' Ausdruck ist hart und weich zur selben Zeit. Während seine Lippen fest aufeinandergepresst sind, zeigen seine Augen etwas anderes ... Reue? Bereut er etwa, dass er etwas mit mir angefangen hat?

»Was genau hat mein Bruder dir erzählt, Evelyn?« Die Art und Weise, wie er meinen Namen ausspricht, erschüttert jede Zelle meines Körpers. Als wir uns das letzte Mal gesehen haben, lag ich nackt in seinen Armen, nachdem wir miteinander geschlafen haben. Das war nach der Nacht mit ihm und seinem Bruder im Club.

Jace sagte mir, dass er froh ist, mich wieder für sich allein zu haben und ich habe mich besonders gefühlt. Vielleicht war das der Augenblick, in dem aus der Schwärmerei mehr wurde, als ich hätte zulassen sollen. Da lief alles aus dem Ruder.

»Nichts Wichtiges«, lüge ich. Wäre es nicht wichtig für mich, hätte ich die letzten zwei Stunden wohl kaum heulend in meinem Bett verbracht. Ich wäre bei Paige sitzen geblieben und hätte Reed einfach ignoriert, genau so, wie er es verdient hat. Jemandem wie ihm sollte man keine Beachtung schenken. »Er hat dir von ihr erzählt«, schlussfolgert er von allein und wieder schnürt sich meine Kehle zu.

Das passiert jedes Mal, wenn ich daran denke, dass ich nur ein Zeitvertreib war. Auch wenn wir nie benannt haben, was das mit uns bedeutet, will ich nicht eine von vielen sein. Und hätte Paige mir nicht gesagt, dass er anders als sein Bruder ist, hätte ich mich nie auf dieses Spiel eingelassen.

Meine Antwort steckt im Hals fest, also belasse ich es bei diesem peinlichen Schweigen. Jace geht vor meinem Bett auf die Knie, als würde er mit einem kleinen Kind sprechen, das nicht zum Abendessen kommen will, weil es schmollt.

»Ich würde dir gern etwas zeigen.« Seine Hand berührt meinen Oberschenkel und diese flüchtige Berührung unserer Körper sorgt schon wieder für einen Hitzeschub in meinem Inneren. Wie lästiges Fieber bahnt es sich durch meine Gliedmaßen.

»Und ich würde gern allein sein«, antworte ich trotzig. Na wunderbar, da kriege ich endlich wieder einen Ton heraus und dann benehme ich mich wie eine verdammte Vierzehnjährige. Jace' Mundwinkel zuckt und ich hasse, wie gut mir dieser Anblick gefällt. Hasse, dass es die Flügel der Schmetterlinge in meinem Bauch wieder zum Schlagen bringt.

»Ich könnte dich auch zwingen, mitzukommen.« Seine Drohung trifft mich nicht im Geringsten und doch stemme ich mich hoch und stehe auf, wohl darauf bedacht, ihn dabei nicht zu berühren.

»Worauf warten wir dann noch? Bringen wir es hinter uns.« Ich stapfe zur Tür und höre an seinen dumpfen Schritten, dass er mir folgt.

***

»Und was zur Hölle machen wir hier?« Es ist kurz vor zwei Uhr am Nachmittag und wenn ich dachte, dass er mich zum Club bringen würde, um mir seine wahre Liebe vorzustellen, habe ich mich getäuscht. Das hier ist weiter davon entfernt, als ich mir vorstellen kann. Wir stehen auf einem Parkplatz in einer verkehrsberuhigten Straße und starren das rote Backsteingebäude vor unseren Nasen an.

Allein in seinem Pick-up zu sitzen, in dem wir zum ersten Mal miteinander geschlafen haben, bringt mich völlig aus dem Konzept. Erinnerungen prasseln auf mich ein wie warmer Regen, der sich gut anfühlt. Viel besser als die Tränen, die ich in den letzten Stunden seinetwegen geweint habe.

»Ich zeige dir, wen Reed meinte.« Jace starrt den grün gestrichenen Zaun an, der an das Gebäude grenzt, und als die Uhr auf vierzehn springt, rennt eine Schar voller Kinder auf das Grundstück. Mädchen und Jungen verschiedenen Alters sprinten zu dem großen Spielplatz und streiten sich darum, wer als Erstes rutschen darf. Der Anblick verwirrt mich und fast bin ich gewillt, einfach auszusteigen und abzuhauen, weil Jace mich zu verarschen scheint. Das laute Gebrüll der Kinder überlagert meine Gedanken und lähmt meinen Körper, also bleibe ich neben ihm sitzen.

»Du hast mich zu einem Kindergarten gebracht?«, frage ich perplex und sehe die Zwerge an, deren größten Sorgen es sind, dass sie in der Schlange anstehen müssen, bevor sie ihre Hintern über die Rutsche schieben können. Seit drei Jahren wünsche ich mir diese Unbeschwertheit schon zurück. So oft wünsche ich mir, wieder ein Kind zu sein. Jace hält nach jemandem Ausschau, und als sich sein Gesichtsausdruck aufwärmt, wird meine Kehle wieder etwas freier.

»Siehst du das Mädchen links unter dem Baum? Das in dem roten Kleid und dem Kinderbuch in der Hand?« Mein Blick huscht zu der Eiche, unter dem eine kleine Bank steht. Das Mädchen hat zwei hoch gebundene Zöpfe, ihre kleinen Beine sind verschränkt und wippen vor und zurück, während sie in ihrem bunten Buch liest. Im Gegensatz zu den anderen Kindern scheint ihr die Rutsche völlig egal zu sein. Sie ist lieber für sich, und obwohl sie zu den Kleinsten von ihnen gehört, wirkt sie auf mich am ältesten.

»Sie ist süß«, sage ich gedankenversunken. »Aber ich verstehe nicht, was das mit dir zu tun hat, Jace. Keine Ahnung, wieso du mich hergebracht hast, aber ich bin nicht mitgekommen, um wie ein Spanner kleine Kinder zu beobachten.«

Jace sieht das Mädchen einen Moment an, bevor er sein Portemonnaie herausholt und mir ein Foto darin zeigt. Dasselbe Mädchen grinst breit in die Kamera. Ihre Nase ist voller Sommersprossen und eine breite Zahnlücke lässt ihr Lachen unwiderstehlich wirken.

»Ihr Name ist Maya.« Während ich mit dem Daumen über das Foto fahre, spüre ich seine Blicke auf mir. Und je länger ich hier vor diesem Kindergarten sitze, desto klarer wird mir, was Jace mir eigentlich sagen will. Mit aufgerissenen Augen sehe ich zwischen dem kleinen Mädchen und dem Mann neben mir hin und her. Sie haben dieselben goldenen Augen. Das hier ist alles andere als ein Scherz.

»Sie ist von dir?« Meine Stimme gleicht einem Hauchen, weil ich zu mehr nicht imstande bin. Jace nickt und sieht wieder zu seiner Tochter, die immer noch in ihr Buch versunken ist, während die Erzieher versuchen, die anderen Kinder an der Rutsche zu bändigen und sie daran zu hindern, sich die Köpfe einzuschlagen.

»Wieso hat Reed dann behauptet …«

»Wieso Reed Dinge sagt, habe ich schon lange nicht mehr hinterfragt. Er will nicht, dass wir uns treffen, also weiß er genau, was zu tun ist. Als er von dieser einen, speziellen Liebe sprach, meinte er Maya damit.« Wieder vergleiche ich das Mädchen mit Jace und mir fallen immer mehr Ähnlichkeiten auf. Sie haben dieselbe Lippenform und ihre Haare sind genauso haselnussbraun wie seine.

»Was ist mit der Mutter?«, hake ich zögernd nach. Immerhin fällt so ein Kind bekanntlich nicht vom Himmel und wird auch nicht vom Storch gebracht, auch wenn ich dieses Ammenmärchen damals wirklich geglaubt habe, als Mom es mir auf der Fahrt zu einem Freizeitpark zum ersten Mal erzählt hat. Jace atmet tief durch.

»War nur ein One-Night-Stand. Aber als sie mir gebeichtet hat, dass sie schwanger ist, war mir klar, dass ich für das Kind da sein werde. Ich war weder bereit dafür, diese Verantwortung zu übernehmen, noch, meine Freiheit in irgendeiner Weise aufzugeben, aber ich konnte nicht anders. Nicht, als ich das erste Ultraschallbild in der Hand hielt.« War eben noch diese Kälte in meinem Herzen, wird sie jetzt durch Wärme ersetzt. Wärme, die den Mann neben mir noch attraktiver für mich macht, weil er diese Liebe in seinen Augen trägt, wenn er von seiner Tochter spricht.

»Warst du deshalb eine Woche lang spurlos verschwunden?« Ich erinnere mich daran, als wäre es gestern gewesen. Es war kurz nach unserem Ausflug zu den Gleisen, als er einfach untergetaucht ist, ohne sich zu melden. Paige und Reed wollten mir nicht sagen, wo er ist. Jetzt weiß ich, wieso. »Ich habe sie einmal im Monat und klinke mich dann aus allen Geschäften aus.

Die Uni und der Club müssen dann warten. Keiner aus dem Business weiß von ihr, weil ich nicht will, dass sie irgendwer als Druckmittel benutzt. Ich weiß, wie es ist, in dieser Scheiße groß zu werden und das will ich ihr nicht zumuten. Ihre Kindheit soll nicht so düster sein wie meine.« Mir fällt eine tonnenschwere Last von den Schultern, was Jace zu meinem Bedauern direkt bemerkt. Auf keinen Fall will ich wie ein offenes Buch für ihn sein, aber es ist zu spät.

»Wenn du mehr über sie wissen willst, kannst du mit zu mir kommen. Ich werde all deine Fragen beantworten.« Sein Vorschlag lässt meinen Puls direkt wieder ansteigen. Kurz will ich absagen, weil ich die Information erst einmal verarbeiten muss, aber mein Körper ist schneller als ich. Genau genommen: mein Mund.

»Ich würde gern mehr über deine Tochter erfahren.« Ein letztes Mal sehe ich das süße Mädchen unter der Eiche an, bevor Jace den Motor startet und losfährt.

***

»Wie alt ist sie?« Die gesamte Fahrt über habe ich ihn schon mit Fragen durchlöchert und doch bin ich noch nicht im Ansatz fertig, immerhin erfährt man nicht jeden Tag, dass der Mann, für den man eine Schwäche hat, schon Vater ist. Jace öffnet den Wagen, kommt um die Motorhaube herum und hilft mir aus dem Pick-up.

Seite an Seite steuern wir das Haus der Blacks an, in dem ich erst einmal war und immer noch nicht glauben kann, dass all das den Brüdern allein gehören soll.

»Sie wird nächstes Jahr drei«, antwortet er und der Stolz steht ihm immer noch ins Gesicht geschrieben. Ich fand Männer mit Kindern schon immer attraktiv, aber Jace ist eine ganz andere Hausnummer. Es ist, als würde dieses kleine Mädchen ihn zu einem anderen Menschen machen. Wo er sonst immer undurchschaubar wirkt, könnte er jetzt kaum offener mit mir reden. Der wundeste Punkt eines Menschen ist immer sein eigenes Kind.

Er stößt die große, graue Eingangstür auf, und als wir eintreten, ahne ich sofort, dass etwas nicht stimmt. Nur wenige Sekunden später ertönt ein lautes Scheppern aus dem Wohnbereich, das meine Vorahnung verstärkt. Jace schiebt mich hinter sich und gemeinsam schleichen wir uns in den Wohnbereich. Der Boden ist übersät mit kleinen Scherben von zerbrochenem Porzellan, Bücher und Hefte liegen in zerrissenen Fetzen daneben.

Als wir eintreten poltert es erneut.

Nicht nur im Haus, sondern auch in meiner Brust.

Mein Herz rast und mein Körper versucht, sich auf das vorzubereiten, was gerade passiert. Entweder ich muss kämpfen oder fliehen. Jace legt seine Hand vor meinen Mund, damit ich still bin, und zieht mich dicht an sich heran. Keine Ahnung, wer hier eingebrochen ist, aber er hat die gesamte untere Etage zerstört. Der Sessel ist umgeworfen, die Gardinen von der Wand gerissen und auf dem Boden vor dem Sofa liegt eine Bourbon Flasche, deren Inhalt sich in einer Lache auf ihm verteilt hat.

»Sieh ma einer an«, lallt es plötzlich, und den Schrei in meiner Kehle halte ich in letzter Sekunde zurück, als ich Reed am Boden hinter dem Sofa entdecke. Seine gesamte linke Gesichtshälfte ist blau angelaufen, Blut rinnt aus der Wunde an seiner Stirn und aus seinem linken Mundwinkel. Jace ist sofort bei ihm, fällt auf die Knie und stützt ihn. Die Anspannung fällt von mir ab und ich war noch nie so froh, Reed zu sehen.

»Hey.« Sanft klopft Jace gegen seine unversehrte Gesichtshälfte, aber er scheint ohnehin nicht mehr viel zu spüren. Neben ihm liegt eine weitere geleerte Flasche. Mit dem Unterschied, dass der Inhalt in seiner Blutbahn zu sein scheint und nicht am Boden liegt.

»Mit wem hast du dich wieder angelegt?«

Meine Schultern zittern, so wie mein ganzer Organismus, der erst einmal herunterfahren muss. Ich sehe mich hier drin um und erkenne den Raum kaum wieder. Was zur Hölle hat ihn dazu getrieben, sein eigenes Zuhause derart zu zerstören? Dass er ein Problem mit seinen Aggressionen hat, wusste ich, aber ich dachte immer, er lässt sie nur an unschuldigen Menschen wie mir aus.

»Reed, hörst du mich?«

Wieder klopft Jace gegen seine Wange.

»Klar un deutlisch«, nuschelt er, der mich jetzt diabolisch angrinst. Blut hat sich zwischen seinen Zähnen gesammelt und lässt ihn aussehen wie ein Massenmörder in einem schlechten Horrorfilm.

»Du bis ja immer noch hier«, stellt er lachend fest, wird aber letztendlich von einem Husten übermannt, der ihm die Sprache verschlägt. Blut spritzt aus seinem Mund, und als Jace mich bittet, ihm zu helfen, greife ich Reed unter die Arme und stütze ihn.

»Lass ihn uns nach oben ins Bett tragen, damit er seinen Rausch ausschlafen kann.« Nickend folge ich seinen Anweisungen und gemeinsam schaffen wir es irgendwie, ihn in die zweite Etage zu bringen. Hier oben sieht es genauso edel aus wie unten, nur intimer. Kleiner und weniger offen.

Wir schleifen Reed in sein Schlafzimmer, hieven ihn aufs Bett und es tut mir fast leid, zu sehen, wie er sich vor Schmerzen krümmt. Anscheinend lässt die Betäubung durch den Alkohol langsam nach und die Gefühle kommen zurück.

Jace zieht seinem Bruder die Stiefel aus und wirft sie in die Ecke, während ich mir eine Decke vom Stuhl schnappe und über ihn lege. Kaum zu glauben, dass ich mir überhaupt noch die Mühe mache, nachdem er mich heute zum wiederholten Mal als seinen Punchingball benutzt hat.

Gerade als ich mich aufrichte, um zu gehen, schnappt Reeds Hand nach meinem Unterarm. Sein Blick ist auf mich gerichtet, doch das erste Mal seit ich ihn und seinen Bruder kenne, fehlt von der selbstgefälligen Art jede Spur. Stattdessen sehe ich nicht nur die optische Ähnlichkeit in den Augen der Brüder, sondern mehr.

»Es tut mir leid, Evelyn«, flüstert er und mit jedem Wort scheinen die Schmerzen wieder zu ihm zurückzukehren. Erst will ich nachfragen, ob ich mich verhört habe, lasse es aber sein. Er ist betrunken und das ist die einzige Erklärung dafür, dass er sich gerade tatsächlich bei mir entschuldigt hat, nachdem er mich in den letzten Wochen immer wie Dreck behandelt hat.

»Du bist wirklich zäh«, setzt er noch hinterher und zieht den unversehrten Mundwinkel in die Höhe. Auch wenn ich immer noch Wut empfinde, wenn ich ihn ansehe, ringe ich mir ein Lächeln ab. Immerhin wäre das gerade kein faires Duell auf Augenhöhe.

»Und du bist wirklich ein Arsch«, kontere ich mit einem breiten Grinsen. Reed rollt sich auf die Seite und zwinkert mir zu. Als seine Augen zufallen, murmelt er ein »Ich weiß« und ist dann innerhalb von Sekunden eingeschlafen. Seine Hand rutscht von meinem Arm herunter, ich ziehe die Decke bis zu seinen Schultern und sehe ihn noch einen Moment an. Mit den Wunden in seinem Gesicht sieht er nicht nur äußerlich verletzlich aus, sondern vor allem innerlich.

»Das ist alles meine Schuld. Ich habe die falschen Knöpfe bei ihm gedrückt.« Jace steht am Fenster, die Beine hat er überkreuzt, genau wie seine Arme. Sein Blick ist stur auf seinen Bruder gerichtet und von der Unbeschwertheit auf dem Weg hierher ist nicht mehr viel übrig.

Waren wir eben so offen miteinander wie bisher noch nie, trägt er jetzt wieder diese Maske auf seinem Gesicht. Im Club habe ich mir irgendwann die Anonymität hinter der Maske gewünscht, aber im Moment will ich nichts mehr verstecken. Nicht vor ihm. Aber vor allem soll er nichts mehr vor mir verbergen.

»Wieso ist es deine Schuld, wenn er sich volllaufen lässt und sich prügelt? Soweit ich weiß, passiert das ständig mit ihm.«

Langsam gehe ich auf Jace zu, ohne zu wissen, was er gerade braucht. Will er, dass ich gehe? Oder braucht er meine Nähe? Zögernd stehe ich vor ihm, doch als er mich schließlich in seine Arme zieht, kenne ich die Antwort. Er braucht mich genauso sehr wie ich ihn an meinen schlimmen Tagen brauchte.

Wenn meine Mutter mich an das Loch in meinem Herzen erinnert hat, wollte ich bei ihm sein. Wollte, dass er mich ablenkt und mir die Gedanken nimmt. Und jedes Mal hat er es geschafft, sie zum Schweigen zu bringen. Auf seine Weise. Vielleicht kann ich das für ihn sein, was er für mich ist.

»Ich habe ihm den Abschiedsbrief unseres Vaters gegeben. Mir war klar, dass er so reagieren würde, ich hätte ihn ihm nicht geben sollen. Nicht jetzt, wo er sowieso in übler Verfassung ist ...« Das erste Mal spricht er über den Tod seines Vaters.

»Hey.« Ich stelle mich auf die Zehenspitzen und stoppe seine Selbstvorwürfe im Keim mit meinen Lippen. Die Berührung ist nur kurz, aber sie reicht.

»Es ist nicht deine Schuld, okay? Paige hat mir erzählt, dass Reed der Impulsivere von euch beiden ist.« Seufzend werfe ich einen Blick auf ihn. Mittlerweile sieht er richtig friedlich aus – jedenfalls, wenn man die blauen Flecke und das Blut ignoriert, das jetzt das Kopfkissen befleckt. Einer sollte es morgen direkt waschen.

»Wie auch immer ... ich sollte das Chaos unten beseitigen, bevor Paige heimkommt und es sieht. Ich will nicht, dass sie sich noch mehr Sorgen macht. Sie kann sowieso kaum noch schlafen, weil er ständig Schlägereien anzettelt.« Jace gibt mir einen Kuss auf die Stirn, der sich gerade so gut und viel zu surreal anfühlt, und verlässt den Raum. Während ich einen letzten Blick auf Reed werfe, fällt mir etwas auf, das meine Aufmerksamkeit magisch an sich zieht.

Wie in Zeitlupe gehe ich zu dem schwarzen Stoff auf der hellen Couch neben seinem Bett. Meine Finger greifen automatisch nach der gefalteten Jacke, und als ich den Flicken am rechten Ärmel entdecke, entweicht mir die komplette Luft aus den Lungen. Zitternd fahre ich mit den Fingern über den Stoff, über den kühlen Reißverschluss und taumle ein paar Schritte zurück.

Ich kenne diese Jacke.

Ich kenne das Gefühl an meinen Fingern, weil ich sie mir damals so oft ausgeliehen habe, ohne um Erlaubnis zu fragen. Weil ich es liebte, wie weich sie ist.

Ich kenne den hellblauen Flicken, weil ich es war, die ihn ausgesucht hat, nachdem ich sie kaputtgemacht habe. Gedanken rasen so laut, dass ich keinen davon greifen kann, und als ich das kleine Brandloch entdecke, das kurz vor ihrem Verschwinden entstanden ist, weil sie auf einer Party zu dicht am Feuer gesessen hat – direkt neben mir -, wird mir schwarz vor Augen. Meine Schwester hat diese Jacke an dem Tag getragen, als sie verschwunden ist. Vor drei Jahren.

Kapitel 20

»Ich dachte schon, du hast dich neben Reed gelegt und bist eingeschlafen«, sage ich lachend, auch wenn mir nicht zum Lachen zumute ist, während ich das Chaos im Wohnbereich beseitige, das mein Bruder hinterlassen hat. Ich hätte wissen müssen, dass er nicht bereit für den Brief ist und doch habe ich ihn ihm vor die Füße geworfen und dann auch noch allein damit gelassen. Das hier geht auf meine Kappe. Weil ich Eve im Glas der Fensterscheibe sehen kann, sie aber nichts sagt, drehe ich mich um.

Sie steht wie ein Geist in der Tür, ihre Haut ist blasser als eben noch und ich erkenne die Spuren von Tränen auf ihren Wangen. In ihrer Hand hält sie eine Strickjacke, die sie eben ganz sicher noch nicht bei sich hatte. Immer, wenn sie bei mir ist, konzentriere ich mich auf alles. Diese Jacke wäre mir definitiv aufgefallen, wenn sie sie getragen hätte.

»Was ist los?« Ohne zu zögern, lasse ich die Flasche am Boden liegen und gehe zu ihr. Als ich sie berühre, zuckt sie heftig zusammen und ich bekomme Panik. Was zur Hölle ist passiert, als sie noch oben war? In meinem Kopf male ich mir die schlimmsten Szenarien aus. Darüber, dass Reed aufgewacht ist und sie wieder bedroht hat. Dass er ihr wehgetan hat, weil er sich nicht mehr unter Kontrolle hat. Vor allem nicht, wenn er besoffen ist.

»Die Jacke.« Schniefend presst sie sich diese gegen die Lungen, als würde sie diesen Stofffetzen zum Atmen brauchen. Verwirrt starre ich die Jacke an, die ich bis jetzt noch nie gesehen habe. Weder an ihr noch in diesem Haus.

»Was ist damit? Wo hast du die her?« Eve wischt sich mit dem Ärmel ihres dünnen Pullis die Tränen weg. »Die lag in Reeds Zimmer«, schluchzt sie und drängt sich an mir vorbei. Vor mir beginnt sie, auf und ab zu laufen. »Und? Vielleicht gehört die Pai-« Zu mehr komme ich nicht.

»Du verstehst es nicht, Jace! Die Jacke?« Sie hält sie demonstrativ in die Höhe. »Die gehört meiner Schwester!« Neue Tränen kullern über ihre Wangen. Sah sie vorhin noch so zufrieden aus, als ich ihr im Auto von Maya erzählt habe, könnte sie jetzt kaum panischer sein.

»Deiner Schwester? Die vor -«

»- vor drei Jahren spurlos verschwunden ist, ja! Was zur Hölle macht ihre Jacke hier, Jace?« Weil es aussieht, als würde sie gleich vor mir zusammenbrechen, gehe ich auf sie zu und stütze sie. Nehme sie in den Arm und gebe ihr Halt, während sie an meiner Schulter weint. Ihr Körper bebt und ihr Gesicht ist in meinem Hoodie vergraben.

»Was macht ihre Jacke hier, Jace?«, wispert sie wieder, und ich kann nicht erkennen, ob das in ihrer Stimme Hoffnung oder Angst ist. Hoffnung, weil sie glaubt, dass sie ihre Schwester endlich gefunden hat oder Angst, dass es sie wieder nur in eine Sackgasse führt.

»Ich weiß es nicht.« Sachte schiebe ich sie an den Schultern zurück und sehe sie an. »Wie sicher bist du dir, dass sie ihr gehört?«

Evelyn fuchtelt an der Jacke herum und zeigt mir eine Stelle an einem der Ärmel, die mit einem blauen Flicken versehen ist. »Den habe ich damals ausgesucht. Und hier!« Sie zeigt mir ein kleines Loch am unteren Ende. »Das ist entstanden, weil sie zu nah am Lagerfeuer saß. An dem Abend war ich bei ihr. Und als sie verschwunden ist, war das die Jacke, die sie anhatte.«

Ihre Haut ist immer noch ganz weiß, die lilafarbenen Schatten unter ihren Augen werden immer stärker. »Wir finden morgen heraus, was es damit auf sich hat, okay? Momentan ist Reed ohnehin nicht ansprechbar. Du kannst hier schlafen, wenn du willst.« Ihr Nicken kommt schneller als erwartet und dann schmiegt sie sich wieder wimmernd an mich. Ich halte sie, während sie die Jacke hält, als würde ihr Leben davon abhängen.

»Was, wenn sie wirklich noch lebt, Jace?« Mit ihren verweinten Augen sieht sie zu mir auf und die Hoffnung in ihnen ist zum Greifen nah. Ich lege meine Hand an ihren Nacken und küsse ihre Stirn. Kann nur hoffen, dass mein Bruder ihre Hoffnung nicht mit seinen Händen zerquetscht. »Dann werden wir sie finden.«

Kapitel 21

Ich hatte in den letzten Jahren ohne Stacy viele schlaflose Nächte. Nächte, in denen ich an meinem Fenster darauf gewartet habe, dass sie zur Einfahrt reinkommt und sich zu mir ins Bett legt, um mir von ihren neuesten Abenteuern zu erzählen.

Nächte, in denen ich ihre Bilder auf meinem Handy angestarrt und mir gewünscht habe, dass ich ihr eines Tages wieder richtig ins Gesicht sehen kann.

Und Nächte, in denen ich mir sicher war, dass sie gegangen ist. An einen besseren Ort. Diese Nächte waren in letzter Zeit die häufigsten. Die Vorstellung, dass sie irgendwo da oben ist und auf mich wartet, hat mich das durchstehen lassen.Doch heute Nacht war alles anders. Heute Nacht hatte ich zum ersten Mal wieder Hoffnung.

Jace liegt neben mir und schläft, während ich Stacys Jacke nehme und unter meinen Kopf lege, damit sie näher bei mir ist, während ich ihn beobachte. Er sieht selbst beim Schlafen schön aus. »Gefällt dir, was du siehst?«, fragt er grinsend und ich fühle mich ertappt, höre aber auch nicht auf, ihn anzusehen. Der Anblick beruhigt mich und Beruhigung brauche ich gerade dringender denn je.

»Habe schon Schöneres gesehen«, lüge ich und kann mein Lächeln nicht verstecken. In Sekundenschnelle hat Jace seinen verschlafenen Zustand verlassen, rollt sich auf mich und drückt mich mit vollem Gewicht in die Matratze. Sein warmer Körper presst sich gegen mich und ich wünschte, wir könnten einfach liegen bleiben und Pause drücken. Aber er weiß genau wie ich, dass das nicht geht. Nicht nach letztem Abend. Nicht, nachdem ich ihre Jacke in Reeds Zimmer gefunden habe und nicht weiß, was all das zu bedeuten hat. Wie sie da hinkam und ob es bedeutet, dass sie wirklich noch am Leben ist. Dass sie die ganze Zeit hier war.

»Konntest du wenigstens ein bisschen schlafen?«, fragt er mich und seine raue Stimme bringt mich um den Verstand, dabei brauche ich gerade ihn heute am meisten. Wenn wir mit Reed reden, werde ich wissen, ob es sich nur um ein riesiges Missverständnis handelt oder ob meine Hoffnungen alle berechtigt waren.

»Nicht wirklich.«

Im nächsten Moment wird Jace' Schlafzimmertür aufgerissen, und als Reed ins Zimmer tritt, erschreckt es mich, wie übel sein Gesicht bei Tageslicht aussieht.

Es leuchtet in den schillerndsten Blautönen und über Nacht sind einige Stellen grün geworden.

War gestern noch eine weiche Seite in seinen Augen zu erkennen, strotzen sie jetzt wieder vor Selbstgefälligkeit. Kaum zu glauben, dass ich seine betrunkene Anwesenheit besser leiden kann als seine nüchterne. Meistens ist es bei mir eher andersrum.

»Guten Morgen, Turteltäubchen«, begrüßt er uns und klingt dabei durch seine aufgeplatzte Lippe anders als sonst. Weniger bedrohlich.

Ich steige aus dem Bett, ohne mich darum zu kümmern, dass er mich im String sieht – immerhin sind wir über diesen Punkt schon hinaus. Ein Pfiff ertönt aus seiner Kehle. Er benimmt sich, als hätte es den gestrigen Abend nicht gegeben. Als hätte ich ihn nicht am Boden liegen sehen.

Während Jace in seine Jeans steigt, schlüpfe ich in meine Leggings und das alte, viel zu große Volbeat-Shirt. Als ich bekleidet bin, stapfe ich zu Reed herüber und presse ihm die Jacke in die Hand.

»Wo hast du die her?« Ich sollte nicht so wütend klingen, aber in seiner Gegenwart fällt es mir schwer, eine andere Tonlage zu benutzen. Reed schenkt der Jacke keinerlei Beachtung, stattdessen sieht er über den Kopf hinweg zu seinem Bruder und ignoriert mich.

»Wir sollten uns heute Abend mit Vincent treffen. Er hat eine Nachricht auf meiner Mailbox hinterlassen und wird noch heute abreisen, wenn wir keinen Wert auf seine Kontakte legen.« Das Feuer in mir wird immer heißer, je länger er vor mir steht und mich wie Luft behandelt.

»Du solltest ihr antworten, Reed.«

Genervt rollt er mit den Augen und wirft zum ersten Mal einen Blick auf die Jacke, die ich immer noch gegen seine nackte Brust drücke.

»Die lag im Wohnzimmer und Paige war kalt. Was ist so besonders an einer dämlichen Jacke?« Seine abwertende Art sorgt dafür, dass mein Blut jetzt zu kochen beginnt. Letzte Nacht gab es tatsächlich einen Augenblick, in dem ich Sympathie für ihn aufbringen konnte.

»Dämliche Jacke?« Hysterisch donnere ich meine Faust gegen sein Brustbein, um meinen Frust an ihm auszulassen. Reed bewegt sich keinen Millimeter dabei, doch als ich zu einem weiteren Schlag aushole, schnappt er nach meinen Handgelenken und dreht sie so stark ein, dass ich fast vor Schmerz aufschreie. Sofort ist Jace bei uns und stößt seinen Bruder weg.

»Keine Ahnung, was hier für ein albernes Spiel läuft, aber es ist schade, dass du nicht mal die Jacke der Mutter deiner Tochter erkennst, Bruderherz.« Lachend dreht Reed sich um und verschwindet aus dem Zimmer, während ich zu Eis erstarre. Der einzige Hinweis darauf, dass meine Schwester noch lebt, fällt zwischen uns zu Boden. Niemand sagt etwas, man hört nicht einmal das leiseste Geräusch im Zimmer. Mein

Atem ist komplett verschwunden und setzt erst wieder ein, als ich meine Sprache wiedergefunden habe.

»Was meint er damit?«, frage ich zitternd. Langsam drehe ich mich zu ihm um. Jace steht genauso versteinert vor mir, wie sich mein Herz anfühlt. Als hätte man es in Beton gegossen und jeden Tropfen Blut aus ihm gezogen. Ich bin völlig dehydriert.

»Was hat er damit gemeint, dass sie der Mutter deiner Tochter gehört?« In meinem Kopf entstehen Bilder. Davon, dass Jace mich die ganze Zeit über angelogen hat. Darüber, dass Reed Recht haben könnte …

»Es kann sein, dass sie Sarah gehört, ich habe nie darauf geachtet. Vielleicht hat sie die Jacke vergessen, als sie Maya hergebracht hat.«

»Sarah«, wiederhole ich den Namen wie ein Mantra.

»Ja, Sarah. Nicht Stacy. Er muss sich irren.«

Innerlich bin ich immer noch gelähmt, weil es sich anfühlt, als würde meine Welt ein zweites Mal in sich zusammenbrechen. Als hätte Gott entschieden, dass ein innerer Weltkrieg nicht reicht.

»Hast du ein Foto von ihr? Von Sarah, meine ich?« Ich klinge brüchig, genau wie mein Herz, das heute Nacht voller Hoffnung war und jetzt nur noch schmerzt.

Jace holt sein Handy aus der Jeans, scrollt durch seine Fotos und zeigt mir eines, das Maya mit einer erwachsenen Frau zeigt. Sie hat blonde, kurze Haare.

Damals waren sie lang. Helle, porzellanfarbene Haut. *Früher war sie immer braungebrannt.*

Und dann sehe ich ihr in die Augen und weiß, dass alles, was ich in den letzten Jahren geglaubt habe, eine Lüge war. Meine Schwester sieht glücklich aus, während in mir alles stirbt. Ich falle einige Schritte zurück, stolpere dabei beinah über die erhöhte Türschwelle, auf der ihre Jacke liegt, und kann nichts mehr erkennen, weil die Tränen meine Sicht verschleiern.

»Eve, jetzt warte doch! Rede mit mir.« Aber ich kann nicht. Ich muss weg hier. Nur noch weg. Kopfschüttelnd lasse ich Jace zurück, stürme die Treppe herunter und reiße die Eingangstür auf. Ich höre Jace, der nach mir ruft. Höre, wie Reed sich über unser Drama lustig macht. Aber eigentlich … eigentlich bin ich taub. Sie lebt. Und das bedeutet, dass sie mich freiwillig verlassen hat.

***

»Dein Vater hat den Job in der Produktionsfirma bekommen! Sie hatten mindestens zehn Bewerber, aber sie haben sich für ihn entschieden!« Das letzte Mal, dass meine Mutter so euphorisch klang, ist drei Jahre her. Ich lächle, aber sie sieht es durch das Telefon nicht und zum ersten Mal wünschte ich mir, ich wäre bei ihnen und könnte sie umarmen. Seit drei Monaten war ich nicht mehr zu Hause, weil ich nicht wieder in dieses Loch fallen wollte, aber jetzt ist alles anders.

Noch immer befinde ich mich in diesem Zustand zwischen Glück und Enttäuschung gefangen, dem ich einfach nicht entkommen kann.

Glück darüber, dass meine Hoffnung nicht umsonst war und sie wirklich noch am Leben sein soll. Enttäuschung, weil die Bedeutung dahinter so traurig ist. Irgendwann habe ich aufgehört, die Tränen zu zählen, die ich ihretwegen vergossen habe.

»Das sind Superneuigkeiten, Mom!« Aber ich bin mir sicher, dass ich nicht ansatzweise so glücklich klinge, wie ich klingen sollte.

Der Morgen verfolgt mich wie ein Schatten, der mir eigentlich Licht bringen sollte. Drei Jahre lang habe ich auf diesen Schimmer gewartet und jetzt, wo er endlich da ist, raubt er mir jegliche Energie.

Das hier müsste anders ablaufen.

Ich sollte mich sofort in die erste Bahn setzen, zu meinen Eltern fahren und ihnen sagen, was ich erfahren habe. Dass wir die ganze Zeit einem Geist hinterhergetrauert haben, der nie ein Geist war.

»Stimmt etwas nicht, mein Schatz? Du klingst so niedergeschlagen.« In den letzten Jahren hat meine Mutter nie bemerkt, wenn es mir schlecht ging, weil sie sich viel zu sehr darauf konzentriert hat, wie schlecht es ihr und Dad ging. Heute ist alles anders. Und doch kann ich ihr nicht sagen, was ich weiß. Zumindest noch nicht.

»Hab nur schlecht geschlafen und die Uni frisst meine Nerven auf. Ich bin froh, wenn die Prüfungen durch sind und ich euch wieder besuchen kann.« Ich bin wirklich eine Königin im Ablenken.

Nicht.

»Du schaffst die Prüfungen mit links, wie jedes Mal. Ich muss jetzt auflegen, unsere Nachbarin kommt zu Besuch. Meldest du dich bald wieder, mein Schatz?«

»Ja«, antworte ich so schnell wie möglich, murmle ein *Ich liebe dich* und lege auf. Petes Blicke könnten kaum erstechender sein. Er sitzt im Lotussitz auf seinem Bett und fokussiert mich wie ein Adler seine nächste Mahlzeit. Wo sonst immer ein breites Grinsen auf seinen vollen Lippen liegt, herrscht jetzt Regungslosigkeit neben einer Portion Sorge.

»Wieso hast du ihr nicht gesagt, was du heute Morgen erfahren hast?« Er klingt vorwurfsvoll, dabei bin ich mir sicher, dass er nur das Beste für mich und meine Familie will.

Als ich ihm tränenüberströmt von der Jacke und dem Foto erzählt habe, war er es, der mich aufgefangen hat. Ich schlurfe von meinem Bett herunter und werfe mich auf seines. Sofort nimmt er mich in den Arm, weil er immer weiß, wann ich eine Umarmung brauche und wann er für mich da sein muss.

»Weil ich erst einmal selbst damit klarkommen muss. Damit, dass sie lebt. Dass sie verschwunden ist, ohne ein Wort zu sagen. Dass sie uns drei Jahre lang durch die Hölle geschickt hat, um hier glücklich zu sein. Außerdem -« Ich atme tief durch. »Habe ich noch Angst, nur zu träumen. Ich will meinen Eltern keine falschen Hoffnungen machen, jetzt, wo es bei ihnen endlich wieder bergauf geht. Mein Dad hat einen neuen Job und Mom klang so positiv wie seit Jahren nicht mehr. Sie scheint sogar wieder Besuch zu bekommen.«

In den letzten Jahren funktionierte meine Mutter zwar, damit sie unsere Rechnungen zahlen konnte, aber menschliche Interaktionen hat sie weitestgehend gemieden. Seitlich schiele ich zu Pete hoch, der mir sachte über das Gesicht streicht. Seine Berührung tröstet mich.

»Das verstehe ich. Aber ich kann dir versichern, dass du nicht träumst, okay? Oder könntest du dir einen so scharfen Kerl wie mich erträumen? Nenn mich arrogant, aber ich glaube nicht, dass das überhaupt möglich ist.«

Er beginnt, mich zu kitzeln, während ich das erste Mal ein ernst gemeintes Lachen zulasse. Wenn es einer schafft, mich zum Lachen zu bringen, dann er.

»Was, wenn das alles stimmt? Wenn Stacy wirklich die Mutter von Jace' Tochter ist? Ich meine, das würde … alles verändern.« Vor allem würde es bedeuten, dass ich nicht mit ihm zusammen sein kann.

Nicht, wenn ich weiß, dass er eine Tochter mit meiner Schwester hat. Doch gerade nach den letzten Tagen, in denen ich ihm so nah war und er mir einen

Einblick in sein Leben gewährt hat, will ich nichts sehnlicher, als bei ihm sein.

Ich will morgens neben ihm aufwachen, weil mir sein Anblick die Ruhe schenkt, die ich so lange gesucht habe. Und weil er mir in wachen Momenten das Adrenalin gibt, das jeder Mensch in seinem Leben haben sollte. Pete legt seinen Kopf in den Nacken und starrt an die Decke, während er kleine Kreise über meinen Unterarm zeichnet.

»Das wirst du nur herausfinden, wenn du mit ihm redest, Süße.« Natürlich weiß ich, dass Pete recht hat und ich mit Jace über all das reden muss. Aber wie? Wie, wenn sich alles wie in einer schlechten Sitcom anfühlt? Als mein Handy piept, hole ich es heraus und entdecke einige verpasste Anrufe von ihm. Der erste kam nur wenige Minuten, nachdem ich abgehauen bin, die anderen im Stundentakt.

Ein Wunder, dass er nicht schon hier aufgekreuzt ist und das gesamte Wohnheim mit seinem Klopfterror geweckt hat.

Ich lösche die Einträge seiner verpassten Anrufe und entdecke eine Nachricht, die mein Herz sofort schneller schlagen lässt. Sie stammt von einer mir unbekannten Nummer. Mit zitternden Fingern öffne ich sie.

Ich will dich sehen.

Triff mich heute Abend im Blacklight.

Der Code ist 546794.

S.

Kapitel 22

Evelyn

Als ich an diesem Abend die Maske aufsetze und den schwarzen Vorhang zur Seite schiebe, fühlt sich mein Herz tonnenschwer an. In den letzten Wochen hatte sich das *Blacklight* zu einem Ort entwickelt, den ich gern mochte. Einem Ort, der mir hilft, zu tun, was immer ich will. Jetzt ist es anders. Heute verdoppelt er die Schwere in meiner Brust. Das Schwarz wird dunkler und das Loch immer größer.

Es ist mitten in der Woche und doch ist der Laden gut gefüllt. Die Nischen sind allesamt voll, die Bar auf jedem der Hocker besetzt und alle, die keinen Platz abbekommen haben, tummeln sich auf der Tanzfläche. Mein Blick wird auf zwei Poledancestangen gezogen, die bis jetzt nie im Einsatz waren.

Zwei Frauen mit knallroten Haaren und blauen Masken räkeln ihre splitterfasernackten Körper am Metall, während ich versuche, meine Atmung wieder in den Griff zu bekommen. Eine Panikattacke wäre das Letzte, was mir jetzt helfen würde, dieses Treffen halbwegs zu überstehen.

Pete hat darauf bestanden, dass er mich begleitet, aber ich wollte allein herkommen. Eine Entscheidung, auf die ich jetzt nicht mehr sonderlich stolz bin, weil ich eine Hand vermisse, an die ich mich klammern kann. Ich hole mein Handy heraus, um zu checken, ob mir die unbekannte Nummer noch eine Nachricht hinterlassen hat, aber mein Display ist leer.

Mein Atem ist heiß unter der Maske, und wird noch heißer, als ich den Blick hebe und in einigen Metern Entfernung eine Frau stehen sehe. Sie wirkt fehl am Platz, weil sie weder an der Bar steht noch auf der Tanzfläche. Sie wartet einfach abseits, genau vor mir, und deutet mit ihrem Kopf zur Tür, die in den Bereich der Brüder führt. Erst will ich stur bleiben und warten, bis sie zu mir kommt, aber als sie auf ihren Absätzen kehrt macht und verschwindet, setzen sich meine Beine von allein in Bewegung. Es hätte jetzt ohnehin keinen Sinn mehr, dieser Begegnung aus dem Weg zu gehen.

Obwohl ich mittlerweile so oft in diesem Bereich war, fühlt es sich immer noch verboten an, hier zu sein. Ich folge der Frau in der engen, schwarzen Jeans, den Pumps und dem roten Blazer, und als sie Jace' Tür öffnet, schlägt mein Herz noch schneller. Ist er etwa auch da? Das Unbehagen schlucke ich herunter, und als ich die Tür hinter mir geschlossen habe und nur sie und mich entdecke, bin ich erleichtert. Das hier müssen wir allein klären. Sie deutet auf das Sofa, das sofort zwielichtige Erinnerungen an meine Nacht mit Jace und Reed in mir wachruft, und setzt sich hin.

Ihre Beine überschlägt sie, während ich wie angewurzelt stehen bleibe. Noch immer fühlt es sich an, als wäre ich in einem Traum gefangen, von dem ich noch nicht weiß, ob er sich am Ende in einen Albtraum verwandeln wird.

Ihre Hand greift nach der Maske, und dann kommt der Moment, vor dem ich mich in den letzten Stunden so gefürchtet hatte. Ich sehe meiner Schwester in die Augen, aber das Gefühl, was ich haben sollte, bleibt aus.

Stattdessen blicke ich ihr ins Gesicht und es fühlt sich an, als würde eine fremde Person vor mir sitzen. Ihre Haare sind länger als auf dem Foto, das Jace mir gezeigt hat, und sind mit hellbraunen Strähnen durchsetzt. Sie sieht erwachsen aus.

Die Luft im Raum scheint immer dünner zu werden und der Kloß in meinem Hals nimmt neue Ausmaße an. Langsam wandere ich mit meiner rechten Hand zu meinem linken Arm und kneife hinein, aber nichts passiert.

Ich bin wach. Und vor mir sitzt immer noch die Frau, die meiner Schwester aus dem Gesicht geschnitten ist und doch nichts mehr mit ihr gemein zu haben scheint.

»Willst du deine nicht auch absetzen? Ich möchte dein Gesicht sehen.« Ihre Stimme klingt anders, als ich sie in Erinnerung hatte. Zwar ist sie weich und warm, aber die Verbundenheit ist verschwunden. Sie erinnert mich nicht mehr an die Zeiten, in denen sie mir aus Büchern vorgelesen hat, wenn ich nicht schlafen konnte, weil ich einen Horrorfilm gesehen habe.

Da ich unter der Maske ohnehin keine Luft bekomme, reiße ich sie mir vom Gesicht und schleudere sie auf den Boden. Ihre Augen sehen in meine, und wenn ich nicht wüsste, dass sie eine verdammte Lügnerin ist, würde ich behaupten, dass sie gleich weint. Fand ich die Stille in diesem Zimmer sonst immer schön, wünsche ich mir jetzt Lautstärke her. Die Stille raubt mir jede Möglichkeit, klar zu denken.

»Du bist erwachsen geworden«, flüstert sie unter Tränen, fängt sich aber schnell wieder. Sie muss keine Maske tragen, um unerkannt zu bleiben. *Ich erkenne dich auch so nicht wieder.*

»Willst du nichts sagen?« Sie sitzt elegant auf dem Sofa, während ich mich wie die Bourbon-Lache am Boden der Blacks fühle. Als hätte man mich ausgeschüttet und antrocknen lassen. In diesem Augenblick fühle ich mich noch kleiner, als das sonst nur in Reeds Gegenwart der Fall ist.

»Ich dachte eigentlich, dass ich viel zu sagen hätte, als ich herkam«, antworte ich schließlich und wende den Blick ab. Es tut zu weh, sie vor mir zu sehen und doch nicht wiederzuerkennen. Den Menschen, mit dem ich fast mein ganzes Leben verbracht habe. Sie hat meinen ersten Liebeskummer miterlebt, die ersten zerbrochenen Freundschaften und die ersten Zukunftsängste. Stacy schluckt und atmet einmal tief durch.

»Du hast Fragen, das sehe ich dir an. Ich will, dass du sie stellst. Darum bin ich hier. Und darum bist du hier. Du hättest meine Nachricht auch ignorieren können, aber du bist gekommen und das zeigt mir, dass du mich auch sehen wolltest. Also rede mit mir. Bitte.«

»Weil ich sichergehen wollte, dass ich nicht nur träume«, sage ich viel zu hektisch. Sieht sie, dass ich kurz vor einem totalen Zusammenbruch stehe? Wo ist Jace? Dachte ich bis eben, dass ich hier allein klarkomme, will ich ihn jetzt dringender denn je an meiner Seite haben. Auch wenn ich weiß, dass sich ab jetzt alles ändern wird. Er ist der Vater meiner Nichte. Beim Gedanken an das Mädchen unter dem Baum spüre ich Magensäure aufsteigen.

»Du träumst nicht. Und ich auch nicht.« Mit diesen Worten stemmt sie sich hoch, tritt auf mich zu und nimmt mich ohne Vorwarnung in die Arme. Sie riecht nach Vergangenheit. Nach Kindheit. Nach Familie. Nach meiner Schwester. Als Antwort stoße ich sie von mir weg und knalle ihr meine flache Hand ins Gesicht. Der Schlag war aber zu lasch, als dass er ihr Schmerzen bereiten könnte. Dabei will ich, dass es ihr wehtut. Sie soll im Ansatz das spüren, was ich in den letzten Jahren fühlen musste. »Ich schätze, das habe ich verdient.«

»Wieso?« Wie ein dünner Faden klingt meine Stimme. Einer, der sofort reißen könnte, wenn sie ein falsches Wort über ihre Lippen bringt. »Wieso, Stacy? Oder soll ich dich Sarah nennen?«, spotte ich und baue Abstand auf.

Ich will nicht ihr Parfum riechen, das sie anscheinend nie gewechselt hat. In den ersten Monaten habe ich die Reste von dem benutzt, das sie zu Hause gelassen hat, weil ich mich ihr so näher fühlte. Irgendwann hat der Duft nur noch geschmerzt und ich habe es nie wieder angerührt. Seitdem steht es auf ihrer Kommode in ihrem Zimmer und gehört zu dem perfekten Museum, das Mom aus den vier Wänden gemacht hat.

»Lass es mich erklären.« Sie seufzt. »Jace hat dir von Maya erzählt, richtig?« Allein, dass sie seinen Namen so selbstverständlich in den Mund nimmt, versetzt mir einen Stich von Eifersucht. Dabei ist es lächerlich – ganz offensichtlich hat sie ihn vor mir getroffen. Und das, was sie verbindet, wird ein Leben lang bestehen, immerhin haben sie ein gemeinsames Kind. Alles, was ich mit ihm teile, sind ein paar Nächte und Abenteuer, mehr nicht.

»Hat er dir erzählt, wie alt sie ist?«

Benommen nicke ich.

»Sie wird nächstes Jahr drei«, erinnere ich mich an das Gespräch, das Jace und ich in seinem Wagen geführt haben. Gestern hatte ich das erste Mal das Gefühl, wirklich zu ihm durchzudringen. Dass jetzt wieder alles vorbei sein soll, will ich noch nicht wahrhaben. »Zähl doch mal eins und eins zusammen, Evelyn.« Stacy schürzt die Lippen, während ich beides in einen zeitlichen Zusammenhang bringe.

Die Antwort ist eindeutig.

»Du warst also schwanger, bevor du abgehauen bist«, schlussfolgere ich und bin genervt, weil sie diejenige sein sollte, die mir alles erklärt. Stattdessen wirft sie mir diese Brotkrumen vor die Füße und lässt mich den Scheiß übernehmen.

»Ja. Ich war schwanger und das aus einem albernen One-Night-Stand heraus. Was denkst du, was unsere Eltern getan hätten?« Das erste Mal, seit ich hier mit ihr stehe, schimmert die alte Stacy durch. Das erste Mal erkenne ich einen Teil von ihr in dieser neuen Version wieder. Krampfhaft versuche ich, mich an die letzten Tage vor ihrem Verschwinden zu erinnern, aber von einer Schwangerschaft habe ich nichts bemerkt.

»Ich weiß es nicht. Und du anscheinend auch nicht, sonst wärst du nicht abgehauen.«

»Ich wusste, was sie von mir verlangt hätten. Ich wusste es, weil Mom und Dad sich klar und deutlich ausgedrückt haben. Zu dir waren sie immer loyal, Evelyn. Sie haben dir alles durchgehen lassen und das weißt du auch. Dad hat mir klar und deutlich zu verstehen gegeben, dass er nicht zulassen wird, dass einer von uns seine berufliche Karriere für ein Kind ruiniert. Sie waren sich immer einig.« Ihre Worte ergeben keinen Sinn.

»Was willst du mir sagen, Stacy? Mom und Dad hätten das Kind akzeptiert, da bin ich mir sicher. Aber sie konnten nichts akzeptieren, was sie nicht wussten.« Wieso klingt meine Stimme nur so verdammt unsicher? Ich würde meine Hände gern für diese Aussage ins Feuer legen, aber ich kann es nicht.

»Das redest du dir ein. Sie hätten gewollt, dass ich es abtreibe. Sie hätten es nie einfach akzeptiert und vor allem hätten sie mich niemals unterstützt. Weder familiär noch finanziell. Als ich von der Schwangerschaft erfahren habe, waren das die schlimmsten Tage meines Lebens, Evelyn. Ich war mitten in meinem Studium, das ich abbrechen musste und hatte keine Ahnung, wie ich es unseren Eltern überhaupt erklären sollte, geschweige denn dir.«

Die ersten Tränen schaffen es, sich freizukämpfen. Da sie schon immer eine ungeschminkte Schönheit war, können sie wenigstens kein Make-up ruinieren. Nicht wie bei mir. Keine Ahnung, wieso, aber ich wollte heute besonders erwachsen und taff aussehen, also habe ich Pete mein Make-up übernehmen lassen.

Jetzt wünschte ich, er hätte wasserfeste Mascara benutzt. Sie wird nicht lange halten, wenn ich mich nicht zusammenreiße. Und ich fühle mich nicht ansatzweise so taff, wie ich aussehe, also ist der Plan ohnehin gescheitert. »Als ich Jace von dem Baby erzählt habe, hat er mir geschworen, dass er uns unterstützen würde. Dass er für uns sorgen würde. Aber die Bedingung war, dass ich herziehe und in seiner Nähe bin, damit er Maya aufwachsen sehen kann. Ich wusste, dass er das Geld besitzt, um uns zu helfen.«

»Und dann dachtest du, dass du einfach untertauchst und was dann? Dass wir es sang- und klanglos akzeptieren würden? Drei Jahre, Stacy!« Meine Stimme wird lauter, genau wie mein Herz, das jetzt unkontrolliert in der Brust donnert.

»Drei Jahre lang haben wir uns die schlimmsten Szenarien ausgemalt. Drei Jahre lang dachten wir, dass du tot bist. Dass dich irgendein Monster vergewaltigt und vergraben hat. Dass dein Körper unter der Erde verrottet und dich nie jemand finden wird. Mom hat jeden Tag auf dem Revier angerufen und Dad? Dad ist völlig abgestürzt. Drei. Jahre. Lang.« Nicht nur meine Stimme zittert, auch mein gesamter Körper gleicht einem verdammten Erdbeben.

»Es tut mir leid«, schluchzt sie. »Es tut mir leid, was ich euch angetan habe. Aber Mom und Dad -«

»Es geht nicht nur um Mom und Dad. Du hast auch mich allein gelassen. Weißt du, wie schlimm es war, seine Schwester und gleichzeitig seine beste Freundin zu verlieren? Von einen Tag auf den anderen?« Es fühlt sich an, als würde ein Dolch in meinem Magen stecken. Stacy presst sich die Hand vor den Mund, um ihr Schluchzen zu unterdrücken, aber ich kann kein Mitleid für sie aufbringen. Vor zwei Jahren hätte ich es vielleicht anders gesehen, aber nicht mehr heute. Nicht nach all der Zeit.

»Ich habe immer nach dir gesehen, Evy.« Ihr Spitzname für mich reißt auch den letzten Teil meiner Mauer ein. Die Steine liegen zertrümmert zwischen uns.

»Ich habe immer nach dir gesehen, weil ich dich zurücklassen musste, um mein Baby zu schützen. Und jedes Mal, wenn ich Maya ansehe, zerbricht es mir das Herz, dass sie dich nicht kennt, weil ich zu feige war.« Ihre Worte schieben den Dolch noch tiefer in meinen Magen und mit jeder Silbe strömt mehr Blut aus der Wunde. Sie will mich berühren, aber ich weiche zurück, weil ich ihre Berührungen nicht ertragen kann, genauso wenig wie ihre Worte. Ich ertrage es nicht einmal, dieselbe Luft wie sie einzuatmen.

»Drei Jahre«, wiederhole ich mich wispernd. »Du hast mir drei Jahre meines Lebens geklaut. Und jetzt denkst du, dass ich dir das einfach verzeihe? Dass ich dir um den Hals falle und vergesse, was du uns angetan hast? Du bist nicht abgehauen, weil du Angst vor unseren Eltern hattest, du bist abgehauen, weil es der einfachste Weg war. Und wenn du jetzt denkst, dass ich es dir leicht mache, dann muss ich dich leider enttäuschen, denn du hast es mir auch nicht leicht gemacht. Hätte ich deine Jacke nicht bei Reed gefunden, dann wüsste ich immer noch nicht, dass du am Leben bist. Dann würde ich immer noch nachts im Bett liegen, alte Bilder von dir ansehen und mir wünschen, dass du keine Schmerzen gehabt hast.« Ich stapfe zur Tür und höre ihr Wimmern. Meines ist verstummt, weil die Wut stärker ist als meine Enttäuschung.

»Es tut mir so leid.« Ein Satz, der viel zu spät kommt. Ich sehe sie noch einmal an, erkenne mich in ihrem Gesicht wieder, und wünschte, es wäre anders. Wünschte, vor mir würde wirklich jemand Fremdes stehen, dann würde es nicht so wehtun. Leider kann ich nicht leugnen, dass sie es ist, auch wenn es ein Teil in mir zu gern würde.

»Wirst du mir jemals verzeihen?« Sie klingt nicht hoffnungsvoll und ich weiß auch nicht, ob ich bereit bin, ihr einen Funken Hoffnung zu schenken. Meine Schultern sacken herab und ich fühle mich leer.

»Frag mich in drei Jahren noch mal.« Und mit diesen Worten verlasse ich Jace' Büro und stürme nach draußen. Ohne Maske. Ohne Schutz. So, dass die ganze Welt meinen Schmerz sehen kann.

**

275

Ich frage mich, wie ich hier hingekommen bin. Die letzten zwei Stunden sind wie ein dicker schwarzer Schleier, durch den ich nichts erkennen kann. Ich weiß noch, dass ich das *Blacklight* verlassen habe, aber danach fehlt alles, und das, obwohl ich nicht mal einen Tropfen Alkohol getrunken habe. Der Nebel ist blickdicht. Anstatt nach Hause zu gehen, bin ich hier gelandet. Auf der Treppe vor Jace' Haus, und starre die Büsche im Vorgarten an, die jemand akkurat geschnitten hat.

Bis jetzt hat mich noch keiner der vorbeilaufenden Passanten gefragt, was ich hier zu suchen habe. Vielleicht kommt es öfter vor, dass eine weinende Frau auf den Treppen der Blacks sitzt. Immerhin kann ich mir allzu gut vorstellen, dass Reed schon mehreren Frauen das Herz gebrochen hat.

Ich schließe die Augen und atme die frische Luft ein, halte sie an, bis es schmerzt, und blase sie ganz langsam wieder aus. In den letzten Stunden ist es unfassbar kalt geworden und meine dünne Jacke schützt mich nicht vor der Kälte.

»Hey!«

Erschrocken reiße ich die Augen auf, und als Paige vor mir auftaucht, bin ich erleichtert und enttäuscht zugleich. Erleichtert, weil es nicht Reed ist, der mich hier entdeckt, und enttäuscht, weil es nicht Jace ist. Ihm schreiben will ich allerdings auch nicht, immerhin weiß ich nicht, was ich ihm sagen sollte.

»Hey, es war schön mit dir, und ich glaube, ich habe mich in dich verliebt, aber da du ein Kind mit meiner Schwester hast, können wir leider nicht zusammen sein. Und trotzdem sitze ich hier, weil ich dich brauche. Weil ich weiß, dass ich nur neben dir einschlafen kann.« Egal, wie ich es formulieren würde, es wäre völlig absurd und würde keinen Sinn machen. Also habe ich beschlossen, die Sache einfach hier in der Kälte auszusitzen, bis mir eine bessere Idee kommt.

»Was machst du denn hier im Dunkeln? Und dann auch noch allein?« Paige setzt sich neben mich und zieht mich in ihre Arme. Sie riecht nach dem vertrauten Gefühl, das ich bei Stacy vorhin so vermisst habe. »Du bist ja ganz kalt.« Wie eine Mutter presst sie mich an ihre Brust, während ich versuche, nicht zu heulen. Sie soll nicht sehen, wie es in mir aussieht.

»Jace hat mir alles erzählt. Die Sache mit deiner Schwester. Glaub mir, wenn ich auch nur den kleinsten Verdacht gehabt hätte -«

»Hättest du es mir erzählt, ich weiß. Aber wer kann schon damit rechnen. Daran ist niemand sonst schuld. Nur sie.« Paige nickt, streicht durch mein Haar und hinterlässt einen Kuss auf meinem Scheitel. Ich ringe mir ein Lächeln ab, obwohl ich nur noch weinen möchte.

»Ich habe sie immer nur flüchtig gesehen, deshalb kann ich nicht viel über sie sagen. Aber wenn sie dir so etwas angetan hat, hat sie dich auch nicht verdient. Sollte sie hier auftauchen, kann sie sich etwas anhören!

Ich habe es nie jemandem verraten, aber ich bin ziemlich gut in Karate.«

Schluchzend sehe ich zu ihr auf und genieße die Wärme, die durch mich strömt, weil sie wirklich eine Freundin für mich geworden ist.

»Danke«, flüstere ich und spüre kaum noch etwas. Weder die inneren Gefühle noch die äußerliche Kälte. »Komm, lass uns reingehen, du erfrierst ja noch.« Paige will mir aufhelfen, aber ich schüttle den Kopf und starre wieder auf die beleuchteten Buchsbäume.

»Ich will nur noch ein bisschen hierbleiben, okay? Danach rufe ich mir ein Taxi und lasse mich ins Wohnheim bringen. Mach dir keine Sorgen um mich, ich komme schon klar. Es war ohnehin dumm, herzukommen.« Stirnrunzelnd sieht sie mich an, doch anstatt aufzustehen und reinzugehen, bleibt sie bei mir sitzen. »Dann erfrieren wir aber gemeinsam.«

Kapitel 23

»Wo ist sie nach eurem Gespräch hingegangen?« Seit zwei Stunden suche ich Evelyn, bis jetzt noch ohne Erfolg. In diesem Moment bereue ich, dass ich bei dem Gespräch nicht dabei war. Ich hätte wissen müssen, dass es sie völlig aus der Bahn wirft, ihrer Schwester nach all der Zeit gegenüberzutreten, nachdem sie gerade erst erfahren hat, dass sie lebt.

»Ich weiß es nicht. Sie war nicht in der besten Verfassung, als sie ging«, seufzt sie. In den letzten Jahren hatten wir immer nur Kontakt, wenn es um unsere Tochter ging, aber dass sie mir nie erzählt hat, was sie getan hat, macht mich wütend.

»Du hättest sie aufhalten sollen. Wer weiß, wo sie jetzt ist.« Gerade nach so einer Nachricht sollte jemand bei ihr sein. Ich war bereits in ihrem Wohnheim, aber außer auf Pete bin ich auf niemanden gestoßen. Und da er mich nicht sonderlich gut leiden kann, wollte er mir

279

nichts sagen und lieber allein nach ihr suchen. »Das weiß ich auch selbst, Jace. Aber das Treffen war auch für mich nicht leicht. Sie zu sehen … war hart.« Sie schluchzt, und obwohl sie mir leidtun sollte, verspüre ich nichts dergleichen. Hätte ich gewusst, dass sie ihre Familie jahrelang in dem Glauben gelassen hat, dass sie verschwunden ist, hätte ich sie schon längst dazu gebracht, sich bei ihnen zu melden.

»Sagst du mir Bescheid, wenn du sie gefunden hast? Ich mache mir Sorgen, aber ich muss jetzt Maya ins Bett bringen. Sie merkt, dass etwas nicht stimmt und weint, seit du gegangen bist.« Im Hintergrund höre ich meinen Engel schluchzen und es zerbricht mir das Herz, jetzt nicht bei ihr zu sein.

»Sag ihr, dass ich sie liebe.« Mit diesen Worten lege ich auf und steuere unsere Einfahrt an. Auch wenn ich nicht aufgeben will, bis ich sie gefunden habe, weiß ich nicht mehr, wo ich noch nachsehen soll. Ich war an ihrem Wohnheim, an der Universität und habe den gesamten Club auf den Kopf gestellt.

Ich stopfe das Handy in meine Tasche, steige aus dem Wagen und laufe die Einfahrt hinauf. Gerade, als ich den Schlüssel aus meiner Jackentasche ziehe, höre ich ein Schluchzen. Als ich Evelyn entdecke, die ihren Kopf an Paiges Schulter presst, fällt die Last der letzten Stunden von mir ab. Sie sitzen Seite an Seite auf der Treppe vor dem Haus.

»Ich habe dich überall gesucht«, sage ich erleichtert. Paige lächelt mich aufmunternd an, aber Evelyn sieht nicht einmal zu mir auf, sie vergräbt ihr Gesicht weiterhin an ihrer Schulter. Ob sie mich nicht gehört hat?

»Ich geh dann mal rein. Vielleicht kriegst du sie ja dazu, reinzukommen. Sie ist total unterkühlt, weigert sich aber, aufzustehen.« Paige gibt ihr seitlich einen Kuss auf die Stirn und verschwindet im Haus, während ich mich zu ihr herunterbeuge und ihr hochhelfe.

»Ich will nicht rein«, protestiert sie, aber ich ignoriere ihren Wunsch, immerhin sind ihre Lippen schon blau angelaufen und ihr ganzer Körper fühlt sich an wie Eis. Ob sie die gesamten zwei Stunden hier saß und auf mich gewartet hat?

»Und ich will nicht, dass du an Unterkühlung stirbst, also bleibt dir nichts anderes übrig.« Ich versuche, Leichtigkeit in meine Stimme zu bringen, merke aber, wie ich kläglich scheitere. Als ich nach oben blicke und die ersten Schneeflocken des Jahres vom Himmel fallen, greife ich unter ihre Knie und hebe sie hoch.

Evelyn klammert sich an meinen Schultern fest, legt ihren Kopf gegen meine Brust und lässt es zu, dass ich sie ins Haus trage. Sobald wir im Warmen sind, entspannt sich ihr Körper. Ihre blonden Haare sind an den Spitzen leicht angefroren und ich würde sie am liebsten direkt unter die warme Dusche stellen. Aber sie sieht nicht aus, als würde sie sich auf den Beinen halten können.

»Ich bringe dich ins Bett.« Im Augenwinkel sehe ich Paige, die das restliche Chaos von gestern beseitigt, und trage Eve hoch in mein Schlafzimmer. Sobald ich sie auf dem Bett abgelegt habe, rollt sie sich zusammen.

»Wir sollten dir die Klamotten ausziehen. Ich bring dir etwas von mir.« Erst befürchte ich, dass sie mir nicht zuhört, doch als sie schließlich beginnt, sich aus ihren Sachen zu schälen, gehe ich zu meinem Schrank und hole ihr ein Shirt und eine Jogginghose von mir heraus. Sie sitzt mittlerweile mit angewinkelten Beinen auf dem Bett und starrt ins Leere.

»Ich hätte dich nicht alleine zu dem Treffen gehen lassen sollen.« Das schlechte Gewissen war vorhin schon gigantisch, aber als ich sie eben vor dem Haus gesehen habe, nahm es neue Ausmaße an. Sie saß die ganze Zeit in der Kälte und ich war nicht da.

»Wie geht es dir?« Langsam schiebe ich mich neben sie, helfe ihr in das Shirt und lege die Hose neben ihr auf die Matratze. Ihr Blick ist leer und ich vermisse das Feuer, das in den letzten Wochen immer in ihnen gelodert hat. Das Feuer war es auch, was mich sofort an ihr fasziniert hat.

»Ich weiß es nicht.« Ihre Stimme ist genauso kühl, wie sich ihre Haut anfühlt.

»Ich meine, ich sollte glücklich sein, oder? Erleichtert, weil sie am Leben ist. Weil all die

Schreckensszenarien, die ich mir ausgemalt habe, nicht wahr sind.« Ihr Blick streift meinen, während ihre Finger am Saum meines Shirts spielen. »Aber?«, hake ich nach. Als sie mich das nächste Mal ansieht, schimmern Tränen in ihren Augen. Dass sie heute schon geweint hat, ist kaum zu übersehen, immerhin haben sie schwarze Schlieren auf ihren Wangen hinterlassen.

»Aber sie heute zu sehen … so lebendig. Das war wie ein Schlag ins Gesicht. Sie hat mich freiwillig verlassen. Sie ist einfach abgehauen und hat nicht ein Sterbenswörtchen zu mir gesagt. Sie hat mir ja noch nicht mal einen Brief geschrieben, bevor sie verschwunden ist. Nicht mal eine verfickte SMS war ich ihr wert.« War sie eben noch so still, redet sie sich jetzt in Rage, und ich denke nicht daran, sie zu unterbrechen, auch wenn ich sie gern an mich ziehen und küssen würde. Manchmal braucht man ein Ventil für seine Wut.

»Ich habe mich drei Jahre lang taub gefühlt. Wie unter Wasser gefangen. Immer wieder habe ich mir vorgestellt, was ihr zugestoßen ist und jedes Mal kam mehr Wasser in meine Lunge.« Evelyn wischt ihre Tränen mit den Handgelenken weg, aber die neuen kommen zu schnell nach.

»Irgendwann hat das Atmen so wehgetan, dass ich nicht mehr atmen wollte. Kannst du dir das vorstellen? Es gab Tage, an denen ich auch nicht mehr existieren wollte und jetzt stellt sich heraus, dass sie mir das freiwillig angetan hat. Mir und unseren Eltern.« Unsere Blicke treffen sich wieder und dieses Mal deute ich ihre richtig. Ich schiebe meine Hose beiseite, die sie noch nicht angezogen hat, und ziehe sie in meine Arme. Evelyn bohrt ihre Nägel in meine Arme und schluchzt heftig auf.

»Und weißt du, was ich als Erstes wollte, als ich das *Blacklight* verlassen habe?« Unter Tränen sieht sie zu mir auf und wartet, bis ich mit dem Kopf schüttle.

»Ich wollte zu dir. Ich wollte mit dir reden, wollte, dass du mich ablenkst, so wie du mich in den letzten Wochen von diesem Leben abgelenkt hast, das ich nicht will. Aber das geht jetzt nicht mehr und es tut höllisch weh.«

»Wieso geht das nicht mehr? Ich bin doch hier.«

Evelyn rutscht von mir weg und setzt sich an die Bettkante, um Abstand zu mir aufzubauen.

»Wieso, Evelyn?« Ich will sie berühren, will ihr zeigen, dass sie nicht allein ist, aber sie wendet sich immer weiter von mir ab.

»Du hast eine Tochter mit ihr, Jace. Du … weißt du überhaupt, was das bedeutet? Ihr habt ein Kind, verdammt!« Sie zittert. Ich kann ihre Schultern beben sehen und wünschte, ich könnte es stoppen. Es aufhalten, bevor sich das Zittern ausbreitet. Behutsam ziehe ich sie zurück zu mir und drücke sie sanft in die Matratze, bis sie neben mir liegt. In meinem alten, verblichenen Falcons-Trikot, den zerzausten Haaren und der verlaufenen Mascara. Und sie sah noch nie schöner aus als in diesem Moment.

Ich ziehe die Decke über ihre nackten Beine und lege mich neben sie, halte sie in meinem Arm und bete dafür, dass sie sich nicht wieder von mir abwendet.

»Weißt du, was du in der ganzen Sache nicht beachtet hast?«, frage ich sie leise. Mein Atem streift ihre Haut und ich sehe, dass sie eine Gänsehaut überzieht. Mit flatternden Lidern sieht sie zu mir auf und schüttelt sachte den Kopf. »Sie ist nicht du.«

Kapitel 24

»Du siehst mich an.« Meine Augen halte ich geschlossen, aber seine Blicke brennen wie Berührungen auf meiner immer noch kalten Haut. Auch wenn ich die gesamte Nacht in Jace' Armen lag, kann ich die Kälte von letzter Nacht einfach nicht abschütteln. Ich höre sein Grinsen und spüre, wie meine Mundwinkel automatisch ein Stück nach oben wandern.

»Halt mich doch davon ab.« Im nächsten Augenblick spüre ich seinen Atem an meinem Hals, und als er seine Lippen auf meine Haut senkt, ist die Kälte plötzlich verschwunden. Stattdessen bahnt sich Hitze durch meinen Körper.

Seufzend rolle ich mich auf den Rücken, halte die Lider weiterhin geschlossen und genieße seine Küsse, auch wenn ich immer noch nicht weiß, was ich tun soll. Ob ich die Tatsache, dass er ein Kind mit meiner

Schwester hat, einfach ignorieren kann? Kann man so etwas überhaupt ignorieren? Maya wird immer ein Teil seines Lebens sein und somit eine lebende Erinnerung daran, was Stacy mir angetan hat.

»Du musst mehr entspannen«, stellt er raunend fest, lässt von meinem Dekolleté ab und rutscht zu mir auf. Sein Körper bedeckt meinen und ich öffne meine Augen. Fuck.

Er sieht viel zu gut aus, dafür, dass es draußen gerade erst hell geworden ist. Durch die beigen Vorhänge fällt warmes Licht in den Raum hinein und ich fühle mich hier jetzt schon wohler als in jedem anderen Zuhause, das ich bis jetzt hatte.

In meiner Kindheit sind wir oft umgezogen, und kurz, nachdem unsere Eltern sich den Kredit für das Haus leisten konnten und ich dachte, dass wir endlich angekommen sind, verschwand Stacy. Seitdem war das Haus eine stetige Erinnerung an das, was wir alle verloren hatten.

»Und du bist viel zu entspannt«, kontere ich. Wie kann er nur so ruhig bleiben nach dem, was wir erfahren haben? »Ich meine -« Verschlafen stemme ich mich hoch. »Macht es dir gar nichts aus, dass sie meine Schwester ist?«

Noch immer kommen mir die letzten beiden Tage wie ein Film vor, aber ich weiß, dass es keiner ist. Neben seinem Bett steht ein großer, brauner Sessel, auf dem immer noch ihre Jacke als Beweis liegt.

Beim Gedanken an Stacy und unser Zusammentreffen gestern im Club wird mir übel. Ich sollte kein schlechtes Gewissen haben, weil ich sie einfach habe stehen lassen, und doch frisst es mich innerlich auf. Jace sieht mich ohne Regung in seinem Gesicht an. Seine Haare sind wuschelig, sein Bartschatten wird immer dunkler und das Braun seiner Augen ist heute Morgen noch intensiver als sonst. Obwohl ich dachte, dass eine Steigerung nicht mehr möglich ist, sieht er heute noch attraktiver aus.

»Ich weiß nicht, was das ändern soll. Sie ist deine Schwester? Na und. Uns verbindet Maya, mehr nicht. Sie war nie in mich verliebt und ich nie in sie.« Ob er mir meine Erleichterung anmerkt? Seinem breiten Grinsen nach zu urteilen auf jeden Fall. Ich boxe ihm gegen die nackte Brust und ignoriere dabei gekonnt, wie warm und gut er sich anfühlt und wie gern ich mehr von ihm berühren würde.

»Und ich bin die Tante deiner Tochter. Ist es nicht seltsam für sie? Ich meine, wie soll sie das später ihren Freundinnen erklären?« Mein Kopf spinnt sich Szenarien zusammen, die im Moment noch so weit entfernt sind, dass es wirklich lächerlich ist.

Jace schüttelt lachend den Kopf und wirft sich in die Kissen. Die Decke reicht gerade so bis unter seinen Bauchnabel und beim Anblick seines Sixpacks erreicht mich eine neue Hitzewelle. Er zieht sich eines der Kissen über den Kopf und atmet gegen den Stoff. Als er mich wieder ansieht, prangt Entschlossenheit in seinen Augen, die mich völlig verunsichert. Eigentlich verunsichert er mich schon, seit ich im Club das erste Mal vor ihm stand.

»Hast du heute etwas vor?«, will er mit dunkler Stimme wissen. Ich lege mich neben ihn, versuche, körperlichen Abstand zu wahren und starre an die Decke, während ich vorgebe, über seine Frage nachzudenken.

Das Einzige, was ich heute vorhabe, ist, im Bett liegen zu bleiben und nie wieder aufzustehen. Zumindest nicht für die nächsten paar Stunden, auch wenn ich dringend zu Pete ins Wohnheim sollte, um mich bei ihm für mein Untertauchen persönlich zu entschuldigen. Eine läppische SMS wird ihn nicht zufriedenstellen. »Nope.«

Jace verschränkt die Arme hinter dem Kopf und sein Grinsen wird noch süffisanter. Wären die Umstände andere, würde ich ihn fragen, ob er den Tag mit mir gemeinsam im Bett verbringen will.

»Was hast du vor?« Ich schwinge ein Bein über seine Hüfte, setze mich auf sein Becken und bereue es sofort, weil ich seine Härte unter der dünnen Decke spüren kann. Mit all der Willenskraft, die ich noch zusammenkratzen kann, ignoriere ich, was dieser Umstand mit mir macht. Ich sehe ihm ins Gesicht und blende aus, was mich die ganze Zeit ausbremst.

In diesem Moment sehe ich einfach nur den Mann, der meine letzten Wochen zu einem Abenteuer gemacht hat. Der es geschafft hat, mich von der Leere in mir abzulenken, von der ich dachte, dass sie verschwinden würde, wenn Stacy noch am Leben wäre.

»Sag schon, was hast du mit mir vor?« Ich boxe ihm wieder leicht gegen die Schulter und fahre anschließend mit meinen Fingern Linien über seine nackte Brust. Seine Augen verharren auf meinem Gesicht, und als er plötzlich ernst wird, klopft mein Herz noch schneller. »Ich will dir jemanden vorstellen.«

***

»Ich weiß nicht, ob das eine gute Idee ist, Jace.« Die gesamte Fahrt lang überlege ich schon, wie ich aus diesem Schlamassel wieder herauskomme. Kurz dachte ich sogar darüber nach, einfach die Tür zu öffnen und mitten in der Fahrt herauszuspringen. Ein paar gebrochene Knochen wären sicher immer noch angenehmer als das Wissen, gleich seine Tochter kennenzulernen. Meine Nichte.

»Ich weiß es. Das reicht.« Seine knappe Antwort lässt mich die Augen verdrehen, ich rutsche auf dem Sitz tiefer herunter und versuche, cool zu bleiben.

Bis jetzt habe ich nie einen Mann gedatet, der ein Kind hat. Jetzt gehe ich direkt aufs Ganze, und das, obwohl wir noch nicht einmal offiziell benannt haben, was das mit uns ist. Aber seine Tochter kennenzulernen, ist etwas verdammt Ernstes. Und dieser Gedanke gefällt mir besser, als er mir gefallen sollte.

»Und wenn sie mich nicht leiden kann? Was machen wir dann?« Ich schiele zu ihm herüber, um nach einer Reaktion zu suchen, aber er zuckt nur mit den Schultern.

»Darüber mache ich mir keine Gedanken, weil sie dich lieben wird.« Er wirft mir einen kurzen Blick zu, der mein Herz zum Stolpern bringt. Wieso, um Himmels willen, schaffen das seine Blicke immer wieder? Und wieso interpretiere ich direkt so viel hinein?

»Ich mein ja, nur. Nicht, dass ich am Ende sagen muss: Ich hab's dir ja gesagt. Das war die beschissenste Idee des Jahrhunderts.« Mit diesen Worten gebe ich mich geschlagen und überstehe die letzten zehn Minuten der Fahrt, die sich wie eine Ewigkeit anfühlen. Als wir die Straße des Cafés erreichen, in dem Stacy uns gleich treffen wird, wünschte ich, ich wäre wirklich herausgesprungen.

Und als ich meine Schwester mit der Kleinen entdecke, die bereits auf uns warten, wird mir noch übler. Mein Magen rumort und ich bin mir sicher, dass ich mich gleich mitten auf die Fußmatte des Pick-ups übergebe. Maya tippelt von einem Bein auf das andere, als wäre sie super nervös. *Ich weiß, wie es dir geht, Kleine.* Jace parkt vor dem Eingang und schaltet den Motor ab.

»Und, bist du bereit?« Seine Hand greift nach meiner und ich kralle mich an ihr fest. Kopfschüttelnd sehe ich ihn an und wünschte, wir würden immer noch im Bett liegen.

»Aber da es dir ja anscheinend egal ist: Lass uns aussteigen!«, sage ich euphorischer, als ich mich fühle. Sobald ich an der frischen Luft bin und meiner Schwester gegenüberstehe, bereue ich es, überhaupt heute Morgen aufgestanden zu sein. Man sieht ihr an, dass sie wenig Schlaf bekommen hat und ihre Augen sind gerötet, genau wie meine. Zu meinem Glück ist es Maya, die die Stimmung sofort auflockert, als sie auf uns zurennt, sich in Jace' Arme wirft und ihn mit einem breiten Grinsen ansieht. Er nimmt sie hoch und küsst ihr Gesicht ab, bis sie zu kichern beginnt.

Verdammt.

Mein Herz schmilzt gerade und verwandelt sich in einen gigantischen Fluss, der meinen gesamten Körper einnimmt. Sie tuscheln, und als Maya mich schließlich ansieht, grinst sie mich mit ihrer zuckersüßen Zahnlücke an.

»Tante Evy!« Als würden wir uns schon kennen, streckt sie ihre Arme nach mir aus, und auch wenn ich total überfordert bin, nehme ich sie ihm ab.

Sie ist in einen dicken, braunen Mantel eingepackt und trägt niedliche, braune Stiefel. Ihre Haare gucken unter ihrer Pudelmütze hervor und locken sich unten.

Ein Moment vergeht, in dem ich am liebsten schreiend davonrennen würde, doch als Maya mir schließlich ihre kleinen Arme um den Nacken schlingt und mich umarmt, ist alles, was ich in den letzten Stunden gedacht habe, vergessen. Sie weiß sogar schon, dass ich ihre Tante bin. Das hier hatte ich mir viel unangenehmer und eindeutig komplizierter vorgestellt. Anscheinend hat Stacy uns diese Arbeit schon abgenommen.

»Hey, Maya«, flüstere ich in ihr Ohr. »Schön, dich kennenzulernen.« Und es ist wirklich schön. Auch wenn ich Stacy nicht verzeihen kann, was sie mir und unseren Eltern angetan hat, war Familie immer wichtig für mich. Früher, als wir noch kleiner waren, habe ich mir immer gewünscht, dass meine Schwester schnell schwanger wird, damit ich Tante sein darf. Mit ihrem Verschwinden ist auch mein Wunsch abhandengekommen.

»Was meint ihr? Wollen wir reingehen und ein Eis bestellen?« Als Jace das Wort Eis in den Mund nimmt, wird aus dem anhänglichen zarten Wesen plötzlich ein richtiger Wirbelwind. Maya hält es kaum mehr auf meinem Arm, also lasse ich sie herunter und seufze innerlich, als sie ihren Vater an der Hand packt. Wieso sind Männer mit kleinen Kindern nur so unwiderstehlich?

»Kommst du?« Jace deutet auf das Café, und als ich meine Schwester im Hintergrund sehe, die beschämt zu Boden sieht, weiß ich, dass ich ihr nicht aus dem Weg gehen kann. Nicht, wenn das mit Jace und mir ernster werden sollte – und das hier – das hier ist verdammt ernst. Ernster als alles, was ich bis jetzt mit einem Mann hatte. In der Vergangenheit habe ich mich sogar davor gedrückt, einen Mann in seine Wohnung zu begleiten.

»Ich komme gleich nach.«

Jace sieht mich noch einen Moment prüfend an, als würde er nach einem unterdrückten Hilferuf Ausschau halten, nickt aber schließlich und lässt mich mit Stacy allein. Sie sieht den beiden hinterher und das Lächeln auf ihren Lippen ist unendlich traurig.

»Danke«, platzt es aus mir heraus. »Dass ich sie kennenlernen darf, meine ich. Ich kann mir vorstellen, dass es für dich seltsam ist, mich mit Jace zu sehen.« Sie schürzt die Lippen.

»Glaub mir, ich bin der Meinung, dass Jace ein Mädchen wie dich verdient hat. Das mit uns war nie etwas Ernstes. Es gab eine Nacht, wir waren jung und dumm … und mehr war da nicht.« Innerlich fällt eine Last von mir ab, die sich schwer wie der Grand Canyon anfühlt. Äußerlich bleibe ich ziemlich entspannt, auch wenn es immer noch seltsam ist, vor ihr zu stehen. Zu sehen, dass sie wirklich hier ist. Am Leben. Nur zwei Meter von mir entfernt.

»Ich werde Mom und Dad nachher anrufen.« Die ganze Nacht habe ich mir schon das Gespräch ausgemalt, und auch wenn ich Angst davor habe, weiß ich, dass ich es führen muss. Es wäre falsch, sie noch einen weiteren Tag lang anzulügen. Als ich an ihr vorbeigehe, hält sie mich am Arm zurück. »Das brauchst du nicht. Ich werde gleich nach Hause fahren und … ich werde es ihnen persönlich sagen. Das ist meine Baustelle, nicht deine. Jace hat vorgeschlagen, dass er heute auf Maya aufpasst, damit ich das regeln kann.« Ich puste die angestaute Luft aus und ignoriere, dass die Wut, die ich in mir trage, leicht abnimmt. Meine Schwester sieht mich an und im Vergleich zu gestern fällt es mir heute schon leichter, ihre Nähe zu ertragen.

»Gut.« Ich schiebe meine Hand in meinen Mantel und steuere das Café an, immerhin bin ich nicht für Stacy hier, sondern ihrer Tochter wegen. Wir sagen nichts mehr und sie hält mich auch nicht auf. Doch ich spüre ihre Blicke die ganze Zeit in meinem Rücken und weiß, was sie sagen will. Aber ich kann es noch nicht hören.

**

»Dein ganzer Mund ist voller Schokolade, Prinzessin!«
Maya sitzt auf Jace' Schoß, ich sitze ihnen gegenüber
und kriege nicht genug von diesem Bild. Der Mann vor
mir hat weder etwas mit dem stillen Jungen aus meinen
Vorlesungen gemeinsam noch mit dem
undurchschaubaren Boss des *Blacklight*. Vor mir sitzt
einfach nur ein Mann, der in der Nähe seiner Tochter
zu Wachs wird, so wie ich in seiner Nähe zu Wachs
werde.

»Ich liebe Schokolade«, quiekt sie und ich bin
wirklich erstaunt, wie erwachsen sie für ihr Alter wirkt.
Ich konnte mit drei Jahren noch nicht einmal ordentlich
sprechen und sie redet, als hätte sie nie etwas anderes
getan. Ich bewundere sie.

Ihre Mütze liegt jetzt auf dem Tisch zwischen uns
und ihre Haare stehen in alle erdenklichen Richtungen
ab. Mein Blick wandert über ihre Stupsnase, hin zu dem
Mund, der dieselbe Form wie seiner hat. Man sieht die
Ähnlichkeit zu Stacy und ich bin mir sicher, dass sie
einmal genauso schön sein wird wie ihre Mutter. Von
ihrem Vater ganz zu schweigen.

»Magst du Daddy, Tante Evy?« Als sie mich wieder
nennt, wie Stacy mich immer genannt hat, spüre ich
einen starken Stich in meiner Brust. Vor mir sehe ich
unsere gemeinsame Kindheit und würde am liebsten in
Tränen ausbrechen, nach draußen stürmen und ihr
sagen, dass ich ihr verzeihen kann.

Ich will es.

Aber es braucht Zeit.

Und die will ich mir geben.

»Hm, lass mich überlegen.« Ich nehme einen Löffel meines Erdbeersorbets und schiebe ihn mir in den Mund, wo ich ihn extralange auf der Zunge lasse, damit Jace ungeduldig wird. Seine Augen fixieren mich und ich weiß, dass er die Antwort hören will. Um uns herum herrscht wildes Treiben, trotz der Tatsache, dass der Winter schneller gekommen ist, als wir es vermutet hätten. Die Leute lieben Eis wirklich zu jeder Jahreszeit. Langsam ziehe ich den Löffel aus meinem Mund, auch wenn ich ihn gern noch länger auf die Folter spannen würde. Dabei kennt er die Antwort ohnehin schon.

»Ich mag ihn. Sehr sogar.« Es ist mir egal, dass ich mich gerade angreifbar mache. Immerhin lernt jede Frau mindestens einmal im Laufe ihres Lebens, dass sie verletzlich wird, wenn sie ihre Gefühle zeigt. Die Tatsache, dass er hier mit mir ist, damit ich seine Tochter kennenlerne, macht ihn jedoch noch viel verletzlicher.

Also sind wir quitt.

»Er dich auch!« Sie klatscht in die Hände, wobei sie die Schokolade überall an ihren Fingern verteilt. Mittlerweile sieht der gesamte Tisch aus, als wäre eine Eisbombe explodiert. Überall kleben Schokostückchen und Sirup.

»Er hat mir gesagt, dass er verliebt ist«, kichert sie und ich verschlucke mich an diesen Worten, lasse mir aber nichts anmerken. Jace schließt die Augen, vermutlich, weil es ihm peinlich ist. Jetzt steht es eindeutig zwei zu eins für mich.

»Ich finde es ja eklig, weil Jungs eklig sind. Aber Daddy ist eine Ausnahme. Er ist nicht eklig! Er ist der Allerbeste!« Ich spüre, wie ein Kribbeln durch meinen Körper zieht und jedes Organ benetzt.

Mein Magen fühlt sich an, als würden Schmetterlinge in ihm baden, und mein Herz stellt einen neuen Weltrekord im Hochsprung auf.

»Das ist er wirklich«, sage ich leise und versuche, dabei nicht zu heulen wie ein Baby. Jace sieht zu seiner Tochter, während ich versuche, die Schmetterlinge in mir im Zaun zu halten. Aber als er sein Kinn auf dem Kopf seiner Tochter ablegt und stattdessen mich ansieht, kann ich es nicht länger zurückhalten. Die ersten Tränen kullern über meine Wangen, die Maya sofort bemerkt. Ihre Augen werden ganz groß.

»Du weinst. Bist du etwa nicht verliebt?« Ihre Worte lassen mich lachen, weil ich es wahnsinnig finde, welche Fragen sie mir bei unserem ersten Treffen stellt. So offen können nur Kinder sein, Erwachsene verstellen sich, so lange sie können. »Doch!« Mit der Serviette auf dem Tisch wische ich die verräterischen Tränen weg. »Doch. Ich glaube schon.«

***

»Und, schläft sie?« Ich stehe am Fenster und sehe nach draußen in den Garten, während Jace das Zimmer betritt und sich aus dem Hemd schält, das er heute für diesen besonderen Anlass angezogen hat. Es hat die Eisschlacht nicht überlebt und jetzt kleben überall Schokoladenreste. Ich sehe seine Spiegelung im Fenster und kann nicht leugnen, wie gut er mir gefällt. Egal, ob mit beschmiertem Hemd oder nackt.

»Wie ein Baby. Sie ist total fertig, ich habe sie in Dads ehemaliges Schlafzimmer gelegt.« Er geht an seinen Schrank, holt ein Shirt heraus und ich bin enttäuscht, als er es sich überstreift. Der vorherige Anblick hat mir dann doch eindeutig besser gefallen.

»Du redest nicht viel über ihn.« Nachdem wir heute so viel miteinander geteilt haben, will ich mehr. Ich will, dass er mir alles erzählt, was ihm durch den Kopf geht. So wie ich als Allererstes den Impuls verspüre, ihm alles zu sagen, was durch meinen geht.

Sachte drehe ich mich um und lehne mich gegen die Fensterscheibe. Sie ist kühl, aber ich halte die Kälte aus. Jace setzt sich vor mir auf die Bettkante und sieht mich an.

»Über euren Dad, meine ich. Paige hat mir ein paar Sachen anvertraut, aber … ich dachte, dass du vielleicht auch darüber reden willst.« Dass ich einen wunden Punkt bei ihm anspreche, sehe ich. Aber ich bin mir sicher, dass man Dinge nur verarbeiten kann, wenn man es auch zulässt, an sie zu denken. Ich habe jeden

299

Tag an Stacy gedacht und nur so irgendwie überlebt. Hätte ich sie oder meinen Verlust verdrängt, hätte es mich eines Tages völlig zu Boden gerissen.

»Da gibt es nicht sonderlich viel zu sagen. Er war ein Tyrann, der unsere Mutter so kaputtgespielt hat, dass sie uns nicht mehr ansehen kann, ohne um Hilfe zu schreien. Außerdem hat er es vorgezogen, direkt vor meinen Augen den Abzug zu drücken, anstatt mit mir zu reden. Ich hätte ihm helfen können, aber er empfand diesen Weg als einfacher.«

Er klingt sachlich, während er von dem Tod seines Vaters spricht, aber ich weiß, dass er nicht der sachliche Mensch ist. Vielleicht ist er nicht so impulsiv wie sein Bruder, aber das hier ist nur eine Fassade. Die Vorstellung daran, wie es sein muss, wenn sich der eigene Vater vor deinen Augen das Leben nimmt, treibt mir Tränen in die Augen. In dieser Sekunde bin ich meinen Eltern unfassbar dankbar, auch wenn ich es ihnen schon zu lange nicht mehr gesagt habe.

Mit leisen Schritten gehe ich zu ihm herüber und setze mich auf seinen Schoß. Sein warmer Körper schmiegt sich automatisch an mich. »Ich meine nur, wenn du darüber reden möchtest … dann bin ich da. Nicht nur heute.« Meine Anspielung entlockt ihm ein Lächeln, das mich sofort wieder Schachmatt setzt.

»Nicht nur heute? Und was willst du mir damit sagen?« Er vergräbt sein Gesicht an meinem Hals und küsst mich wie heute Morgen schon. Mit dem

Unterschied, dass ich es dieses Mal völlig genieße und zulassen kann. Jace atmet schwer gegen meine Haut, während ich versuche, die richtigen Worte zu finden.

»Ich meine damit, dass ich Männer mit Töchtern ziemlich attraktiv finde.« Mein süffisantes Grinsen entlockt ihm ein Raunen, das mich sofort feucht werden lässt. Ich schiebe mein Becken dichter an seines und spüre, wie er unter mir hart wird. Sein Schwanz drückt sich unter der Jeans gegen meine Mitte. Es fühlt sich perfekt an, ihm so nah zu sein, ohne Bedenken zu haben. Ohne diese Stimme im Hinterkopf, die mich maßregelt.

»Ach ja?« Er zieht mein Shirt herunter, küsst mein Dekolleté und sieht dabei zu mir auf. Ich kralle mich in sein Haar und drücke ihn noch dichter an mich heran.

»Hm-hm«, antworte ich wispernd. Im nächsten Augenblick hat Jace ein Kondom aus dem Nachttisch geholt, mich mit einer Hand angehoben, seine Jeans geöffnet und meinen Slip zur Seite geschoben. Als ich seine Wärme an mir spüre, entflieht mir ein Wimmern.

»Und du hast Glück, dass ich an nichts anderes denken kann, als in dir zu sein, seit wir dieses Café verlassen haben.« Mit diesen Worten dringt er in mich ein.

Ich schließe die Augen, genieße, wie er sich in mir anfühlt, und beginne langsam, mich auf ihm zu bewegen. Jace packt meine Hüften und kontrolliert jede meiner Bewegungen. Wenn ich mich hebe, presst er mich leicht nach oben, und wenn ich auf ihn gleite, baut er Druck nach unten auf.

Seine Lippen wandern wieder zu meinem Hals, und je tiefer ich ihn in mir aufnehme, desto weiter rücken all die Sachen, die mich in den letzten Tagen belastet haben, in den Hintergrund.

Alles, was mich daran gehindert hat, mich endgültig auf ihn einzulassen, hat heute an Bedeutung für mich verloren. Schweiß benetzt meinen Körper, und je länger wir verbunden sind, desto heißer wird mir.

Ich streife mir das Shirt vom Körper und werfe es auf den Boden. Im nächsten Augenblick spüre ich seine Lippen an meinen Brüsten, genieße, wie er meine Brustwarzen mit der Zunge umspielt und sanft hineinbeißt.

Und als er mit seiner Hand zwischen meine Beine wandert und seinen Daumen gegen meinen Kitzler presst, spüre ich den Orgasmus wie ein Feuerwerk. Meine Glieder spannen sich an und ich zittere am ganzen Körper, als er sich in mir ergießt. Benebelt sehe ich ihn an und weiß ganz genau, was ich will. Wen ich will.

»Deine Mundwinkel reißen gleich auf, wenn du noch breiter grinst.«

Der dunkle Schleier vor seinen Augen, den er jedes Mal bei sich trägt, wenn wir Sex haben, lichtet sich wieder. Ich nehme sein Gesicht in meine Hände und sehe ihn einfach nur an.

Weil wir uns in dieser hektischen Welt viel zu selten die Zeit nehmen, einfach nur hinzusehen. Die Menschen anzusehen, die unser Herz schneller zum Schlagen bringen.

»Ein weiser Mann hat mir mal gesagt, dass es nur darauf ankommt, wie man stirbt. Ob mit einem Lächeln auf den Lippen oder Angst in den Augen.«

Jace sieht mich verwirrt an, während ich noch nie in meinem Leben klarer gesehen habe. »Wenn ich jetzt sterben sollte, dann mit dem Lächeln, das du mir geschenkt hast.«

Epilog

Sie fühlt sich perfekt an.

Ich fahre mit den Fingern über ihre Taille, hinab zu ihrer Hüfte und verharre an ihrem Becken. Seit wir dieses Zimmer betreten haben, habe ich sie viermal zum Kommen gebracht, aber ich weiß, dass sie mehr will. Ihre Augen verraten sie, ohne dass sie es aussprechen muss.

Also senke ich meine Lippen auf ihre Rippen und küsse jede Stelle ihres makellosen Körpers. Als sie heute im Café vor mir saß und mit diesem Funkeln in den Augen meine Tochter angesehen hat, wusste ich es. Ich wusste, dass jeder Versuch, sie von mir zu stoßen, nur ein Versuch wäre, mich selbst zu sabotieren. Und ich bin es leid, mir selbst im Weg zu stehen. Das Letzte, was ich will, ist, so zu enden wie Reed.

»Du kriegst nie genug, oder?«, kichert sie, dabei wissen wir beide, dass sie genauso hungrig ist wie ich.

Man kann es nicht nur an ihrem Blick erkennen, sondern auch an ihrem Körper. Ihr Becken drückt sich gegen meine Hüften und sie hat eine Gänsehaut.

Langsam schüttle ich den Kopf und will gerade zwischen ihre Beine gleiten, als ein lautes Scheppern im Haus ertönt. Evelyn sieht panisch zur Tür und während erneuter Krach aus der unteren Etage ertönt, ziehe ich meine Jeans an, weil ich mir allzu gut vorstellen kann, was da unten abgeht.

»Ich geh nachsehen. Du solltest hierbleiben.« Vermutlich hat Reed erneut in irgendeiner schäbigen Bar gesoffen und ist dabei, wieder alles zu zerstören, aber ich will nicht, dass Eve sich heute damit befassen muss. Die letzten Tage waren anstrengend genug.

Ich gebe ihr einen Kuss auf die Stirn, stehe auf und öffne die Zimmertür. Als ich die ersten Schritte in Richtung Treppe gemacht habe, ertönt ein Geräusch, das mir sofort das Blut in den Adern gefrieren lässt.

Mein Herz bleibt stehen, mein Körper steht unter Schock. Ich erinnere mich an dieses Geräusch. Erinnere mich jede Nacht daran, wie es war, es zum ersten Mal zu hören.

Zum ersten Mal zu hören, wie jemand den Abzug drückt. Unten ertönen laute Schritte, die ich sofort mehreren Leuten zuordne. Es kann nicht nur Reed sein. Der Schuss echot im Haus und ich werde sofort automatisch.

»Evelyn!« Ich stehe vor ihr, während sie mit zitterndem Körper auf meinem Bett sitzt. Die Angst steht ihr ins Gesicht geschrieben – sie hat den Schuss ebenfalls gehört.

»Geh zu Maya ins Zimmer und schließ die Tür hinter dir ab.« Ferngesteuert steht sie auf, rennt auf mich zu und sieht mich panisch an. »Jace, geh da nicht runter. Das war eine Knarre!« Aber ich weiß, dass ich gehen muss.

Ein Schrei ertönt aus dem Wohnzimmer, also schiebe ich Evelyn den Gang herunter, damit sie auf mich hört und zu Maya geht. Der Gedanke daran, dass sie das hier mitkriegt, killt mich. Erst, als sie meinen Anweisungen gefolgt ist, in dem Schlafzimmer unseres Vaters verschwunden ist und ich höre, dass sie abgeschlossen hat, stürme ich herunter.

Ein Schritt. *Ich sehe, wie Dad auf dem Ledersofa seines Büros sitzt.*

Ein weiterer Schritt. *Ich spüre seine Verzweiflung. Seine Angst. Sein Leid.*

Ein dritter Schritt. *Er drückt den Abzug und der Whiskey zerspringt am Boden.*

Als ich im Flur ankomme, ist das Chaos direkt vor mir. Vasen liegen zerbrochen am Boden, Dreck bedeckt das Laminat. Die Haustür steht weit offen und der kalte Wind bläst ins Haus. Wie in Trance gehe ich ins Wohnzimmer und breche zusammen, als ich ihn sehe. Mein Bruder sitzt vor mir am Boden, seine

Wangen sind nass von den Tränen, die er wie ein Baby weint. Mein Blick wandert herunter zu der Frau, die er im Arm hält. Überall … überall dieses Blut.

Reeds Schluchzen wird unerträglich, während ich meine letzte Kraft sammle und zu ihm krieche, aber meine Beine fühlen sich taub an. Leblos. Als ich bei ihm bin und ihre Haare zur Seite schiebe, breitet sich die Taubheit auf meinen gesamten Körper aus. Ich habe die Reinheit in ihrem Gesicht immer am meisten geliebt.

»Jace«, wimmert mein Bruder, den ich seit zehn Jahren nicht mehr habe weinen sehen. Nicht einmal, als Dad sich den Schädel weggepustet hat, hat er eine Träne vergossen. Er stand einfach nur da und hat mit seinem Leben weitergemacht, als wäre nichts passiert.

Ich sehe zwischen ihm und ihr hin und her, aber ich muss träumen. Das hier muss ein Albtraum sein. Panisch blicke ich zur offen stehenden Eingangstür, aber ich sehe niemanden. Niemanden, der uns das hier angetan hat. Niemanden, der den Abzug gedrückt hat.

»Jace, sie … sie hat keinen Puls mehr.« Mein Bruder holt mich zurück ins Haus, zurück in unser Wohnzimmer. Zurück auf den blutbedeckten Boden. Paige liegt leblos in seinen Armen, und ihr Gesicht sieht so friedlich dabei aus.

Fast, als würde sie nur schlafen. Ihr Atem bleibt aus, genau wie meiner. Der Schmerz ist ohrenbetäubend laut, die Wut in seinen Augen mächtiger als je zuvor.

Und als mein Bruder über ihr zusammenbricht und ihren regungslosen Körper mit seinem bedeckt, weiß ich es. Wir sind der Hölle nie entkommen, wir hatten uns nur an das Feuer gewöhnt.

DYING LIGHT

Ein Prinz ist den Flammen bereits entkommen. Wird auch
Reed das Feuer überleben?

Voraussichtlicher Release ist im Frühsommer 2020.

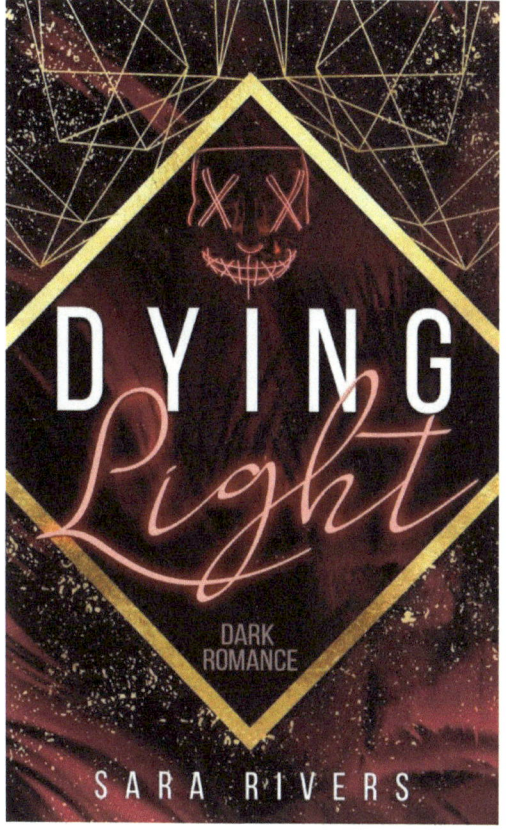

Danksagung

Ich danke allen, die an der Veröffentlichung dieses Buches beteiligt waren. Sarah? Ich glaube, dieses Cover gehört zu meinen absoluten Lieblingen. Und das nur, weil du meine Vorstellungen immer so perfekt umsetzen kannst, wie niemand sonst.

Sabine? Danke, dass du dir auch Raum für mich und meine Geschichten nimmst, wenn ich unter Zeitdruck stehe. Ich danke all meinen Testleser-Mädels, die sich beworben haben, um mich bei der Veröffentlichung zu unterstützen und allen Rezi-Engeln, die schon länger dabei sind.

Es freut mich jedes Mal, wenn ihr ein neues Buch von mir verschlingt.

Ich weiß, dass mich jetzt vermutlich viele für dieses Ende hassen werden, aber der Epilog gibt euch einen Vorgeschmack darauf, was in Reeds Buch thematisiert wird. Einen genauen Release-Termin für „Dying Light" gibt es noch nicht, aber auf meiner Facebookseite gibt es immer den aktuellsten Stand meiner Arbeit.

Bis dahin habt ihr alle hoffentlich eine wunderbare Zeit mit euren Liebsten. Und wenn ihr gerade selbst im Feuer gefangen seid – irgendwann ersticken alle Flammen.

Eure Sara